Himmelstürmer Verlag

Bibliographie
Alle Bücher im Himmelstürmer Verlag:
„Mark singt", Roman. ISBN 978-3-934825-35-2
„Die Legende vom heiligen Dimitrij", ISBN 978-3-934825-38-3
„Dunkle Flüsse", ISBN 978-3-934825-43-7
„Es gibt keine Ufos über Montana" ISBN 978-3-934825-50-5
„Patrick's Landing" ISBN 978-3-934825-66-6
„Geheime Elemente" ISBN 978-3-940818-02-7
„Im Palast des schönsten Schmetterlings" ISBN 978-3-86361-157-6
„Der Falke im Sturm" ISBN 978-3-86361-290-0
„Fluchtgemälde" ISBN 978-3-86361-370-9
„Die Inseln im Westen" Band 1 ISBN 978-3-86361-576-5
„Die Inseln im Westen" Band 2 ISBN 978-3-86361-579-6
Coda – der letzte Tanz ISBN 978-3-86361-828-5
Cyborg me ISBN 978-3-98758-003-1
Du warst der Plan ISBN 978-3-98758-088-8
Alle Bücher auch als E-book erhältlich.

Himmelstürmer Verlag, Nordertorstriftweg 24a, 31619 Binnen
www.himmelstuermer.de
E-mail: info@himmelstuermer.de
Originalausgabe, April 2025
Nachdruck, auch auszugsweise, nur mit Genehmigung des Verlages.
Zuwiderhandlungen werden strafrechtlich verfolgt

Cover: Cover: https://unsplash.com/de/fotos/mann-im-kapuzenpulli-steht-unter-dem-gullydeckel-DlcB1T6K4dU
Künstler: whereslugo https://unsplash.com/de/@whereslugo
Model unbekannt

Umschlaggestaltung:
Olaf Welling, Grafik-Designer AGD, Hamburg. www.olafwelling.de

ISBN print: 978-3-98758-139-7
ISBN epub: 978-3-98758-140-3

Peter Nathschläger

Auf dieser Sequenz

Ein Thriller
Teil 2 der Elias-Trilogie

Himmelstürmer Verlag

WAS BISHER GESCHAH

Im ersten Teil der Elias-Trilogie mit dem Titel *Du warst der Plan* wird der in Wien lebende, afroasiatische Influencer Elias zu einer mehrtägigen Party auf Gran Canaria eingeladen, wo er andere Influencer und Marketingmanager großer Unternehmen aus Mittel- und Südamerika kennenlernen soll.

Sehr schnell wird klar, dass die Einladung nur ein Vorwand war, um ihn nach Gran Canaria zu locken und dort auf der Party als attraktives Opfer für finanzstarke Sadisten anzubieten. Statt Verträge und neue Kontakte nach Übersee erwarten ihn dort Vergewaltigung, Misshandlungen und Folter. Bevor die Gäste der perversen Partygesellschaft ihre Drohung wahr machen und ihn als Highlight der Party ermorden, kann Elias entkommen und flieht panisch und verletzt in die steinige Wildnis der Berge von Gran Canaria, wo er auf einer Straße vor den Wagen eines älteren Mannes stolpert, der ihn rettet, mitnimmt, und in seiner Finca Elias´ Wunden versorgt. Der Retter stellt sich als Max vor, ein alleinlebender, älterer schwuler Mann, der sich wohltuend zurückhaltend gibt und Elias vorschlägt, die Tage bis zu seiner geplanten Heimreise bei ihm zu bleiben, um sich erholen zu können. Er rät ihm ab, zur Polizei zu gehen, da die daraus folgenden Komplikationen seine Abreise ernstlich gefährden könnten.

Elias fasst rasch Vertrauen zu dem selbstbewussten Mann, der sich seinen Reizen so nobel entzieht. Einen Tag später erfährt Elias durch die kanarische Zeitung, dass zwei der an den Misshandlungen beteiligten Influencer, die auch eingeladen waren, in der letzten Nacht grausam ermordet wurden. Als Elias erneut zur Polizei gehen will, gibt Max zu bedenken, man könne Elias der Morde verdächtigen - besonders wenn die Polizei erfährt, was die ermordeten Influencer Elias auf der Party angetan hatten.

Elias beschließt, nicht zur Polizei zu gehen und vertraut seinem Gastgeber völlig. Die Polizei von Gran Canaria nimmt inzwischen die Ermittlungen auf und es zeichnet sich ab, dass die Einladung, der Elias folgte und die anschließenden Misshandlungen auf der Party nur Teil eines umfassenderen Plans waren, durch zwei zahlungsfreudige Finanzchefs großer, lateinamerikanischer Drogenkartelle Zugriff auf Finanzinformationen ebendieser Kartelle zu erhalten - um sie finanziell auszubluten.

Am Tag der Abreise gesteht sich Elias ein, dass er, obwohl er sich selbst nicht als schwul wahrnimmt, sich in seinen freundlichen und wohltuend noblen Gastgeber verliebt hat, und gesteht ihm das am Flughafen beim Abschied. Da offenbart sich sein Gastgeber als der, der das ganze Verbrechen geplant hatte und als maskierter Teilnehmer an Elias´ Vergewaltigung beteiligt war. Max ist ein Superverbrecher, der sich Le Fantom nennt, und für den das Spiel mit den Gefühlen von Elias nach dessen Misshandlung und Vergewaltigung, nur das Sahnehäubchen war.

Elias kehrt als gebrochener Mensch nach Wien zurück ...

TEIL 1
PHANTOMSCHMERZEN

SCHLAGZEILEN

Le Fantom: Was oder wer soll das sein?
Über Mystifikation und Glorifizierung der bösen Tat
Pariser Wochenblatt

Die Brutalität der kriminellen Gewalt in Mittelamerika ist beispiellos!
Frankfurter Heute

Wer steckt hinter den Aufständen in Mittelamerika?
Mailänder Chronik

Eine Artikelserie des lateinamerikanischen Konsortiums für investigativen Journalismus.

HERBSTLAUF

Drei Tage, nachdem Elias Mataanoui von Gran Canaria nach Hause gekommen war, rief er seinen besten Freund an und teilte ihm mit, dass er sein Leben ändern würde, er könne jetzt nicht näher darauf eingehen. Es sei etwas vorgefallen und er müsse sich das mit sich selbst ausmachen. Ohne ihm die Möglichkeit zu geben, etwas zu erwidern, beendete er den Anruf, legte das Smartphone auf den Küchentisch und starrte es an wie eine Schlange.

Am Freitag spätabends setzte er sich in seinem Schlafzimmer an den Schreibtisch unter dem hohen Fenster, entkorkte eine kalte Flasche Weißwein, die er aus dem Kühlraum des Lokals seiner Eltern geholt hatte, schenkte sich ein Viertelglas voll und atmete tief durch. Seine Wohnung lag neben der seiner Eltern im Biedermeierhaus, in dem sich das Fusion-Cook befand, das Lokal, das sie betrieben. Elias trank Wein, sah über den Rand des aufgeklappten MacBooks und betrachtete sein Spiegelbild. Er sah müde aus, hungrig und verletzt, und all das war er auch.
Er hatte sich nicht rasiert, die Haare waren ungepflegt; seinen zweiwöchentlichen Friseurtermin hatte er storniert und die Terminreihe nicht verlängert. Viel hatte er nicht unternommen, seitdem er in Wien angekommen war. Sich zu pflegen, war ihm zur bitteren Pflicht geworden.
    Vom Instagramstar war nicht viel geblieben. Die Ereignisse auf Gran Canaria hatten ihn gebrochen. Das gestand er sich ein. Man kann einen Mann brechen, das hatte Hemingway nicht verstanden. Man kann einen Mann brechen, ohne ihn zu vernichten.
    Elias stand vor den Trümmern seines Lebens.
    Er trank und versuchte, nicht nachzudenken. Schließlich stellte er das Glas rechts neben die Tastatur und löschte sein Leben Schritt für Schritt, folgte einer Aufgabenliste, die er am Tag seiner Heimkehr verfasst hatte.
    Sie war kurz und knackig, aber wenn man sie sah, erkannte man, dass hier jemand sein Leben ändern wollte.
    Oder sterben.
    Als er seine Profile auf Instagram, Facebook, X, Tik Tok, Snapchat,

Reddit, LinkedIn und Xing gelöscht hatte, trank er das Glas aus; seine Hand zitterte immer noch.

Nachdem er einige Male tief durchgeatmet hatte, verfasste er eine ausführliche E-Mail an die drei Mitbegründer der Online-Marketing-Agentur und bot ihnen an, seinen Anteil zu kaufen und seine Kunden zu übernehmen. Dabei setzte er das Verkaufsangebot so niedrig an, dass sie gar nicht anders konnten, als anzunehmen. Schließlich kündigte er seinen Mobiltelefon-Vertrag und schloss bei einer anderen Gesellschaft einen neuen Vertrag ab und stieg bei der Gelegenheit von iPhone auf ein Android-Modell um. Dann durchforstete er seine Kontakte, wählte eine Handvoll aus und informierte sie darüber, dass er eine neue Telefonnummer hatte und in zwei Tagen unter dieser neuen Nummer erreichbar sein würde. Er legte eine neue E-Mail-Adresse bei einem deutschen Anbieter an und schrieb den ausgewählten Empfängern, dass seine früheren E-Mail-Adressen ab sofort nicht mehr funktionierten. Er sei nur noch unter e.ma@posteo.at erreichbar.

Diese Informationen bekamen seine Eltern, die Administration der Universität Wien, seine Professoren, die Administration der Kinderklinik, in der er sein Praktikum machte. Er nahm sich vor, nächste Woche die Änderungen der Telefonnummer und E-Mail-Adresse auch bei der digitalen Signatur nachzuziehen.

Missmutig starrte er den Bildschirmhintergrund an. Er nahm sein Smartphone und drehte es ab, legte es neben das MacBook. Eine Minute später nahm er es wieder zur Hand, suchte nach den Kontaktdaten seines Hausarztes und vereinbarte über das Kontaktformular einen Termin. Als er das erledigt hatte, starrte er durch sein Spiegelbild hindurch in die Nacht jenseits des Fensters, bis er müde genug war, um ins Bett zu gehen. Als er aufstand und ein letztes Mal sein Spiegelbild im nachtdunklen Fenster betrachtete, war ihm, als hörte er den dröhnenden Schlag einer himmelgroßen Glocke.

Der HIV-Test war negativ, und das beruhigte Elias ein wenig. Sein Blutbefund war gut wie immer, die Fissuren im Analbereich heilten, die Brandwunde zwischen den Schulterblättern war so gut wie unsichtbar und juckte nicht mehr. Es tat gut, dem stets neutralen und mit trockenem Humor gesegneten Hausarzt von den Misshandlungen zu berichten. Es war viel weniger emotional, als er befürchtet hatte, und das lag an der leidenschaftslosen Aufmerksamkeit des Arztes. Seine Diagnose war unaufgeregt: „Du bist gesund wie ein Fisch im Wasser. Fleisch lässt sich waschen und die Wunden werden heilen. Und die inneren Verletzungen, das, was dich quält, das heilst du, in dem du lebst. Aufstehen und weitermachen. Sitz hier nicht so faul herum, Junge!"

Ins Fitnesscenter wollte Elias nicht mehr, denn egal, zu welcher Zeit er dorthin ging, um zu trainieren, immer spürte er die Blicke der Menschen. Das Abtasten mit Blicken war wohlgefällig und noch öfter herausfordernd und anzüglich. Was vor ein paar Tagen noch Teil seines eitlen Selbstverständnisses gewesen war, erschöpfte und widerte ihn jetzt an. Letzte Nacht hatte er versucht, zu trainieren, aber es waren zu viele Leute da. Und nachts war es sogar noch schlimmer, denn dann kamen viele, die das Training nur vorschoben, um jemand zu finden, mit dem sie unter der Dusche oder auf dem Klo ficken konnten. Sex kam Elias nach seinen Erlebnissen auf Gran Canaria wie ein absurder Traum vor. Die Blicke, mit denen er bemessen wurde, empfand er bedrohlich.
Erst am Tag, nachdem er sich völlig aus den sozialen Medien zurückgezogen hatte und durch die Stadt wanderte, um in der feuchtkalten Herbstluft über sein schwer verwundetes Leben nachzudenken, kam ihm die rettende Idee. Er stieg am Praterstern aus der Schnellbahn. Ursprünglich hatte er vorgehabt, bis zum Handelskai zu fahren, um am Ufer der Donau im Herbstnebel zu wandern, bis er müde wurde, aber dann stieg er aus und verließ die Bahnhofshalle, überquerte den mehrspurigen Kreisverkehr und ging zur Prater Hauptallee. Blieb dort stehen und atmete die feuchte Luft ein, die nach Laub und Kastanien roch, und nickte. Das war die Idee. Hier konnte er sich erschöpfen, um nicht mehr denken zu müssen. Tief durchatmend stemmte er die Hände in die Jackentaschen und schlenderte eine halbe Stunde auf der Hauptallee entlang und sah Eltern mit Kindern und junge Paare, die Kinderwagen vor sich herschoben und Kinder, die Kastanien sammelten und ein paar alte Leute, die Arm in Arm gingen und glücklich waren. Elias konzentrierte sich auf seinen Herzschlag, auf das Flüstern seiner Muskeln und auf das Wispern seiner Atmung. Er dachte darüber nach, wie er im Kinderkrankenhaus, in dem er neben seinem Studium der Sportwissenschaften ein Praktikum

zum Physiotherapeuten machte, seinen Wunsch vortragen konnte, in die Abteilung versetzt zu werden, in der man sich um kriegsversehrte Kinder kümmerte. Diese Idee war ihm gerade eben gekommen, schien ihm folgerichtig, als ob jede andere Konsequenz aus den schrecklichen Erlebnissen auf Gran Canaria absurd wäre. *Vieles* kam ihm absurd vor. Auch die grobkörnige Distanz zu allem, was ihn umgab. Das Leben entfremdete sich.

Bei der Rotunde drehte er um und ging schneller in Richtung Praterstern zurück. Pläne zu haben, bewirkten keine Glücksgefühle aber sie hielten die Trauer und die Frustration in Schach, die beiden hungrigen Raubtiere in seinem Herzen, die nur eins wollten: ausbrechen und ihn von innen heraus zerfleischen.

HAUEN UND STECHEN

Zu Allerheiligen hatten die Redakteure und Journalisten weltweit genug Zeit gehabt, die Ereignisse zwischen Kolumbien und Mexiko vom Oktober chronologisch einzuordnen und die Informationen über die Onlineportale, die Nachrichtensender und Zeitungen zu veröffentlichen. Es gab drei große Recherchekartelle, die intensiv und sorgfältig nachforschten und sie kamen in einigen längeren Teams-Chats überein, dass die Gewaltexzesse nicht der Beginn gewesen waren, sondern die Konsequenz von Ereignissen, deren Spuren zum Teil nicht leicht auszumachen waren. Am Ende, als der Staub sich senkte und der Nebel verzog, zählte man zweiunddreißigtausend Tote, unzählige Insolvenzen, vier Putschversuche, davon allein zwei in Kolumbien, die anderen in Mexiko und Panama. Die Regierungen hielten sich mit militärischer Gewalt an der Macht und gingen rigoros gegen alle vor, die auch nur unhöflich dreinblickten, wenn sie ein Amtsgebäude betraten. Unternehmen lösten sich in Luft auf, nationale Infrastruktur verkam, weil unzähligen zuliefernden Firmen das Fundament unter den Füßen weggezogen wurde, als die Mafiagelder auf einen Schlag ausblieben. Darüber hinaus gab es eine auffällige Verbindung zwischen den Ereignissen in Kolumbien, Venezuela, Panama und Mexiko – und der Kriminalpolizei von Las Palmas auf Gran Canaria. Der Chefermittler der Kriminalpolizei von Las Palmas, ein Mann namens Alexis Cristobal Armas Ramos, hatte drei Tage, bevor die Gewaltausbrüche begannen, über die Informationskanäle der Interpol davor gewarnt – er sagte, er habe Informationen, die darauf schließen ließen, dass es in sehr naher Zukunft zu einem Ausbruch von Gewalt kommen würde, und zwar grob gesagt, zwischen dem Norden Südamerikas bis Mexiko.
Die Informationen seien in Verzeichnissen auf einer externen Festplatte durch einen Datenforensiker seines Teams gefunden und entschlüsselt worden. Außerdem lag ihm der Brief eines Mannes vor, der ebendiese Ereignisse angekündigt hatte. Ein Verbrecher, der sich Le Fantom nannte.
Le Fantom, ja klar. Da haben sie alle gekichert.

Spott und Gelächter dauerten bis Mittwoch, den fünfzehnten Oktober

2025 an. Dann gingen zwischen Medellin in Kolumbien und der kleinen Stadt Chihuahua in Mexiko zweiunddreißig Lagerhallen in Flammen auf. Wie sich später herausstellte, befanden sich in diesen Gebäuden die Bargeldreserven der zwei mächtigsten Drogenkartelle von Kolumbien und Mexiko. Ersten Schätzungen zufolge verbrannten ungefähr acht Milliarden US-Dollar. Asche.

Kaum waren diese Ereignisse zu Polizei, Feuerwehr und den Journaldiensten der Zeitungsredaktionen durchgedrungen, explodierten an siebzehn Standorten in Kolumbien, Nicaragua, Honduras, Guatemala und Mexiko unterirdische Drogenküchen. Während bei den Bränden in den Lagerhallen keine Toten zu beklagen waren, sondern insgesamt nur sieben Männer verwundet worden waren, starben bei den Explosionen in den Drogenlaboren siebenundsechzig Menschen, vorwiegend junge Frauen und halbwüchsige Jungen. Die genaue Zahl sei schwer zu ermitteln, sagte man, da man noch dabei sei, Körperteile zu suchen und zuzuordnen. Experten, die sich immer zu Wort melden, wenn es irgendwo Kameras gibt, sagten, es sei typisch für Drogenkartelle, junge Frauen und Jugendliche in den Drogenküchen einzusetzen. Die Frauen waren leichter unter Kontrolle zu halten und spielten für die Teenager die Rolle der großen Schwester. Und die halbwüchsigen Jungen waren bei Drogenkartellen besonders beliebt. Sie waren steuerbar, unermüdlich und hungrig nach Anerkennung wie junge Wölfe. All das geschah im Morgengrauen, genau genommen um vier Uhr fünfundvierzig.

Gegen sieben Uhr rückten die ersten Blutgeschwader aus, ohne genau zu wissen, an wem sie ihren Rachedurst stillen sollten. Also gingen sie auf jeden los, überfielen harmlose Geschäftsleute, schossen in Metrostationen in die Menge, überfuhren Schulkinder, entführten Töchter und Söhne von Diplomaten, Politikern und Justizbeamten, nur, um sie zu foltern und die Videos ins Internet zu stellen, als Warnung an alle. Schon da zeichnete sich ab, dass ein Kartell, das sich in seiner Existenz bedroht fühlt, nur noch Gewalt und Blut kennt und wild um sich schlägt, wenn es untergeht. Strategien waren in diesen ersten Stunden der Gewalt nicht zu erkennen. Der richtige Knall aber war lautlos. Am Abend des sechzehnten Oktobers 2025 lösten sich die über unzähligen Banken verteilten

Vermögen der beiden Kartelle in Luft auf. Das Geld wurde nicht von dort nach irgendwo verschoben. Es war weg. Das Guthaben, die Aktien und Fonds, die Kryptowallets, Schuldverschreibungen – alles weg. Alle digitalisierten Daten – weg wie geplatzte Seifenblasen. Das berührte nun nicht nur mehr die Drogenkartelle, sondern auch Verträge mit Immobiliengesellschaften, Fluggesellschaften, Autohäusern, Grundstücksmaklern, Bauunternehmen, Straßenbaugesellschaften – sogar Fluglinien. Regelmäßige Zahlungen von bestimmten Konten oder Stiftungen an Anwälte, Richter, Ermittler und Politiker fielen aus und damit auch die damit verbundenen Verbindlichkeiten. Die Gewaltwelle, die nach den Bränden in den Lagerhallen und den Explosionen der Drogenküchen losgerollt war, das war nur wie das Einstimmen eines Orchesters. In der Nacht zum siebzehnten Oktober brach die Hölle los und sie hatte zwei flammende Herzen. Eines in Bogotá in Kolumbien und eines in Mexico City.

Als man die Leichen barg, zählte und versuchte, sie zu identifizieren, kamen geflüsterte Berichte, die noch erschreckender waren als die ständig wachsende Anzahl an Toten. Man erzählte sich hinter vorgehaltener Hand, dass man in der Schlachtnacht von Mexico City in der Zona Rosa einen schwarz gekleideten Mann gesehen hatte, der eine schwarze Maske trug, aus Gummi vermutlich. Er schlenderte aufrecht und ohne jede Angst durch die Epizentren der Gewalt, suchte nach sterbenden Jungs, den Problemboys, die für die Kartelle die dreckigsten Jobs machten, nur, um irgendwo dazuzugehören, und verging sich an den blutüberströmten Burschen, die sich auf dem Boden wanden und vor Schmerzen schrien und weinten.

„Es war", sagte eine ältere Frau, die das Tun dieses Teufels beobachtet hatte, „als würde er die Ernte einfahren."

Eine Ernte aus Blut und Tränen und Schmerzensschreien.

Le Fantom.
In den ersten Berichten, die Le Fantom erwähnten, die auf den Aussagen des Kriminalermittlers von Las Palmas beruhten, war der Grundton spöttisch und bestenfalls gönnerhaft. Irgendjemand hatte den Mann und seinen süßen Lover bedroht, na *hahaha*. Doch dann maß man dem, was der Ermittler gesagt hatte, doch mehr Bedeutung bei. Nicht nur wegen

der seltsamen Geschichten aus Übersee, sondern auch wegen der furchtbaren Morde an den beiden jungen Instagram-Stars in Las Palmas de Gran Canaria. Der eine aus Rumänien, der andere aus Moldawien. Es schien, als gäbe es eine mysteriöse Verbindung zwischen den Ereignissen auf Gran Canaria, die sich in der Nacht vom zehnten auf den elften Oktober zutrugen, den Gewalteruptionen in den lateinamerikanischen Staaten von Kolumbien bis Mexiko und dem seltsamen Mann, der einerseits Gerüchten aus Polizeikreisen zufolge für die Ermordungen der Instagram-Stars verantwortlich war, und dem seltsamen, maskierten Mann, der in der großen Mordnacht durch die Straßen Mexiko Citys wandelte, und den sterbenden Burschen auf der Straße die letzte Würde nahm.

„Er sah zu mir hoch", sagte die ältere Dame, die ihn in einer Seitengasse in der Zona Rosa sah, wie er sich am Schwanz eines sterbenden Jungen zu schaffen machte. Sie ahmte eine eindeutige Handbewegung nach. „Er winkte mir. Er hatte das Gesicht des Teufels, wie der *Schöpfer des Teufels!*" Angeblich sagte die Frau, nachdem die Kamera aus war, zum Reporter: „Er winkte mir und hörte nicht auf, den sterbenden Jungen zu wichsen. Schauen Sie mich nicht so an. Ich bin nicht alt auf diese Welt gekommen, ich bin in ihr nur alt geworden."

FLOATING

Gleich am nächsten Tag bereitete sich Elias für seinen Lauf auf der Hauptallee vor und fragte seine Mutter, ob er den Zweitwagen haben könne. Sie sagte „Klar", sichtlich erleichtert, ihm einen Gefallen tun zu können, und ihn in Bewegung zu sehen. Seit seiner Rückkehr von Gran Canaria war er nicht wiederzuerkennen. Unrasiert, müde, mürrisch – und dieser traurige, verletzte Blick! Sie gab ihm den Schlüssel zum Mazda 3 und widmete sich wieder ihrer Arbeit hinter der Bar, wo sie die Weinlieferung einbuchte.

Mit dem Schlüssel in der Tasche lief Elias die Treppen hoch zu seiner Wohnung, zog die Straßenkleidung aus und kramte eine Weile in seinem Kasten mit den Sportsachen, bis er die unvorteilhaftesten Sachen ausgegraben hatte. Waren ganz hinten, klar. Bis vor Kurzem war es ihm wichtig gewesen, beim Training gut auszusehen, um die Blicke der anderen zu essen – er war ein Lotusesser der Selbstgefälligkeit gewesen, bis ihm auf Gran Canaria seine eigene Eitelkeit im Gesicht explodierte. Um so unauffällig und beliebig wie nur irgend möglich zu wirken, zog er viel zu große, graue und verwaschene Jogginghosen an, die ihm überhaupt nicht passte, ein altes Sweatshirt, darunter ein zerknittertes T-Shirt. Er nahm Nike-Handschuhe mit und zog die Kapuze über den Kopf. So lief er mit großen Schritten die Treppe hinunter und raus auf die Straße, entsperrte den Mazda und fuhr in den zweiten Bezirk.

Vor drei Monaten hatte er im Fitnesscenter einen älteren Mann kennengelernt, der zwar offensichtlich schwul war, aber kein Interesse an ihm gezeigt hatte. Das irritierte ihn für ein paar Momente, und der Mann erzählte im Plauderton, dass Männer unter vierzig Jahren einfach seinen Radar unterfliegen. Sie kamen ins Gespräch, weil sie beide Kopfhörer derselben Marke hatten und sich einander auf Trainingsmaschinen gegenübersaßen und pumpten. So entstand ein durch Trainingseinheiten unterbrochener Dialog, der freundschaftlich und angenehm war, und nachdem sie ihre Plastikflaschen an der Getränkebar nachgefüllt hatten, redeten sie über die Musik, die sie beim Training hörten. Elias gab zu, diesbezüglich recht anspruchslos zu sein, er hatte die Fit Inn-Playlists und die orgelte er rauf und runter. Der Mann, sein Name war Peter, schwärmte für elektronische Musik der deutschen Schule.

„Deutsche Schule?"

„Ja, deutsche Schule. Die entstand mehr oder weniger Ende der Sechziger, Anfang der Siebziger, Kunststudenten, die ihre abstrakten Entwürfe in Klänge verwandeln wollten. Leute wie Edgar Froese, Klaus Schulze, Peter Baumann. Schulze", sagte er, „hätte die interessanteste Entwicklung durchgemacht, und es gäbe ein paar Alben von ihm aus den frühen Achtzigern, die man als Konzeptalben bezeichnen konnte. Fließende, konkrete Musik, die sich wellenartig aufbaut, zeitweise monoton, aber immer sehr hypnotisch."

Elias ließ sich von Peter eine Liste mit Tracks geben, die man auch auf Spotify oder Deezer oder Tidal finden konnte.

Als er das Auto auf einem überwachten Parkplatz neben dem Wiener Prater geparkt hatte und mit tief ins Gesicht gezogener Kapuze quer durch den Vergnügungspark zur Hauptallee ging, koppelte er seine Kopfhörer mit dem Smartphone, wählte drei Tracks aus, die je eine halbe Stunde lang waren und beschloss, sich auf dieses kleine Klangabenteuer einzulassen. *Floating* also. Und *Mirage* und *Bayreuth return*.

Die Klänge überraschten ihn. Er blieb ein paar Minuten stehen und achtete darauf, wie die Musik ihn flutete, spürte, wie sie sich in ihm ausbreitete und dann lief er los und brachte seine Atmung auf dieselbe Geschwindigkeit wie den Rhythmus der Musik. Es funktionierte. Die sich aufschichtenden Klänge und der Rhythmus entwickelten einen Sog, der ihn vorantrieb und gleichzeitig sein Hirn auf Durchzug schalteten. Die Menschen um ihn herum wurden zum Teil der Kulisse. Fallendes Laub, schwere Wolken, weiches Licht. Er hatte vergessen, wie gut es war, sich ganz und gar auf das zu konzentrieren, was ist, und zu vergessen, was sein könnte. Oder was war.

RENNEN

Genau eine Woche später, am ersten Samstag im November, stand auf einmal Stefan vor der Tür und ließ sich weder durch den mürrischen Blick, mit dem Elias ihn bedachte, noch durch sein ungepflegtes Aussehen abwimmeln. Zwei Wochen waren vergangen, seitdem Elias ihm am Telefon gesagt hatte, dass er Abstand brauchte, weil er sein Leben umbauen müsse und Stefan noch zu scherzen versucht hatte: „Darf er so?" – aber die vertraute Redewendung war ins Leere gegangen. Inzwischen hatte sich Elias echt unerreichbar gemacht und während die anderen, die Trabanten im Doppelgestirn ‚EliSte' (Ja, Elias & Stefan) das eher locker nahmen, lief Stefan wie auf Speed durch die Gegend, rempelte die Leute an und sagte, dass das so nicht ginge. Elias sei abgestürzt und wenn ein Freund fällt, dann muss man ihn auffangen. Aber sowas von!

Also, da stand er, in seiner übergroßen Jogginghose, und zwei Lagen Sweatshirts und mit seinem edlen, schwarzen Gesicht und den funkelnden bester-Freund-Augen. Seine Dreadlocks hatte er mit bunten Ringen zu einem Schweif straff nach hinten gezogen, nur zwei dicke, rot umwickelte Strähnen fielen ihm tief in die Stirn.

„Alter, was soll der Scheiß? Du bist auf einmal nirgendwo und ich pisse mich halb an, weil du einen auf Magier machst und verschwindest. Lass mich rein, wir müssen reden. *Jetzt*!"

Widerwillig ließ Elias zu, dass sich Stefan an ihm vorbei drängte, die Wohnung betrat und die Tür hinter sich mit dem Fuß zu kickte.

„Tine war mit ihren Eltern im Prater und auf der Hauptallee und sie sagte, sie hätte dich dort allein rennen sehen. Du Arsch, Rennen war immer *unser* Ding, was *stimmt* nicht mit dir?"

Ohne abzuwarten, ob es Elias passte, ließ er sich auf die Couch fallen und musterte die Wohnung, in der Hoffnung, einen Anhaltspunkt zu finden, was mit seinem Bro geschehen ist. Aber da war nichts zu sehen. Die Altbauwohnung mit der spartanischen Einrichtung war aufgeräumt und gepflegt. Es lag Kleidung herum und Stefan raunzte: „Junge, du fermentierst hier voll ab."

Elias ließ sich auf den Sitzsack fallen und starrte an Stefan vorbei auf die Wand, als ob es dort etwas besonders Interessantes zu sehen gäbe. Stefan beugte sich vor, um Elias die Haare zu raufen, so wie er es sonst tat, wenn sie herumblödelten oder erkannten, dass der andere Trost brauchte – ganz auf Besties eben, doch Elias zuckte zurück und flüsterte: „*Fass* mich bloß nicht an!"

Für ein paar Sekunden blieb Stefan die Luft weg und er wusste nicht, was er sagen sollte, was er sagen könnte und überhaupt, wie er sich in diesem Moment fühlte. Doch, er wusste, wie er sich fühlte, und dass tat wirklich weh.

„Eli, das geht so nicht. Bitte, redest du jetzt mit mir? Was war da drüben los? Red mit mir, sags mir, wir haben immer über alles geredet, ganz auf ultraeasy. War die Party zu wüst? Drogen? Hast du dich verliebt, Tripper eingefangen, oder was?"

Elias stand auf und ging im Wohnzimmer im Kreis, legte den Kopf in den Nacken und stöhnte ein gotterbärmliches Stöhnen, dann starrte er Stefan an, seine Augen waren rot und feucht: „Warum gehst du nicht? Lass mich allein, ich will allein sein, ich will dich nicht hier haben, hau *ab*, Mann!"

Stefan stand ebenfalls auf und ging zu Elias, der ihn erneut wegstoßen wollte, und umarmte ihn und er spürte Elias in seinen Armen zittern wie eine frierende Katze. So blieben sie ein paar Atemzüge lang stehen, bis sich das Zittern legte – erst dann lockerte Stefan seine Umarmung, sah seinen besten Freund aus tränennassen Augen an und flüsterte:

„Alter, was war dort los? Ich bin da. Ich bin da, weil ich *immer* da bin. Red mit mir. *Bitte.*"

Mit dem Trotz eines Kindes wischte sich Elias mit dem Ärmel seines Sweatshirts übers Gesicht, holte Luft und stieß dann hervor:

„Ich wurde vergewaltigt, okay? Sie haben mich stundenlang vergewaltigt, sie haben mich verprügelt und sie haben mich angepisst und Zigaretten auf mir ausgedrückt und sie haben gesagt, sie bringen mich um, wenn sie keine Lust mehr haben, mich zu ficken. Ich habe mich vor Todesangst angeschissen, ja? Ich war krank vor Angst zu sterben und ich war krank vor Angst, mein Leben lang inkontinent zu bleiben, sollte ich das alles überleben. Habe um mein Leben gebettelt und ich habe geheult wie noch nie in meinem Leben und sie haben gelacht und sie haben mich wieder gefickt und mich gezwungen, einen Pistolenlauf zu lutschen wie einen Penis. Bis ich kotzen musste. Genügt das? Oder willst du mehr hören? Denn da gibt es noch mehr, viel mehr – die haben keine halben

Sachen gemacht. *Gar* nicht!"

Stefan taumelte zurück und sein Gesicht drückte Unglauben und Schmerz aus. Er holte Luft, um etwas zu sagen, etwas Tröstendes, vielleicht etwas Hilfreiches, aber er stammelte nur: „Wie kann man jemand wie *dich* vergewaltigen? Wie kann man jemand schänden, der so edel ist wie du? *Mann!*"

Damit hatte Elias nicht gerechnet. Er wusste, wie wichtig er für Stefan war (und er wusste, wie sehr er den großen Nigerianer liebte, aber das durfte er ihm nicht zu oft sagen, der Kerl war ja so eitel ...), aber er hatte sich selbst nie als *edel* wahrgenommen, und dass Stefan ihn so sah, versetzte ihm einen weiteren Schock, berührte ihn tief.

Und so, wie damals, als Elias in der Schnellbahnstation auf der vorletzten Stufe gestürzt war und sich das Knie gebrochen hatte, war es auch jetzt wieder Stefan, der den Schmerz seines Freundes intensiver spürte als irgendwer sonst auf der Welt. Leise fuhr Elias fort:

„Das ist nicht alles. Einer der Vergewaltiger trug die ganze Zeit über so eine schwarze Fantomas Maske, voll auf Psycho und so, ja? Das war der, der mir den Pistolenlauf in den Mund schob und er sagte auf Spanisch zu mir: *Du wirst dich in mich verlieben*. Da waren zwei andere Influencer dabei und der eine kippte auf den ganzen Scheiß voll rein und sagte dauernd so Sachen wie: *Ich schneide dich auf, du kleine, fette Sau*, ich übergieße dich mit Benzin und zünde dich an, und so. Die wussten alles von mir, warum ich mit Fitness angefangen hatte und dass ich mal mollig war und ... sie wussten einfach alles und quälten mich damit und dann schliefen sie ein. Sie hatten mich mit irgendeinem Muskelrelaxan ruhiggestellt, aber die Wirkung ließ nach und was blieb, war der Kater nach Drogen und Alkohol – das gabs dort in rauen Mengen, ich kann dir sagen, Alter! Ich konnte abhauen und stolperte nackt durch die Landschaft und ich träumte so halb, die Welt um mich stünde in Flammen und ich blutete aus dem Arsch und auf einmal war ich auf einer Straße und ein Auto kam auf mich zu, voll gespenstisch im Nebel. Da war ein Mann drin und der stieg aus und wickelte mich in eine Decke und setzte mich auf den Beifahrersitz und brachte mich zu seiner Finca. Er wusch mich, legte mich in ein Bett und organisierte einen jungen Arzt, einen Medizinstudenten, der meine Verletzungen versorgte. Ich war unter Schock. So verwirrt und hilflos und der Alte war einfach ur-gut zu mir. Nahm sich zurück, er war echt edel – irgendwie. Er lud mich ein, bis zum Rückreisetag sein Gast zu sein, denn er würde mir gern helfen, das Trauma aufzuarbeiten, in dem er mir zuhörte, wenn ich einen Zuhörer brauchte …"

„Ja, dann war der ja eh ein guter Typ und alles, oder?"

Elias sah Stefan mit tränennassen, roten Augen an und flüsterte: „Das dachte ich auch. Davon war ich so sehr überzeugt, dass ich mich in ihn verliebte. Ja. Ich habe mich in einen Mann verliebt – in einen *alten* Mann. Während ich in seiner Finca war und während wir Ausflüge machten, wünschte ich den Tätern den Tod, dass sie leiden mussten, und was geschah? In der Nacht von Donnerstag auf Freitag wurden drei von ihnen auf grausamste Art umgebracht."

„Scheiße, Alter. Sind das die in den Killervideos aus Las Palmas? Der eine, dem sie die Kehle durchgeschnitten haben und der andere, mit der Säure im Gesicht? Wie irre ist das denn, bitte?"

„Und es geht noch weiter. Der Mann, der mich gerettet hat, der, in den ich mich irgendwie verliebt hatte – als wir uns beim Securitycheck verabschiedeten, und ich ihm gestand, dass ich mich in ihn verknallt hätte, da grinste er auf einmal und sagte, er hätte mir ja schon mittwochabends gesagt, dass ich mich in ihn verlieben würde – Me amarás. Das ist – ich weiß nicht, wie ich das nennen soll. Es ist wie … es ist der vollkommene Betrug. Er hat das alles geplant, inszeniert, er war der Kopf hinter dem Ganzen. Er hat mich vergewaltigt und gequält und er hat die anderen dazu angestachelt, mich noch mehr zu schlagen und zu treten und zu schänden, unter der Fantomas Maske hat er gelacht, als ich um mein Leben bettelte, verstehst du, Mann. Stefan, ich bin so kaputt, komplett am Arsch. Ich hasse mich. Ich hasse mein Leben, und das Schlimmste ist, ich glaube, genau das wollte er erreichen."

Mehrmals setzte Stefan an, irgendetwas zu entgegnen. Einfach, weil es in seiner Natur lag, Dogmen und festen Überzeugungen irgendetwas entgegenzuhalten. Und niemand, den er mochte, nein, gar niemand auf der Welt sollte dazu gebracht werden, sein eigenes Leben zu hassen. Schon gar nicht Elias. In seinem Gesicht arbeiteten Trauer und Wut und unendlich viel Empörung; sie trat ihm als glasklare Tränen aus den Augen. Doch er war Stefan, der beste Freund von Elias und er wusste, was zu tun war, obwohl er es nicht *wirklich* wusste. Er ahnte es und als sich in seinem Kopf die Lösung abzeichnete, wischte er sich mit dem Ellenbogen die Tränen von den Wangen und stieß fast tonlos hervor:

„Komm. Wir rennen!"

Elias, zuerst noch mürrisch, dann unsicher lächelnd: „Was?"

„Du hast mich richtig verstanden. Zieh deinen ultrapeinlichen Schlabberlook an und komm mit. Was du allein kannst, kannst du auch zu zweit. Wir rennen in der Hauptallee und wenn es sein muss, gibst du mir Zugriff auf deine Verbindung und ich hör mit dir deine Psychomusik an, mach schon, hopp!"

Zuerst wich Elias einen Schritt zurück, schüttelte zaghaft den Kopf, aber dann nickte er kaum merklich, sah Stefan an und nickte wieder, diesmal deutlicher. Dabei entkam ihm sogar der Anflug eines Lächelns.

„Machen wir so!"

Sie nahmen Stefans Wagen, einen funkelnagelneuen Renault Arkana, natürlich elektrisch, denn Stefan war in Sachen Klimaschutz vollkommen unflexibel. Schon in der Schule setzte er sich mit Informationsständen und Beiträgen in der Schülerzeitung für mehr Umweltbewusstsein ein, und das war nicht zuletzt dem Einfluss seines Vaters zu verdanken, der für die Liberalen im EU-Parlament als hoher Beamter tätig war.

Elias hatte einmal versucht, Stefan auszufragen, was sein Vater in Brüssel denn nun wirklich machte, und Stefan hatte kryptisch geantwortet: „Er ist Beamter und Diplomat und er verhandelt ununterbrochen." Mehr war aus ihm nicht rauszubekommen. Das Verhältnis zwischen Stefan und seinem Vater, der den Großteil des Jahres in Brüssel lebte, war kühl und erinnerte mehr an eine gute Bekanntschaft als an ein Vater-Sohn-Verhältnis. Ein paar Tage, bevor Elias nach Gran Canaria geflogen war, hatte Stefan angedeutet, dass sein Vater scheinbar einen Versuch unternehmen wollte, das Verhältnis zwischen ihm und seinen Sohn zu refreshen. Das war aus Stefans Sicht ziemlich weird, wie er das nannte, aber er wolle mal sehen, was da auf ihn zukam.

Stefan parkte in der Seitenfahrbahn der Ausstellungsstraße und buchte einen Kurzparkschein für zwei Stunden. Sie stiegen aus und Elias streckte sich, griff in den Wagen und nahm dunkelgraue Nikehaube vom Rücksitz und setzte sie auf. Es war windstill, aber kalt an diesem Tag und er fühlte sich wie ein Pferd, das es nicht abwarten konnte, loszulaufen. Sie schlenderten schnell durch den Vergnügungspark, ließen dabei die Arme kreisen und handelten sich damit das heisere Gespött einiger syrischer und ungarischer Strichjungen ein, die verloren in den leeren Gängen zwischen den eingewinterten Kettenkarussells und Achterbahnen herumstanden, rauchten und unzufrieden waren. Als sie an der alten Hochschaubahn vorbei waren und die Gleise der Liliputbahn überquert hatten, bogen sie nach links ab und liefen auf der linken Schotterbahn neben der Hauptallee in Richtung Lusthaus los. Auf der Wiese rechts von der Allee versuchten Kinder, Drachen steigen zu lassen, aber es regte sich kein Hauch. Andere liefen Laub aufwirbelnd herum und lachten. Elias teilte die Musik mit Stefan und sie hörten Tangerine Dream, Ricochet. Es dauerte ungefähr zwei Minuten, bis er sein Lauftempo, den Puls und die Atmung auf die Musik abgestimmt hatte, aber als er hineingefunden hatte, trug ihn die Musik in eine fast hypnotische Entspannung hinein und Stefan lief neben ihm wie ein Flügelmann, mit weit ausholenden Schritten, und, wie es für ihn üblich war, mit hochgezogenen Ellbogen. Stefan sah hin und wieder hinüber zu Elias, und wenn sich ihre Blicke trafen, dann lächelte er so breit, dass es sich für Elias anfühlte, wie eine Portion guter Heilsalbe.

Von den sich auftürmenden Sequenzerkaskaden getragen, liefen sie gemächlich bis zum Lusthaus, einmal drumherum und dann zurück bis zum Riesenrad, ohne dabei bemerkenswert außer Atem zu kommen. Sie schwitzten und das fühlte sich gut an. Um auszudampfen, setzten sie sich auf eine Bank und atmeten tief und sahen Kindern zu, die Kastanien aus den stacheligen Schalen befreiten und in Jutesäcken sammelten.

„Die fallen jedes Jahr später!", sagte Stefan.

Elias nickte: „Fuck Klimawandel."

„Hör mal, dass sich Tine von dir getrennt hat, macht die Runde. Okay, nur eine kleine Runde, aber doch. Sie tut so, als sei sie von dir abserviert worden, durch irgendeinen hinterfotzigen Trick, den sie nicht durchschaut hatte. Sie sagt so: Er wacht nachts weinend auf, ich meine, er ist der Coolste und so, ja? Und dann die Nummer. Wäscht seine Sachen nicht, wäscht sich nicht, und lässt den Friseurtermin aus und … du kennst das Geschwätz ja. Bis auf die Tatsache, dass sie und du erfolgreich seid, gewesen seid, was hat dich motiviert, mit der blöden Kuh zusammenzubleiben?"

„Sie hat gut geblasen. Nein, Scherz, ich meine, ja, sie hat urgut geblasen, aber das war es nicht. Ich hatte für eine Zeit das Gefühl, es würde mit jemand klappen, mit dem ich nicht auf Followerzahlen herumreiten muss. So eine Art weibliches Gegenstück von dir."

„Depp, du. Ich hatte, bevor du hingeschmissen hast, einundzwanzigtausenddreihundertfünfzig Follower mehr auf IG. Nimm das, du Sack!"

Stefan lachte breit, nahm Elias in den Arm und zog ihn zu sich, und als er spürte, wie sich sein bester Freund versteifte, ließ er sofort, aber sanft los und sagte leichthin: „Wir könnten zu dir fahren, durchlüften, staubsaugen, abstauben, dann duschen, was beim Chinesen bestellen und blöden Scheiß auf Netflix anschauen. Und wenn ich in eurer Einfahrt parken kann, dann schlafe ich bei dir. Ist das für dich okay, Eli?"

Nur Stefan nannte ihn Eli. Es war ein exklusiver Spitzname, den nur er benutzen durfte – ein Privileg. Elias tat so, als ob er überlegen würde, dabei hatte er seine Entscheidung schon getroffen. Ihm fielen die beiden Halbwüchsigen ein, die er am Strand von Las Palmas gesehen hatte, als er mit Max dort Bier getrunken hatte. Die Jungs waren sandaufwirbelnd an ihnen vorbeigerannt, in dünnen, engen Neoprenanzügen, mit den Boards unterm Arm. „Renn, du Mädchen!", hatte der eine gerufen. Die Erinnerung entlockte ihm ein Lächeln, obwohl sie eingebettet war in Gift und Galle und Enttäuschung. Doch die Erinnerung war da, rein wie frisch gefallener Schnee. Le Fantom und das, was er getan hatte, konnte ihr nichts anhaben.

Freundschaft ist heilig, in your Face, le Fantom!

„Klingt wie ein Spitzenplan. Komm, Abmarsch!"

Während sie zum Parkplatz gingen, atmete Elias einmal tief durch und sagte dann leise: „Ich habe Albträume wegen der Ereignisse auf Gran Canaria. Ich wache nachts auf. Und wenn das für Tine Grund genug ist, ihre Sachen zu packen und zu gehen, dann war ihre Liebe sowieso nicht viel wert." Er blieb stehen, breitete die Arme aus und fragte Stefan: „Wieso können Mädchen nicht so stabil sein wie Jungs? Kannst du mir das sagen? Tine und ich, das war wohl wirklich nur so etwas wie eine Zweckbeziehung. Ihre Follower und meine Follower, Selfies im besten Licht. Romantikfotos. Alter, ich sag dir was. Der ganze Onlinescheiß ist toxisch. Aber voll!"

Stefan nickte, schlug Elias seitlich mit der Faust auf die Schulter und sagte einfach nur: „Komm."

Stabile Beziehungen brauchen nur wenige Worte.

Es gab nicht viel zu tun, und das, was sie taten, war eher rituell als notwendig. Sie staubten ab, gaben das Geschirr in die Spülmaschine und Elias machte sich mit dem Staubsauger über die Wohnung her, während Stefan die herumliegende Wäsche von Elias sortierte, einen Teil in den Waschkorb lud und den Rest in die Maschine. Dann bestellten sie beim Chinesen Sushi und Maki und süßsaures Schweinefleisch und gebratenen Eierreis und zwei kalte Flaschen Cola Zero.

Gegen dreiundzwanzig Uhr lagen sie nebeneinander in Elias Bett. Stefan war nackt bis auf seine schwarzen Boxershorts und atmete entspannt. Einen Arm hatte er auf der Brust, den anderen hinter dem Kopf. Elias erwischte sich, dass er immer wieder zu ihm hinübersah und seinen nahezu perfekten Körper mit Blicken bemaß, die weit weniger nüchtern und neutral waren, als er das von sich gewohnt war.

„Is´ was, Eli?"

Unsichtbar für Stefan im Fastdunkel des Schlafzimmers schüttelte Elias den Kopf und raunte: „Einfach schön, dass du da bist."

Stefan brummte „Mhm" und zwei Minuten später gab er ein hauchfeines Schnarchen von sich. Behutsam drehte sich Elias so zur Seite, dass er Stefan sehen konnte, falls er nachts aufwachen sollte. Ein Leuchtturm in der dunklen, stürmischen See.

DER TOD DER GÄSTE

Den nächsten Tag begannen sie um sieben Uhr früh mit einem gesunden Frühstück. Die Zutaten besorgte Elias aus der Küche des Restaurants seiner Eltern: Frisch gepressten Orangensaft, Bohnenkaffee, Naturjoghurt mit Honig und geriebenen Nüssen und Toast mit Putenschinken. Sie spürten, dass sie reden mussten, dass es so viel zu reden gab, dass die gesamte, stille Wohnung gefüllt war mit offenen Themen. Als sie sich schon daran machten, nach dem Frühstück das Geschirr in den Spüler zu geben, sagte Elias schließlich: „Ich werde die freie Zeit nicht nutzen, um verrückt zu werden, mach dir keinen Kopf. Ich werde einfach mehr Stunden ins Praktikum stecken, wenn die mich möchten, und ich glaube, das wollen sie. Ich habe da ein kleines Mädchen aus Afghanistan. Was soll ich dir sagen. Spielen im Wüstensand nahe der Siedlung, Mine, ein Bein weniger. Sie ist völlig verschüchtert und ich will … was ist denn?"

Stefan hatte ihn mit einem Faustschlag auf die Schulter unterbrochen und zeigte mit der Fernbedienung in der Hand auf den Fernseher. Nachrichten. Er knurrte: „Da drüben ist noch immer keine Ruhe, schau dir das an."

Mit einem frustrierten Seufzer setzte sich Elias neben Stefan auf den Boden, zog die Beine an, umschlang die Knie und schaute mit ihm Nachrichten. Die hatten es in sich.

Wie sich erst jetzt herausstellte, waren zwei der ersten Opfer der Unruhen in Mexiko und Kolumbien zwei Männer. Einer in Mexico City, der andere in Cartagena, Kolumbien. In den Wirren der Gewaltausbrüche in den beiden Ländern, die dann wie ein Flächenbrand auf die Länder Mittelamerikas übergegriffen hatten, waren diese bizarren Morde untergegangen. Dass die Hinrichtungen jedoch bedeutsamer waren als bisher angenommen, stellte sich erst jetzt heraus, als man die Identität der Opfer festgestellt hatte und herausfand, womit sie ihr Geld verdient hatten. Eduardo Ramirez, der Kolumbianer, war der Chefbuchhalter des mächtigsten Kartells in Kolumbien, und sein mexikanisches Pendant war Carlos Guerron. Beide Männer wurden fast zeitgleich in der ersten Nacht der Gewalt gejagt, gefangen und gefoltert. Eduardo Ramirez wurden alle Gelenke gebrochen, dann wurde er nackt ausgezogen und mit einer Kette an ein Auto gefesselt und durch die Stadt geschleift, bis er völlig unkenntlich war – man konnte ihn tatsächlich nur anhand seiner DNA identifizieren. Ungefähr zur selben Zeit wurde Carlos Guerron, der für das mächtige Malanoche-Kartell Geld gewaschen hatte, bei lebendigem Leib in einer leerstehenden Fabrikhalle mit den Füßen voran in ein Fass mit hochkonzentrierter Säure versenkt. Nur bis zur Körpermitte. Der Tod, sagte der Moderator mit dramatischem Tremolo, muss für diesen Mann eine Erlösung gewesen sein. Dann zeigte man in schneller Folge Fotos der Tatorte und zum Schluss zeigte man Fotos der beiden Männer, die vermutlich für Reisepässe oder andere Dokumente angefertigt wurden.

Elias fuhr zurück und schrie: „Wohoo! Fuck. Alter! Sancho Pansa und Quichote! Diese Bastarde!"

Stefan drehte den Fernseher leiser, sah Elias mit hochgezogenen Augenbrauen von der Seite an und flüsterte: „Hä?"

Mit einem Satz war Elias auf den Beinen und tigerte durch die Wohnung, griff sich in die Haare und schüttelte den Kopf und murmelte: „Das gibts doch nicht, das ist ja nicht *möglich*!"

„Ja, was denn?", unterbrach ihn Stefan und stand ebenfalls auf, unschlüssig, ob er Elias mit einer Umarmung wie einen entwischten Vogel einfangen, oder ihn weiter in der Wohnung herumflattern lassen sollte.

„Die beiden da. Diese Hurenkinder, die waren dabei. Die haben mich auch ... du weißt schon!"

Stefan wich einen Schritt zurück, weil Wut und Aufregung im Blick seines besten Freundes loderten wie ein Feuer.

Elias schrie: „Die haben mich gefickt und Zigaretten auf mir ausgedämpft – ja genau, diese verschissenen, dreckigen Hurenkinder, und jetzt sind sie tot! Sehr gut, ich hoffe, sie haben gelitten, ich hoffe, sie haben gebrüllt vor Schmerzen, diese Bastarde!" Er stieß einen Schrei aus, setzte sich im Schneidersitz auf den Boden, schlug die Hände vors Gesicht und stöhnte vor Wut und Entsetzen.

„Mega", flüsterte Stefan, setzte sich neben Elias, legte den Arm um ihn, zog ihn zu sich und schwieg und wartete, bis Elias ruhiger atmete und er sich mit dem Unterarm über die blassen, feuchten Wangen fuhr. Und dann hielt er ihn noch ein paar Minuten länger im Arm, denn irgendwie wusste er, dass Aufgewühltheit nicht mit einer Geste endete.

Später schlenderten sie durch Wind und Laub über die Ungargasse hinunter bis nach Wien Mitte, gingen über die Stubenbrücke und drehten eine Runde im herbstlichen Stadtpark.

„Wer waren die zwei? Und was ist dort los gewesen? Ich meine, du hast mir gesagt, was war und das ist ultramies, ja. Aber was meinst du, was steckt noch dahinter?"

Elias ließ sich mit der Antwort Zeit, bis sie eine zweite Runde starteten. Er vergrub die Hände in den Taschen seiner weiten, ausgewaschenen Jeans, sah dem herab wehendem Laub zu und wie es in den Teich segelte. Dann berichtete er.

„Als ich fliehen konnte, und erst recht am nächsten Tag, als ich in der Finca dieses Scheißkerls erwachte und dachte, er sei ein Geschenk des Himmels, da dachte ich, es ginge wirklich um mich. Sie hätten mich ausgesucht und irgendwie in eine Falle gelockt, um dann mit mir zu tun, was immer sie wollten. Ich glaube nach wie vor, dass zumindest die beiden Typen aus Kolumbien und Mexiko davon ausgingen, dass der Abend mit meiner Ermordung enden würde. Nur haben sie eben nicht damit gerechnet, dass sie selbst vom Alk und den Drogen so erledigt sein würden, dass sie einpennen. Mir ist inzwischen klar, dass dieser Max meine Flucht ermöglicht hatte, weil er diese … fuck, mir fällt kein Wort ein … diesen Schlussakkord setzen wollte. Er flüsterte mir ins Ohr, als er mich fickte, er hatte die Gummimaske auf, und flüsterte mir ins Ohr, ich würde mich in ihn verlieben. Und ich war nur voll mit Horror und Todesangst und so elenden, zehrenden Schmerzen, das kannst du dir nicht vorstellen, Alter!"

„Ultra", gab Stefan zurück.

„Wenn du nochmal ultra sagst, kotz ich dir auf die Schuhe! Ich reime mir die Geschichte jetzt so zusammen. Die beiden Typen aus den Nachrichten heute morgen, die haben das ganze finanziert. Vermutlich haben sie ordentlich Geld aus dem Kartell-Topf abgezweigt und ich vermute, dass Max diese Transaktionen nutzte, um dem südamerikanischen Drogenunwesen einen sehr, sehr dicken Strich durch die Rechnung zu machen. Nicht, weil er ein edler Ritter gegen Verbrechen, Drogen und was weiß ich ist, sondern weil er das Chaos liebt. Das Blut. Tränen und Verzweiflung – der badet darin. Er ist der, über den sie in den Nachrichten berichtet haben, der Le Fantom mit der grausigen schwarzen Fantomas-

Maske, der in Mexico-City im Kampfgetöse spazieren ging und die halbtoten Kids abwichste. Lange Geschichte, kurz: Meine Vergewaltigung, die gesamte Organisation der Finca, Otto Feinberg als Strippenzieher, die Ermordung von Sorin und Rey, den beiden anderen Influencern – das war nur ein Nebenschauplatz und eine notwendige Vorbereitung auf den großen Schlag. Diese ganze elende Hostel-Geschichte war nur so eine Art Ouvertüre für den richtigen Schlag."

„Der Aufwand jedenfalls war … enorm", sagte Stefan und verschluckte mühsam sein Lieblingswort.

„Schon. Vor allem, wenn man bedenkt – und ich bin sicher, dass es genauso ist – dass er das alles allein geplant hat. So als wäre es sein verdammter Beruf, sich Pläne auszudenken, wie man Menschen ins Unglück stürzen kann, und dabei Spaß hat."

Stefan stellte sich vor Elias und sah ihn mit schief gelegtem Kopf an: „Was?"

Elias dachte kurz nach, hustete und sagte leise: „Die Vergewaltigung hat ihm sicher gefallen. Aber ich bin sicher, wo ihm so richtig einer abging, war, mich so weit zu bringen, dass ich mich echt in ihn verliebte. Der Moment, als er mir am Flughafen die Wahrheit sagte, die ganze Wahrheit in einem einzigen, kurzen Satz, das war der Moment, auf den er hingearbeitet hatte. Er wollte sehen, wie ich in aller Öffentlichkeit … keine Ahnung … wie ich auseinanderfalle. Und ich bin auseinandergefallen. Ich weiß nicht mehr, wer ich bin. Ich habe Angst vor Gefühlen, echte Angst. Ich habe Angst, aufs Klo zu gehen, weil da Blut sein könnte. Ich habe *fucking* Angst, jemand zu vertrauen. Das war die echte Vergewaltigung. Nicht die Schwänze in meinem Arschloch – ich weiß nicht, ob du das verstehst, Bro. Die wirkliche Vergewaltigung war der Mindfuck – dass ich nie wieder jemand lieben kann und nie wieder irgendjemand vertraue."

Sie setzten sich auf eine mit Laub bedeckte Parkbank und sahen Kindern zu, die Drachen steigen ließen. Nach einer Weile flüsterte Stefan mit brüchiger Stimme und feuchten Augen: „Ich bin immer da. Ich werde einfach immer da sein."

Elias lehnte sich an ihn, legte den Kopf auf Stefans Schulter und nickte. „Ich weiß. Danke."

ZWISCHENSPIEL: EIN MANN OHNE GESICHT I

Torina hatte den Mann dreimal gesehen und sie könnte ihn nicht beschreiben, wenn man sie danach fragte, wie er aussieht. Ihrem Vater gehörte der Laden, in dem man alles bekam, bevor man sich auf in die Wildnis machte, entweder am Felsenufer entlang oder hinauf zu den Fjorden rund um Eidsdal.

In seinem Geschäft bekam man Jagdzubehör, alles für den Fischfang, aber auch einfaches Wanderzubehör: Kompasse, Steigeisen, Bergschuhe, Socken, Windjacken, Seile, Spazierstöcke. Und, ganz wesentlich: Man bekam hier Lebensmittel. Die Preise waren hoch, weil die Beschaffung aufwändig und teuer war, aber in den vier Jahren, die Torina nun für den Exilfranzosen Jean-Christophe arbeitete, der früher angeblich mal ein bedeutender Journalist und Schriftsteller in Frankreich gewesen war, hatte sie viele Leute kommen und gehen gesehen, die kleine Vermögen hierließen und sich mit allem eindeckten, was sie zu brauchen glaubten. Und da war eben dieser merkwürdige Mann ohne Gesicht. So nannte sie ihn. Den *Mann ohne Gesicht*. Er bestellte drei Tage vor seiner Ankunft Lebensmittel, Batterien und elektronisches Zubehör. Wanderschuhe hatte er auch einmal bestellt. Und Pflegeartikel: Duschgel, Haarlotion, Shampoo, Feuchtigkeitscreme, Badetücher. Torina wusste, dass es einen alten, pensionierten Schulmeister gab, der zwei Kilometer außerhalb der kleinen Gemeinde wohnte, der Zutritt zu dem Haus hatte, das der Mann entweder besaß oder auf Dauer gemietet hatte. So genau wusste das hier keiner. In einem Gespräch hatte Jean-Christophe ihr geraten, nicht zu viele Fragen über den Mann zu stellen. Man wollte hier nicht über ihn reden. Er war still, zeigte sich selten bis nie und wenn man ihm begegnete, war er höflich, aber unverbindlich. Er bezahlte seine Rechnungen – das war das Einzige, was man über ihn wissen musste.

Sie starrte mit müden Augen auf den Bestellzettel, den der Chef notiert hatte. Die Lieferung war heute Morgen gekommen; sie war seit drei Uhr früh auf den Beinen und jetzt war es kurz nach fünf Uhr nachmittags. Sie schloss die Augen und versuchte, sich das Aussehen des Mannes in Erinnerung zu rufen. Ja, dachte sie, ja. Er ist sehr groß, bestimmt fast einen Meter neunzig. Er ist schlank und hält sich gerade, wirkt aber nicht steif, sondern sehr agil. Auf verhaltene Weise agil. Ein alter Wolf, der durch Erfahrung gutmachte, was ihm die Jahre genommen hatten. Graue Haare hatte er, oder vielleicht sogar weiße? Ein schmales Gesicht mit einem weißen Bart. Sie glaubte sich erinnern zu können, dass er gesunde und schöne Zähne hatte. Und er roch gut. Und doch war etwas an ihm, das sie ängstigte. Bestimmt war es das Gerede im Ort. Besser gesagt, das *Nicht*gerede. Dieses Schweigen und bedeutungsvolle Wegschauen, wenn die Gespräche das Haus auf dem Hochplateau des schmalen Fjords einkreisten. Hunderte Meter über dem Nichts stand es da, ein einfaches, und gut in Schuss gehaltenes Holzhaus, direkt auf den Stein gesetzt, ohne Fundament oder Keller. Jungs aus dem Ort brüsteten sich damit, dass sie im Sommer einmal den abgesperrten Zufahrtsweg entlanggegangen waren. Die Zufahrt war fast drei Kilometer lange und ging hinter einer morschen Schranke von der Landstraße ab, die zuerst am See entlang nach Norden, und dann über Serpentinen in der kargen Landschaft hoch hinauf auf das westliche Hochplateau über dem Fjord ohne Namen. Sie sagten, man könne nicht ins Haus hineinsehen, weil die Außenjalousien heruntergelassen waren, aber sie gaben damit an, mehrmals um das Haus herumgegangen zu sein, um die Größe einschätzen zu können. Zehn mal sieben Meter. Die von der Zufahrt abgewandte Seite hing einen halben Meter über den Abgrund und war eine schmale, aus rohem Holz gezimmerte Veranda. Sie vermuteten, dass das Haus einen Wohnraum enthielt, vielleicht zwei Schlafzimmer, eine Küche, ein Bad – ja, aber wo waren die Wasseranschlüsse? Unter dem Haus, im Felsen? Ein Haus ohne Strom, okay, das konnte man sich ja noch vorstellen, aber ohne Wasser, Abwasserleitungen? Ohne nichts?

Torina vermutete, dass die Mystifikation des Mannes nur eine Verkleidung für das gekaufte Schweigen war.
    Den Menschen in Eidsdal ging es gut: Individualtourismus, Fischfang, die Fähren der Hurtigruten Spitzbergen-Linie, die hier vor Anker gingen, aber, und davon war sie felsenfest überzeugt; die Zuwendungen des Mannes ohne Gesicht waren ein Fundament des örtlichen Wohlstandes. Sie vermutete, er zahlte bar, wenn er mit einer der Fähren kam und mit seinem sündteuren Range Rover SV vom Hafen hochfuhr, zu der kleinen Siedlung außerhalb von Eidsdal, wo er eine Begrüßungsrunde drehte, ein paar Biere mit den Alten trank und dann wieder in sein Auto

stieg und zu der Hütte rauffuhr. Inzwischen ging Torina davon aus, dass es ein festes Ritual war. Der Mann kam, trank Bier, ging von Anrainer zu Anrainer und gab ihnen Kuverts, so wie in amerikanischen Mafiafilmen.

Im Laden war es still. Die Kunden, die sich mit Wanderbedarf und Lebensmitteln eindeckten, bevor sie auf Tour gingen, waren alle schon lange weg. Jean-Christophe besuchte seinen Freund Hildor Solberg, der etwas weiter oben im Wald eine Lodge hatte, die er an Wanderer vermietete (die alles, was sie brauchten, bei Jean Christophe kauften. Alles hier war ein Geben & Nehmen), und die beiden saßen auf Hildors Veranda, tranken Schnaps, wickelten sich in die dicken Felle und der Heizpilz lief auf vollen Touren.

Sie hörte nicht, dass die Tür zum Laden aufging, aber sie spürte den eisigen Lufthauch, der von draußen hereinwehte.

„Hallo, Torina", sagte der Mann ohne Gesicht.

Sie stand auf, warf einen letzten prüfenden Blick auf die isolierten Alukisten, in denen die Bestellung einsortiert war. Sie wandte sich ihm zu und lächelte: „Hallo, Wanderer. Die Lieferung ist eben fertig geworden. So wie es aussieht, bleiben Sie ein paar Tage, ja?"

Er nickte, und sie sah ihn an und versuchte, sich diesmal sein Gesicht einzuprägen, aber es war schwer zu fassen. Der Mann ohne Gesicht schien zu merken, was sie versuchte, und erlaubte ihr, ihn aus dem Augenwinkel anzusehen, während sie die Aluminiumboxen auf einer selbst zusammengeschweißten Transportvorrichtung nach vorne in den Verkaufsraum schob. Sanft lächelnd stand er im warmen Licht des Geschäfts und sah ihr versonnen zu.

„Und? Wo waren Sie so unterwegs? Haben Sie Abenteuer erlebt?"

Er nickte, seine Mundwinkel zuckten amüsiert, als er antwortete: „Ach ja, es waren aufregende Tage. Ich war auf Gran Canaria, um ein paar Freunde zu treffen und um ein Geschäft mit Mexiko und Kolumbien abzuwickeln, und dann war ich in Mexiko-Stadt, um zu prüfen, ob auch wirklich alles so klappte, wie ich es mir vorgenommen hatte."

„Und alles vom Feinsten da drüben?" Sie grinste ihn breit an. Er erwiderte ihr Grinsen und antwortete: „Aber ja. Auf Gran Canaria ergab sich neben den geschäftlichen Verpflichtungen auch ein wenig Vergnügen, und meine geschäftlichen Bemühungen in Mexiko und Kolumbien waren ein durchschlagender Erfolg, wenn ich das so sagen darf."

Sie mochte seine altmodische, vornehme Ausdrucksweise und sie mochte sein elegantes, snobistisches Norwegisch. Sie meinte, einen Dialekt zu erkennen, war aber nicht sicher, welchen. Woher.

„Ja, ich bleibe wohl fünf Tage, um mich auf meine nächsten Aktivitäten vorzubereiten. Diesmal habe ich meinen Sohn dabei. Er schläft draußen im Wagen. Er ist zum ersten Mal mit mir hier in Norwegen und die Reise war lang."

„Wieder etwas Aufregendes?"

„Und wie, meine liebe Torina. Und *wie*."

„Wo geht es diesmal hin?"

Er sagte es ihr und sie pfiff leise durch die Zähne. Torina wusste nicht genau warum, aber sie wollte unbedingt den Sohn des Mannes sehen. Die Dringlichkeit, mit der sie ihn sehen wollte, verwirrte sie. Vielleicht dachte sie, wenn schon der Vater so gutaussehend und geheimnisvoll ist, wie wird dann erst der Sohn sein?

Eine halbe Stunde später waren die Aluminiumboxen im Kofferraum des Range Rover verstaut und fixiert und der Mann ohne Gesicht machte seine obligatorische Runde. Inzwischen war es stockdunkel und Torina fragte sich, ob sie ihm anbieten sollte, im Gästezimmer über dem Laden zu schlafen. Aber vermutlich würde ihm Hildor Solberg anbieten, in der kleinen Lodge zu schlafen, die gerade frei war.

So oft es möglich war, hatte Torina versucht, den schlafenden Jungen auf dem Beifahrersitz anzusehen, aber sie wollte dabei nicht ungebührlich oder aufdringlich interessiert wirken. So viel sie sehen konnte, war Beltham, so hieß er, ein recht unmännlich hübscher Bursche mit wuscheligen, langen Haaren, einem blassen, fast mädchenhaften Gesicht. Obwohl er schlief, hatte er etwas Flatterndes an sich, als hüllte er sich in transparente Schmetterlingsflügel. Beltham trug eine lockere, schwarze Jeans und glänzende, neue Schnürstiefel aus schwarzem Leder, einen schwarzen Kapuzenpullover und ein schwarzes Nietenhalsband. Seine Fingernägel waren schwarz lackiert. Ein handzahmer Punk vielleicht? Was Torina noch auffiel: Er war teuer gekleidet. Sie musste nicht die Marken seiner Kleidung sehen, um zu erkennen, dass die Materialien seiner Kleidung vom Feinsten waren. Sie flüsterte dem Mann ohne Gesicht zu: „Ihr Sohn könnte als Model arbeiten, so gut sieht er aus."

Der Mann wandte sich ihr zu und der Junge auf dem Beifahrersitz streckte sich beinahe lasziv und brummte: „Strike the pose, *bitch*!"

Der Mann lächelte zum Abschied. Er war wirklich attraktiv, fand sie, auf merkwürdige Weise. Schlank, trainiert, gepflegt. Er trug einen gut geschnittenen, schwarzen Anzug, einen schwarzen Rollkragenpullover, und nichts davon sah billig aus. Sein Gesicht war schmal, die Augen hellblau, fast stechend, er hatte einen Fünftagebart, der nahtlos ins Haupthaar überging. Er nahm eine dunkelgraue Rollhaube aus der Jackentasche und setzte sie auf.

„Eisig hier", knurrte er freundlich und klappte die Fahrertür leise zu. „Sonst weckt ihn die Kälte auf."

Torina nickte. „Ja. Aber so richtig frisch wird es erst in drei Wochen oder so, da sind Sie ja schon lange wieder weg."

Er griff in die Tasche und gab ihr ein Kuvert. Die Rechnung für die Bestellung hatte er schon mit einer Postanweisung bezahlt, die sie vor zwei Tagen vom Postamt in Eidsdal abgeholt hatte. Bargeld. So etwas Altmodisches.

Sie befühlte das Kuvert und hörte darin Papier knistern.

Er betrachtete sie aufmerksam und sagte: „Ein Bonus für deinen Fleiß."

„Und für mein Schweigen?"

Er prustete los: „Dein was?"

„Na ja, ich dachte …"

„Schon gut. Ich ziehe urbane Legenden hinter mir her, wie eine Boot Wellen hinter sich herzieht. Es ist nur ein Bonus. Ich verdiene gut und ich gebe gerne, wenn ich Menschen treffe, die gut arbeiten."

Er stieg in den Wagen und schloss die Heckklappe mit der Fernbedienung. Dann winkte er ihr und sagte: „Es war mir ein Fest, Torina. Bleib gesund und glücklich."

Dann klappte er die Tür zu, sah über den Seitenspiegel zu ihr und lächelte. Sie winkte ihm einmal, zweimal, dann stapfte sie im roten Rücklicht des davonfahrenden SUV zurück zum Geschäft, um die Tagesrechnung zu machen, zu fegen und zuzusperren. Draußen verwehte das rote Licht, wurde blasser und verging.

Knapp eine Stunde später beleuchteten die Scheinwerfer des Range Rovers eine morsche Schranke, der kraftlos in der hölzernen Gabel lag. Der Wagen hielt, der Mann stieg aus und streckte sich, dann ging er im weißen Licht zum Balken und hob ihn mühelos aus der Gabel – er sah alt aus und schwer beweglich, aber der Mechanismus mit dem Gegengewicht war bestens in Schuss.

Über ihm kreisten die Sterne mit göttlicher Langsamkeit in einem endlosen, tiefschwarzen Himmel. Es war frostig kalt und vollkommen windstill. Er lauschte eine Weile, dann ging er zurück zum Auto, stieg ein, und fuhr am geöffneten Schranken vorbei, stieg wieder aus, schloss ihn und setzte seine Reise auf der schmalen Straße fort.

Zehn Minuten später hielt er vor dem einsamen, einfachen Haus, dessen Umrisse sich vor dem weichen Licht des tief stehenden Mondes abzeichneten.

Ein paar Handgriffe später hatte er die Aluminiumboxen mit seinen Einkäufen vor der Tür. Gemächlich ging er um den Wagen, öffnete die Beifahrertür und half dem Jungen auszusteigen. Seine Augen waren halb geschlossen, auf der Unterlippe glänzte Speichel. Mit der Fernbedienung verschloss der Mann den Wagen und drehte das Licht ab, dann schob er eine versteckte Blende am linken Türstock nach oben und legte seine rechte Handfläche auf die nun freiliegende Fläche. Ein hellgrüner Lichtstreifen fuhr von oben nach unten und wieder hinauf, und mit einem Klack entriegelte die Tür und schwang nach innen auf.

Der Mann ohne Gesicht trat ein, zerrte die Kisten ins Innere, sah noch einmal nach draußen, nickte, schob mit dem Hintern die Tür zu und sagte leise: „Licht".

Warmes, indirektes Licht ging an und beleuchtete einen behaglichen Raum aus Holz. Massive Möbel, Strickdecken, volle Bücherregale, eine Bar, die die offene Küche vom Wohnraum trennte. Überall Flickendecken von bester Qualität.

„Heizung, neunzehn Grad Celsius."

„Ich reguliere die Temperatur auf neunzehn Grad Celsius. Schön, dass du wieder da bist, Le Fantom!"

Im warmen Licht, das aus der Tür auf den Schnee fiel, ging Le Fantom zum Auto und führte den Jungen, der am Kühler lehnte wie eine Puppe, ins Haus wie ein freundlicher Mann seinen betrunkenen Kumpel.

Le Fantom betrat das Haus zuerst, dann hielt er die Hand nach draußen wie ein Gentleman, der Junge ergriff sie mit völlig ausdruckslosem Gesicht und ging hinein.

„Batterien aktivieren, Aggregat starten. Hol den Aufzug, bitte!"

Die Stimme von Luis de Funés wiederholte den Befehl und führte ihn aus.

Als der Junge das Haus betrat, sagte die Stimme der KI schnippisch: „Oh, und Boy Beltham ist auch hier. Na, herzlich willkommen!" Im Raum wurde es merklich wärmer, ein tiefes Brummen breitete sich aus. Jetzt gingen auch in den Nebenräumen – ein Schlafzimmer, ein Badezimmer und eine Toilette – die Lichter an. In der rechten hinteren Ecke ging mit einem sanften Dröhnen eine Schiebetür auf und gab einen drei mal drei Meter großen, hell erleuchteten Raum frei.

Le Fantom verfrachtete die Kisten in den hellen Raum, zuletzt führte er den schlanken, großen Jungen mit den langen, wuscheligen Haaren in den Lift, ging hinein und sagte: „In die Festung!"

Die Aufzugtüren schlossen sich und der Lift setzte sich sanft in Bewegung. Sieben Sekunden später öffneten sich die Türen und gaben den Blick frei auf einen futuristischen, fast leeren Raum, der auf der gegenüberliegenden Seite von einer vier Meter hohen Glaswand begrenzt wurde. Der Raum war wie ein riesiger Keil in den Felsen geschlagen worden und zur Front hin mit der Glaswand begrenzt, die nach außen kippte und so einen unbeschränkten Blick auf die wilde Fjordlandschaft bot, bis hinunter zur Wasseroberfläche des nur wenigen bekannten Seitenarms des Fjords ohne Namen.

Eine halbe Stunde später hatte Le Fantom die Kisten ausgeräumt und den Inhalt in der futuristischen Küche im unteren Geschoss der Festung verstaut. Inzwischen hatte es auch hier, in seinem minimalistischen, doch luxuriösen Versteck, neunzehn Grad. Boy Beltham hatte sich nackt ausgezogen und stand leblos vor der Fensterfront. Er war sehr schlank, sehnig. Seine Schlüsselbeinknochen traten hervor, die Hüften waren schlank und kantig, sein Hintern klein, fest und rund. Er hatte breite Schultern und eine gut ausgeprägte Rückenmuskulatur.

„Licht auf sechzig Prozent, Rechenzentrum starten und zwei Suchabfragen starten, bitte."

„Ich starte die TaaS!"

„TaaS?"

„*Terror as a Service*, Le Fantom. Ich dachte, du magst das."

Der hagere Mann lächelte und antwortete der KI: „Du hast ja Humor. Ja, mag ich. Starte bitte auch die TOR-Server, Autologin!"

„Welche Abfragen darf ich eingeben?"

Le Fantom dachte kurz nach, dann lächelte er: „Elias Mataanoui. Eine Zusammenfassung von allem, was er gerade treibt – seit zehnten Oktober 2025. Die zweite Abfrage: Stefan Talha Kareem. Leg bitte ein Dossier an. Bildmaterial, Videos, Überwachungskameras, Einträge in den Bürgerregistern, Klubmitgliedschaften, soziale Profile. Ich will wissen, wer mir hier in die Quere kommt."

„Ich lege ein Dossier für Stefan Talha Kareem an und ergänze das vorhandene Dossier für Elias Mataanoui."

Er blieb für ein paar entspannte Atemzüge breitbeinig vor der gewaltigen Fensterfläche stehen und starrte auf sein eigenes Spiegelbild, dann riss er sich los und ging nach links in einen durch Bücherregale abgetrennten Arbeitsraum, der sieben mal neun Meter maß. Dort gab es eine schwere Couch aus schwarzem Rauleder, Beistelltische aus Felsbrocken, deren Oberflächen perfekt begradigt und poliert waren, einen Schreibtisch aus dunkelgrauem Eisenholz, auf dem ein großer Flachbildschirm stand, eine flache Tastatur und eine silberne Maus, die auf einer Lederunterlage ruhten. Links auf dem Tisch stand ein DELL-Laptop der neuesten Generation mit Linux Mint als Betriebssystem. Le Fantom startete den Laptop, dachte kurz nach, dann lächelte er, verschränkte die Finger und ließ sie knacken.

Nachdem er eine Weile gearbeitet hatte, stand er auf, ging zu Boy Beltham und legte seine Hand auf dessen Rücken: „Hast du noch genug Drogen?"

Der Junge nickte langsam und sein Blick zeigte Verwirrung.

„Willst du onanieren?"

Boy Beltham nickte, dann schüttelte er den Kopf.

„Na, was denn nun?"

„Wirst du mir wehtun, Herr?" Seine Stimme klang kratzig und brüchig, wie vorbeiwehende Eiskristalle.

„Natürlich. Ich liebe es, wenn du weinst. Warum fragst du?"

Er führte Boy Beltham zu der Ledercouch, ließ sich nieder und nahm den langen Penis des Jungen in den Mund und lutschte ihn, bis er hart und zuckend stand. Mit der linken Hand tastete er zwischen den Beinen des Jungen, bis er das Loch fand, und bohrte seinen Zeigefinger hinein. Dann ließ er von ihm ab, leckte den Finger sauber und flüsterte: „Auf die Knie, Boy Beltham."

„Bitte nicht", flüsterte der Junge, sank aber willenlos auf die Knie und begann, zu wichsen. Le Fantom nahm eine dünne Schachtel aus seiner Hosentasche, öffnete sie und nahm vier lange Nadeln heraus.

Als er die erste Nadel durch die linke Brustwarze von Boy Beltham stieß und der Junge heiser stöhnte, halb im Schmerz, halb in Ekstase, nickte er zufrieden und bohrte eine weitere Nadel durch die linke Brustwarze. Eine hauchdünne Träne lief über Boy Belthams Wange.

Als der Junge, der in Wirklichkeit Gregory McCallum hieß, und bis vor ein paar Wochen noch ein erfolgreiches Model in der Londoner Modelszene gewesen war, abspritzte, steckten vier lange, aufgeraute Nadeln in seinen Brustwarzen. Le Fantom betrachtete das tränenüberströmte Gesicht und flüsterte:

„Du machst mich müde, Beltham. Vielleicht erlöse ich dich und hole mir einen widerstandsfähigeren Geliebten. Ich werde dir die Kehle durchschneiden und zusehen, wie du verreckst und ich werde der Einzige sein, den es interessiert, dass du gelebt hast und gestorben bist. Niemand vermisst dich. Niemand will dich. Leck deinen Samen vom Boden und stell dich in die dunkelste Ecke und stör mich nicht."

„Warum?", wimmerte der Junge, nachdem er sein eigenes Sperma vom Boden geleckt und geschluckt hatte und stand mit bemühter Eleganz auf. „Warum?"

Le Fantom lächelte und sah ihm nach, als er nach rechts wegging, zur dunkelsten Ecke der Festung.

„Weil deine Tränen meine Gleitcreme sind, Boy Beltham. Deshalb." Ohne Hand an sich selbst zu legen, stand Le Fantom auf, ging zu den Computern, setzte sich an den Tisch und arbeitete weiter. Es gab viel zu tun.

Er flüsterte: „Elias, mein lieber Elias. Dein Entsetzen ist nicht genug für mich. Es hat mir Hunger auf mehr gemacht." Er lachte heiser, warf den Kopf in den Nacken und schrie den rußschwarzen Felsen über sich an. Dann beugte er sich vor, legte die Unterarme auf die Unterlage und machte sich an die Arbeit.

In der Dunkelheit stand Boy Beltham mit tränennassem Gesicht, verschwitzten Haaren und träumte durch den Nebel von Drogen hindurch von einem schmerzlosen, sanften, freundlichen Tod. Fühlte sich wie ein Boot, das in der Dämmerung vom Ufer wegtrieb.

DAS GEFÜHL

Inzwischen liefen Stefan und Elias jeden zweiten Tag, und die Fragen aus ihrem einst gemeinsamen Freundschaftskreis, wie es denn Elias so ginge, wurden seltener und wirkten zunehmend wie ein Pflichtprogramm und immer seltener wie echtes Interesse. Er war weg, seine Profile gelöscht, und damit war er insgesamt vom Tisch. Stefan berichtete, dass sich die Leute in den ersten Tagen nach seinem Abgang in der Agentur in einer Art Weltuntergangsstimmung eingeigelt hatten, denn immerhin war Elias ein Gründungsmitglied gewesen, aber inzwischen hatte man seine Kunden aufgeteilt, die Dividende passte und seine Vorarbeit war auch tadellos. Sie hielten sich an ihre finanziellen Verpflichtungen und zahlten Elias seine Anteile als stillen Teilhaber aus, der er ja auch nicht mehr war, aber irgendeinen Namen musste das Kind in der Bilanz ja haben.

Elias besuchte jede Vorlesung, und statt ins Fitnesscenter zu gehen, verbrachte er fast jede freie Minute im St. Anna Kinderspital und erledigte jede noch so niedrige Arbeit. Er pendelte in seinen Aufgaben zwischen Therapeuten und Zivildienern und überall war man froh, dass er da war. Und dass er in den letzten Tagen so viel Zeit aufbrachte. Man wusste auch, dass er in erster Linie so oft wegen des Mädchens aus Afghanistan da war. Sie lag ihm am Herz. Malalay war ein elfjähriges Kind, dessen Mutter bei dem Unfall starb, bei dem Malalay ihr rechtes Bein und das linke Auge verloren hatte. Sie war das jüngste von sechs Geschwistern und das einzige Mädchen. Die Ärzte ohne Grenzen hatten sie mitgenommen, als sie das blutende, dumpf vor sich hinstarrende Mädchen am Rande des Dorfes fanden, als sich der ölige Rauch lichtete. Sie hatte nicht geschrien und nicht geweint. Sie hatte nur ununterbrochen geflüstert: „Ich will nicht mehr leben."

Drei Tage später und nach sehr oberflächlicher Erstbehandlung war sie im Rahmen eines Ärzteabkommens gegen den lautstarken Protest einer ausländerfeindlichen Partei nach Wien gebracht worden. Auf X gab es die üblichen Verschwörungstheorien, die einige Boulevardzeitungen aufgriffen und verstärkten: *Eine neue Methode, unbegleitete Flüchtlinge ins Land zu holen! Eltern verstümmeln ihre Kinder, um sie als Ankerkinder in die EU zu werfen!* Eine Demonstration besorgter Bürger verpuffte im Regenwetter, aber Elias wurde einige Male beim Betreten und Verlassen der Kinderklinik sehr genau von – haha – zufälligen Passanten in Augenschein genommen. Was dazu führte, dass er einmal aus der Haut fuhr und einen älteren Herrn in Trenchcoat und mit gezücktem Handy anfauchte, er soll sich verpissen, oder riskieren, dass er ihm den verdammten rechtsrechten Faschistenschädel einschlägt. Der Mann hatte ein süffisantes Grinsen gezeigt und empört gerufen: „Na, erlauben Sie mal!" Natürlich alles gefilmt. Wozu braucht man sonst ein Smartphone?

Ein, zwei Tage hatte Elias befürchtet, er könne wegen eines solchen Videos zum Feindbild der Rechten stilisiert werden, die immer glücklich sind, wenn sie einen finden, den sie auf Socialmedia vor sich hertreiben können. Die immer auf der Suche sind nach einem ikonischen Feindbild. Stefan beruhigte ihn, indem er die üblichen Kanäle auf X und Tiktok und Telegram durchforstete und dabei erfolglos blieb. Als sie Mitte November im dichten Nebel bei neun Grad auf der Hauptallee liefen und nach einer Ehrenrunde um das Lusthaus Pause machten, ehe sie zurück zum Praterstern liefen, sagte Stefan, dass er wegen dieser Sache noch einmal genau gesucht hatte, auch im Zusammenhang mit Schlüsselwörtern wie *kinderspital, ankerkind, woke, gowokegobroke.* Er habe die Begriffe kombiniert, mit dem Datum abgeglichen – nichts. „Du bist sauber, Eli!"

„Wie geht es denen in der Agentur? Läufts?"

Stefan druckste eine Weile herum, dann sagte er: „Du hast was ausgelöst. Zumindest bei mir."

„Inwiefern?"

„Du befasst dich jetzt mit Themen, die wirklich zählen, verstehst du? Du sorgst dich um ein verwundetes Kind. Das ist mehr, als wir in der Agentur in den letzten Jahren gemeinsam an Menschlichkeit zusammengebracht haben. Ich bin inzwischen so weit, dass ich mich fast schäme, wenn ich hinfahre und bei Meetings dabei bin und denke, ultra, denke ich, wir vertun wertvolle Lebenszeit für so einen unsagbaren Stuss. Jede Minute, die du bei Malalay bist, ist wertvoll, und nichts von dem, was wir tun, ist wertvoll. Das ist Gold. *Dort* ist gar nichts."

Elias lächelte ihn dankbar an. Manchmal vergaß er, dass seine Arbeit mit dem verwundeten Mädchen nicht zu seinem Selbstzweck werden durfte, dass er für *sie* da war und nicht sie für ihn. Und doch war sie es gewesen, die stolz lächelnd auf ihn zugekommen war, als er am zweiten Tag nach seiner Rückkehr von Las Palmas ins Kinderspital fuhr, um seinen Dienst anzutreten. Sie hatte sich auf die Krücken gestemmt und in ihrem Gesicht hatten Stolz und Schmerz miteinander gerungen. Er war der erste Mensch, den sie seit dem schrecklichen Vorfall in Afghanistan umarmte. Das war die beste, kühlste und wirkungsvollste Heilsalbe für seine geschundene Seele.

Stefan war in den letzten Tagen dazu übergegangen, sich ebenfalls schlampig zu kleiden, wenn sie laufen gingen. Er redete sich aufs Wetter raus, aber Elias wusste, dass sein Bro auf diese Art seine Solidarität zeigen wollte. Nicht nur einfach zeigen. Sie leben.

Er sah ihn dankbar an und in diesem Moment meinte er, hinter Stefans linker Schulter einen glatzköpfigen Mann zu sehen, der sie fotografierte. Verwirrt blieb Elias stehen, tat so, als ob er sich streckte, und schaute noch einmal in die Richtung. Da war ein Mann in einer grünen Regenjacke und einem Basecap und der hatte keine Kamera, zumindest nicht in der Hand. Stefan stieß ihn an und raunzte: „Na, Wolke 7? Rennen wir?"

„Warte noch eine Minute. Sei nicht so ein verdammter Schinder."

„Wie geht es Malalay?"

Allein der Name zauberte ein Lächeln in Elias´ Gesicht und er antwortete mit der zärtlichen Stimme eines Vaters, der sein schlafendes Kind nicht wecken möchte: „Es wird jetzt echt jeden Tag besser. Und sie lernt Deutsch. Echt. Warte, sie sagt ‚Bitte' und ‚Danke' und ‚Darf ich' und so Sachen, ja. Ganz einfach Sachen. Die Bewegungsübungen mit der neuen Prothese tun ihr fast nicht mehr weh und sie wehrt sich überhaupt nicht mehr gegen die Massagegriffe, obwohl die ihr schon noch Schmerzen bereiten. Ihr Vertrauen ist wie … ich weiß nicht. Es ehrt mich."

„Das würde ich auch so sehen, Bro. Yo Mann, was soll der Scheiß? Genug Fotos von uns gemacht – Spanner?"

Elias fuhr hoch und schaute in die Richtung, in die Stefan seinen rechten Mittelfinger ausstreckte. Dabei rotzte er auch noch hoch und spuckte aus, um all seine Verachtung zu zeigen. Etwa zehn Meter entfernt, zwischen zwei Bäumen am Beginn der Allee, stand ein kleiner Mann in einem schwarzen Mantel, der jetzt sichtlich unangenehm berührt versuchte, seine kleine Kamera in der Manteltasche zu verstauen.

Er antwortete heiser und unangenehm berührt: „Bitte entschuldigt, aber ihr seid so ein schönes Paar und …"

„Was? Mann, geh nach Hause, wichsen. Hau ab!", fuhr ihn Stefan an und machte zwei schnelle Schritte auf den Fremden zu. Elias packte ihn am Arm und sagte leise: „Lass ihn. Einsamer Typ. Wir haben über solche Leute geredet. Lass ihn!"

„Aber der hat uns nicht heimlich zu fotografieren!" An den davoneilenden Mann gewandt rief Stefan: „Was denkst du, was wir tun? Wovon träumst du? Du machst mich wütend, Mann! Wütend *as fuck*!"

Elias packte ihn fester und raunte ihm ins Ohr: „Rennen wir, komm. Der ist die ganze Aufregung nicht wert."

Stefan entzog sich Elias' Griff, schnaufte kurz, spuckte noch einmal aus und lief dann unvermittelt los. Elias holte gleich auf, sie schwenkten auf die rechte Seite der Hauptallee ein und fanden ihr Tempo, wie eine gut geölte Maschine.

Als sie ungefähr auf der Höhe der Liliput-Bahn-Station Rotunde waren, wo gerade eine Schulklasse glücklich kichernder Kinder die offenen Wagons enterten, griff sich Stefan im Laufen in den Schritt und grinste breit: „Ich hätte ihm meinen Negerschwanz zeigen sollen, damit er einen echten Grund hat zu wichsen, der *Wichser*!"

Elias kicherte erschrocken, sah aber gleich, als er sich im Laufen einmal im Kreis drehte, dass niemand etwas mitbekommen hatte.

„Alter, *Schnauze*!"

„Na, was. Nigerian Powerhouse!"

„Werd erwachsen", keifte Elias und klatschte ihm auf den Arsch. Ohne das Grinsen aus dem Gesicht zu kriegen, rannten sie weiter, bis sie das Riesenrad sahen, wurden langsamer, und setzten sich auf eine Bank, um auszudampfen, bevor sie zurück zum Auto gingen.

„Also, geht es ihr gut?"

„Mhm. Besser jedenfalls. Aber sie fragt ab und zu nach ihrer Mama. Wir haben ihr schon gesagt, dass sie allein hier ist und dass wir alles tun werden, um ihr eine Zukunft zu geben, aber ich glaube, sie hat es noch nicht verstanden. Sie bringt das nicht unter einen Hut. Mutter und Tod, in ihrer Welt gehen diese Begriffe nicht zusammen."

„Scheiße"

„Und wie. Ich nehme sie dann in die Arme und sie lässt das manchmal zu und legt ihre kleinen Arme um meinen Hals und schläft ein. Ich habe Angst vor dem Tag, an dem sie einschläft und so etwas sagt wie ‚Papa'. Ich weiß nicht, wie ich mich dann fühlen soll."

„Denkst du, dass das passieren wird?"

Nach einer Weile nickte Elias und antwortete: „Ja. Ich bin ihr Anker geworden."

Sie schwiegen eine Weile. Der Nebel hatte die Stadt fest im Griff und Elias fand, dass die Stimmung filmreif war. Unglaublich fotogen. Es rieselte noch immer Laub von den Bäumen. Es war windstill und klamm. Als sich ihr Puls beruhigt hatte, wollte Elias aufstehen, aber Stefan nahm seine Hand und sagte: „Warte mal."

„Ja?"

„Ich habe dir gesagt, dass mein Papa irgendetwas plant, um mehr Zeit mit mir verbringen zu können, ja?"

„Ja."

„Jetzt weiß ich, worum es geht. Willst du´s wissen?"

„Jetzt komm, Lieblingsmaus, mach nicht so ein Fass auf. Klar will ich es wissen!" Irgendwann war der Begriff „Maus" in ihren Sprachgebrauch eingeflossen. Für sie war das eine Art sprachliches Knuddeln ohne die Bedeutung, die das Wort für andere vielleicht hat.

„Sagt dir die baltische Erklärung von Tallinn etwas?"

„Ich hab mal was gehört. War was in den Nachrichten. Weißt du mehr?"

„Verdammt, ja. Ich lade dich zum Essen ein und erzähle es dir, Geritzt?"

„Na, voll!"

Das Essen bestand aus heißen Maronen, Bratkartoffelscheiben mit viel Salz und gebackenen Zwiebelringen von einer Imbissbude bei der U4-Station und vier Dosen Bier von der Tankstelle am Schwedenplatz. Der Nebel lichtete sich in der Dunkelheit und die Lichter der Stadt spiegelten sich im schwarzen Wasser des Donaukanals. Es war für die Jahreszeit warm – es hatte elf Grad, und nachdem sie in Stefans Wohnung gewesen waren, die sich auch im dritten Bezirk befindet, aber ein Stück weiter stadtauswärts, geduscht und frische Sachen angezogen hatten, fuhren sie mit der U-Bahn zum Schottenring und gingen von dort zu Fuß am Ufer des Donaukanals Richtung Innenstadt. Gegenüber dem ‚Neni am Wasser' auf der anderen Seite des Kanals, setzten sie sich am Ufer des neuen Schleusenparks auf den Boden, stapelten die Bierdosen und das Essen zwischen sich und musterten einander, wer zuerst jammern würde, von wegen kalter Arsch und so. Es war nicht das erste Mal, dass sie sich aus der Influencer Szene zurückzogen – das hatten sie schon früher gemacht, um zu genießen, frei von Verpflichtungen und Spielregeln zu sein. Mit einem fetten Imbiss am Kanal sitzen, während die Leute hinter ihnen Party machten, scherzten und auf E-Rollern vorbei sausten, Radfahrer einander überholten und späte Sportler am Wasser entlangliefen. Sie waren Kinder dieser Stadt, und als sie ihren ersten gemeinsamen Instagram Auftritt ins Leben riefen, half ihnen das, interessante Locations für Fotos zu finden. Bei diesen ersten zaghaften Versuchen ging es ihnen darum, Follower einzusammeln. Stefan hatte den Dreh, das Wachsen in der Influencer Szene mit Astronomie zu vergleichen. Alles hatte mit Gravitation zu tun, mit wachsender Masse, mit dem Zünden der geballten Masse. Und natürlich ging es ihnen darum, die Entwicklung von molligen Außenseitern zu jungen Models zu dokumentieren. Das war der Plan gewesen: Trainieren, schön werden, Posen lernen, Fotografieren lernen, und interessant werden. Die Art der Aufmerksamkeit selbst steuern. Von verspotteten Außenseitern an der Schule zu edlen Schwänen. Die Transformation war abgeschlossen, das wussten sie, und jetzt waren sie mehr oder weniger damit befasst, zu verwalten, was sie sich erarbeitet hatten. Dass Elias nach dem einschneidenden Erlebnis auf Gran Canaria alles aufgab, kam für Stefan nur zum Teil unerwartet. Schrecklich, dass einem Menschen wie Elias überhaupt irgendetwas Übles widerfahren konnte – allein das war kaum fassbar. Aber dass Elias seine Zukunft nicht in der Socialmedia-Welt sah, wusste Stefan schon, seitdem der im Zivildienst freiwillig Dienst bei kriegsversehrten Kindern gemacht hatte. Da waren sie beide achtzehn Jahre alt gewesen, standen hell in Flammen wegen der Erfolge, die sie als Models hatten, aber schon zu dieser Zeit hatte Stefan gefühlt, dass sein Bro abdriftete, und zwar nicht irgendwohin, sondern dorthin, wo eine noch stärkere Anziehungskraft auf ihn wirkte. Stefan erkannte schnell, worum es Elias ging, und dass sein Motiv, sich mit verletzten Kindern zu befassen, für ihn wichtig war und nicht nur ein wünschenswerter Eintrag in seinem Lebenslauf. Worum ging es ihm? Er wollte ein Leben in Resonanz. Das Socialmedia-Leben tat nur so, als ob es so etwas wie Resonanz gäbe. Das wussten sie beide. Und deshalb hatten sie auf der Abiturfeier, wo es zum ersten Kuss zwischen ihnen kam (der Kuss als Influencer kam zwei Monate später auf einer Dachterrassenparty), beschlossen, das Nützliche mit dem Noblen zu verbinden. Elias beschloss, Sportwissenschaften ‚Auf der Schmelz' zu studieren, um sich später in Richtung Sportpädagogik und Bewegungstherapie einbringen zu können. Stefan hingegen wollte seinen Beitrag zum Klima und Umweltschutz leisten und begann an der Universität für Bodenkultur in Wien ein Masterstudium zur Landschaftsplanung und Landschaftsarchitektur.

Elias klopfte Stefan auf die Finger, der sich den letzten gebackenen Zwiebelring sichern wollte und zischte: „Meins!".

In diesem Moment war alles fast wie früher – fast.

Elias spürte einen unerwarteten Anflug von brüderlicher Romantik in sich aufsteigen, lehnte sich an Stefan und sagte leise: „Talha, neben dir zu laufen ist ein Gefühl, als ob mir Flügel wachsen."

Stefan wusste, dass Elias es immer besonders ernst meinte, wenn er ihn bei seinem echten Vornamen nannte, also erwiderte er den Schulterschluss und legte seine Hand in Elias' Nacken. Er wusste, dass er das mochte. Zum dunklen Wasser, das sich vor ihnen ausbreitete, sagte er: „Deine Freundschaft ehrt mich, erleuchteter Elias."

Sie hielten das Schweigen fast dreißig Sekunden lange aus, dann prusteten sie los wie Geistesgestörte und Elias spuckte vor Lachen eine Fontäne Bier ins Wasser. Als sie sich einigermaßen gefangen hatten, seufzte Elias.

„Na, schieß los. Was ist diese baltische Erklärung von Tallinn und was hast du damit zu tun?"

WINTER IN TALLINN

„Scheiße", sagte Stefan, als er aufsprang und sich streckte. „Das Zeugs schmeckt gut *as fuck*, und ich fühle mich jedes Mal so dreckig, wenn ich es esse. Was stimmt nicht mit mir?" Er ging in die Hocke und sammelte den Müll ein, sah zu, wie Elias elegant in einer fließenden Bewegung aufstand und ihm dabei half, Ordnung zu machen. Sein Blick war freundlich und entspannt.

Stefan war in den letzten Tagen verwirrt und arg nervös gewesen, und das hatte verschiedene Gründe, wie er sich eingestand. Da war zunächst einmal die Rückkehr von Elias, der einen Rucksack voll mit Giftmüll herumschleppte. So nannte er das, wenn jemand mit Problemen durchs Leben ging. Seitdem sie sich kannten, und zwar seit der Volksschule im dritten Bezirk von Wien, hatte Stefan in Elias immer den Leichtfüßigen von ihnen gesehen und er mochte ihn von Anfang an, weil er mit den Sticheleien der Klassenkameraden wegen seiner Molligkeit so locker fertig wurde. Dass Elias oft deswegen daheim weinte, gestand der ihm erst eineinhalb Jahre später auf einer Klassenfahrt, als sie sich ein Zimmer teilten, nachts Chips aßen, bis ihnen schlecht wurde und redeten und redeten und redeten. Stefan war selbst ein wenig dick um die Hüften, und an jenem Abend, Ende Juni 2017 auf der Klassenfahrt, beschlossen sie, ihr Schicksal in die eigene Hand zu nehmen. Noch im Juli schrieben sie sich mit der Erlaubnis ihrer Eltern im *FitInn* ein und gingen ab da jeden Tag nach der Schule (und nach den Hausaufgaben) gemeinsam trainieren. Der Erfolg ihrer Bemühungen zeigte sich schnell: Nach knapp einem Jahr war von mollig oder speckig oder Hüftgold keine Rede mehr. Sie waren schlank und rank, ansatzweise muskulös und mit einem neuen, attraktiven Selbstbewusstsein ausgestattet.

Sie waren einander so vertraut, dass sie keinerlei Scham voreinander empfanden. Und sie hatten keine Berührungsängste und mit knapp fünfzehn Jahren kokettierten sie ganz offen mit dem homoerotischen Aspekt ihrer Bromance. Das Interesse der Mädchen war ihnen ebenso gewiss wie die säuerliche Anerkennung ehemaliger Klassenkameraden. Stefan fand Elias seit je her gutaussehend und ganz besonders, seitdem sie trainierten und sich gegenseitig mit Anerkennung bedachten. Gutaussehend traf es nicht – das war nur ein Wort. Stefan fand, dass Elias edel und graziös war.

Doch seit dem Tag, an dem ihm Elias von seinen schrecklichen Erlebnissen auf Gran Canaria berichtet hatte, spürte Stefan ein langsam erwachendes, ungesundes Gefühl. Nie hatte er Elias als sexuell attraktiv wahrgenommen, obwohl er wusste, dass Elias ein Mensch aus Fleisch und Blut und Träumen war. Das war zum verrückt werden, denn er hatte Elias nie begehrt – bis zu jenem Tag, an dem Elias als Opfer einer sadistischen und grausamen Vergewaltigung von Gran Canaria zurückgekehrt war. Als er dann bei Elias schlief, mit nichts anderem im Hinterkopf, als seinem besten Freund beizustehen, hatte er Elias ertappt, wie er ihn verträumt beobachtete, wenn er dachte, er würde schlafen. Und Stefan hatte festgestellt, dass er Elias mit neuen Augen sah, als der eingeschlafen war. Dass er so unendlich knapp davor gewesen war, seine Brust zu streicheln. Natürlich nur, um dem Schlafenden das Gefühl von Trost zu spenden – nicht wahr? Stefan hatte über diese Gefühle nachgedacht als sie in der Hauptallee joggten, und er fühlte verwirrter als je zuvor. Es hatte sich nichts daran geändert, dass er Elias liebte, wie man einen besten Freund liebte. Die Wunden, die ihm auf Gran Canaria geschlagen worden waren, machten eine Verletzlichkeit offenbar, die Stefans Gefühlen für Elias eine irritierende Hitze verliehen. Dieser Temperaturanstieg war ihm unangenehm, weil ihm aufging, wohin es ihn führen könnte.

Long story short: Die Tatsache, dass Elias vergewaltigt worden war, erfüllte Stefan nicht nur mit einem heiligen Zorn, sondern auch mit … *womit* verdammt nochmal?

„*Redest* du jetzt endlich, Alter?"

Elias klatschte in die Hände wie ein Lehrer, der um Aufmerksamkeit bittet. Sie hatten den Müll entsorgt und kontrolliert, ob nichts liegen geblieben war, und schlenderten weiter Richtung Nussdorf. Immer am Wasser entlang; ihr Gehen glich einem eleganten Schwimmen in der Menge. Die Lokale am Wasser waren alle offen, und wer rauchen wollte, tat das draußen vor den Gaststätten an Stehtischen. Radfahrer fuhren vorbei, Jungs mit E-Rollern, größere Gruppen Mädchen, die bemüht waren, Selbstsicherheit durch Lautstärke zu vermitteln.

„Also", sagte Stefan, als sie am Lokal ‚Grelle Forelle' vorbeigingen, rieb poserhaft die Hände und begann: „Am 05.12.2025 ratifizieren die drei Länder Litauen, Lettland und Estland einen Kooperationspakt, den sie ‚Die baltische Erklärung' nennen. Es ist ein Übereinkommen, einen gemeinsamen Blick auf europäische, gesellschaftliche und soziale Themen zu teilen. Das beinhaltet die Unterstützung bei Migrationsthemen, Asylwesen, Sozialpolitik, digitale Kompetenz. So wie ich den Pakt verstehe, ist er zu einem Teil eine Art Goldplating der Gemeinschaftswerte der EU und zum anderen beschreibt er eine klare, politische Kante gegen Russland. In den Jahren seit dem Kriegsbeginn gegen die Ukraine hat Moskau sehr viel unternommen, die drei baltischen Staaten Estland, Lettland und Litauen mit russischen Enklaven zu destabilisieren, um dort ähnlich vorgehen zu können wie in der Ukraine."

„Wie meinst du das?"

„Russland hat das auch schon in den Sechzigern in Sibirien so gemacht. Sie haben Tausende Familien in der Grenzregion zur Mongolei und zu China angesiedelt, um den russischen Gebietsanspruch vor allem in der Gegend rund um die Stadt Tschita durch Fakten zu festigen. In der Ukraine in den Gebieten mit vielen russischen Bewohnern dasselbe. Du schaffst im Ausland eine Minderheit mit deinen eigenen Bürgern und wenn die Zeit reif ist, schickst du Zündler, die Unzufriedenheit und Ängste schüren, bis es zu einer Revolution kommt, der das Herkunftsland dann natürlich beistehen muss. Die baltischen Staaten haben das durch eine Reihe von abgestimmten Gesetzen unterbunden, und jetzt braucht es zu den Gesetzen noch einen gesellschaftlichen Überbau, verstehst du? Sie wollen eine liberale Bürgerlichkeit durch Wohlstand schaffen, ein gemeinsames Verständnis für die Zukunft, und wie man das durch das Erkennen eigener wirtschaftlicher und gesellschaftlicher Stärken definieren kann. Papa hat drei Jahre lange als Chefdiplomat in der EU geholfen, die Verträge zu sichten und den Überbau zu verfassen. Es ist eine Art Kooperationspakt für die Zukunft, oder eine Präambel, so irgendwie."

„Du musst mächtig stolz sein auf deinen Vater."

„Bin ich. Und ich bin froh, dass ich mit ihm nach Tallinn reisen kann. Wir fliegen am ersten Dezember hin, checken in einem Hotel ein und nutzen die Tage bis zur feierlichen Ratifizierung, um uns dort umzusehen. Mit anderen Diplomaten essen gehen, Ausflüge machen, es gibt ein paar gesellschaftliche Veranstaltungen, zu denen ich ihn begleite, ... und am Sonntag fliegen wir dann zurück. Pa hat gesagt, beim Rückflug werden wir in einer Privatmaschine mitgenommen, sheez!"

„Pah, ich bin voll eifersüchtig. Dein Vater ist urwichtig!"

„Und dein Papa macht die besten Teigtaschen, die ich je gegessen habe."

Sie blieben stehen, sahen sich kurz an und lachten laut drauflos. Inzwischen hatten sie die Nussdorferbrücke erreicht. Stefan sah Elias freundlich an, beinahe liebevoll: „Gehen wir zurück? Hier hats echt einen scheißkalten Wind. Und es stinkt voll nach dreckigem Wasser, wäh!"

Elias nickte. Stefan hatte recht. Es hatte in der letzten halben Stunde abgekühlt. Mit einem raschen Handgriff zog er sich die Kapuze über den Kopf. Sie nickten einander zu und gingen zurück.

Jetzt hatten sie den Donaukanal zu ihrer Linken und rechts gingen sie an stillen Parkplätzen vorbei, dann entlang der Stadtbahnbögen. Einmal blieb Stefan unvermittelt stehen und hielt die Luft an.

„Was?", flüsterte Elias.

„Pscht, hörst du nichts?"

„Sheez, ja, Alter, komm, weiter. Die Viecher pfeifen wie verrückt!"

Stefan zitterte vor Panik, und stotterte „Ich-ich-ich h-h-*hasse* sie!" Er packte Elias am Oberarm und zerrte ihn weiter, weg von dem Gefiepse.

Elias wusste das. Stefan hatte eine Todesangst vor Ratten. In der Dunkelheit eines leeren Stadtbahnbogens, aus dem es nach Scheiße und Urin stank, hörten sie das Pfeifen und Wieseln und Krallengeklicke unzähliger Ratten.

Als sie etwa hundert Meter weiter waren, blieben sie stehen und Stefan beugte sich vor, stützte sich auf den Knien ab, würgte und spuckte Magensäure aus. „Sorry, Bro, ich, ich, ich … *fuck*!"

Elias ging zu ihm und wartete, bis Stefan sich wieder aufrichtete. Dann zog er den Zippverschluss seiner Jacke auf. Stefan sah ihm dabei zu und wich keinen Millimeter zurück: „Was machst du?", hauchte er fast tonlos und wischte sich mit dem Handrücken die Lippen ab.

Anstatt zu antworten, legte Elias seine rechte Hand auf Stefans Brust und presste sie behutsam gegen den wilden Herzschlag.

„Na, was", murrte er sanft. „Ich halte dein Herz fest."

Auf dem Stadtbahnbogen fuhr eine späte U6 vorbei und zerstörte die Magie. Stefan nahm die Hand und schob sie weg, wich einen Schritt zurück und murmelte: „Sorry, ich kann damit nicht umgehen. Das verwirrt mich *ultra*."

Elias zog seine Hand zurück und betrachtete sie, als ob er sie sich verbrannt hätte und wich ebenfalls einen halben Schritt zurück: „Same here. Sorry bro, das war jetzt voll bodenlos von mir!"

Jetzt grinste Stefan sein flinkes Grinsekatz-Grinsen und erwiderte fröhlich: „Das nicht, also bodenlos wars nicht. Aber ziemlich schwul, Digga!"

„Na komm, Thala, das mit Digga hatten wir schon. Wenn du mich nochmal Digga nennst, hau ich dich ins Wasser!"

Dann standen sie einfach kurz einander gegenüber und grinsten. Und Stefan fand, dass der alte Elias fast wieder auf die Karte gepackt war. Dass er sich geändert hatte unter der Last, die man ihm auf Gran Canaria aufgebürdet hatte – geschenkt. Daran würde er als sein Bro viel arbeiten müssen. Aber Elias hatte Steherqualität bewiesen, sich aufgerappelt, durchgeatmet und geweint – Stefan wusste das, weil er die Augen seines besten Freundes kannte – und nun stand er vor ihm, straff wie eine Klaviersaite, beweglich wie ein Aal und mit dem unwiderstehlichen Grinsen, das man nur mit einem …

Stefan bewegte sich die paar Zentimeter vor, atmete Elias ins Gesicht, legte die linke Hand in seinen Nacken und küsste ihn auf den Mund. Es blieb ein sehr sanfter, geschlossener Kuss und sie lösten sich mit Mühe voneinander, hauchdünn vor dem Moment, wo sich ein sinnlicher Freundschaftskuss in einem Zungenkuss entfaltet.

Elias flüsterte heiser: „Und du quatscht was von wegen schwul. Komm, lass uns gehen, das wird mir hier zu pornographisch!"

Stefan grinste breit: „Ja. Mega."

AUF DIESER FREQUENZ

Absender: cmejias@ulpgc.es
Empfänger: e.ma@posteo.at
Auf dieser Frequenz

Sehr geehrter Elias Mataanoui!
    Du wirst Dich wundern, woher jemand, den Du nicht kennst, Deine neue E-Mail-Adresse hat. Mein Name ist Alexis Cristobal Armas Ramos und ich bin der Chef der Kriminalpolizei von Las Palmas. Meinem besten IT-Forensiker ist es mit irgendwelchen fragwürdigen und miesen Tricks gelungen, Deine neue E-Mail-Adresse ausfindig zu machen – frag mich nicht wie, diese IT-Gurus machen mich selbst ein wenig nervös. Flipp bitte nicht aus, aber wir haben auch Deine neue Handynummer.
    Ich schreibe Dir diese Nachricht über die Universitätsadresse meines Freundes Caramello Mejias, den Du kennst. Er wurde im Oktober, in der Nacht von Mittwoch auf Donnerstag von einem Mann namens Max hinzugezogen, um Deine Verletzungen zu versorgen – Verletzungen, die dieser Mann Dir zugefügt hat. Caramello sitzt neben mir und ist sehr nervös, er knabbert an seinen Fingernägeln und fühlt sich sehr schlecht. Ich soll Dich von ihm grüßen. Er sagt, er habe die Begegnung mit Dir im Hinterzimmer der Bäckerei seiner Mutter in Tejeda sehr bewegend wahrgenommen. Er sagt, das macht es für ihn jetzt umso schlimmer, nachdem er die Wahrheit kennt.
    Meine Kollegen und ich haben den Mann namens Le Fantom und Dich am Flughafen von Las Palmas um Minuten verpasst. Wir gehen inzwischen davon aus, dass er kurz nach Dir Gran Canaria verlassen hat und nun irgendwo ist, um neue Verbrechen auszubrüten.
    Unsere Ermittlungen ergeben ein sehr deutliches Bild davon, was Du durchgemacht hast, und auch, wenn ich nicht sagen kann, dass ich Deine Gefühle nachvollziehen kann, denn das kann niemand, das sagt man nur so, so will ich Dir dennoch sagen, dass Le Fantom nicht nur in Deinem Herzen verbrannte Erde hinterlassen hat, sondern auch hier. In Herz meines Freundes Caramello, der erst jetzt zu verstehen beginnt, wie knapp er dem Tod entronnen ist, und in mir, da ich jetzt um das Leben meines Geliebten fürchten muss – und um mein eigenes. Le Fantom hat

in der Finca auf dem Schreibtisch in seinem Schlafzimmer einen Brief hinterlassen, in dem er uns offen droht, ein vergiftetes Abschiedsgeschenk. Wir haben Vorsichtsmaßnahmen getroffen, doch wir denken, Le Fantom, wer auch immer er sein mag, ist inzwischen anderswo und brütet neue Verbrechen aus. Er ist rastlos.

Inzwischen ist einiges hier geschehen. Gestern explodierte eine Autobombe in der Tiefgarage der Polizeihauptwache. Dabei wurden vier Polizisten schwer verletzt und drei Touristen, die am Gebäude vorbeigingen, wurden ebenfalls verwundet, alle befinden sich Gott sei Dank außer Lebensgefahr. Wir gehen davon aus, dass die Bombe nicht direkt von Le Fantom platziert wurde, auch nicht in seinem Auftrag, sondern dass er durch sein Wirken den Drogenkartellen, die er in den letzten Tagen um ihr gesamtes Vermögen gebracht hat, ein Ziel gegeben hat. Wir haben in der Wohnung von Otto Feinberg, der Dich eingeladen hat, nach GC zu kommen, eine externe Festplatte gefunden und von unserem Datenforensiker untersuchen lassen. Er hat sehr viel darauf gefunden, allerdings nicht die Subroutine, die, sobald die Festplatte angeschlossen war und eine aktive Internetverbindung gescannt hatte, das Finanzfeuerwerk in Kolumbien und Mexiko zündete. Die IT-Spezialisten, die (noch) für die Kartelle arbeiten, scheinen sehr schnell herausgefunden zu haben, woher der Zündfunke kam und scheinen nun den Verdacht zu hegen, irgendjemand aus den Reihen der kanarischen Policia Nacional habe sie um ihr Vermögen gebracht.

Wir wissen inzwischen auch, dass sich Le Fantom zumindest bis vor ein paar Tagen in Mexico City aufgehalten hat, wo er – wie meine Nummer zwei in der Mordkommission, Mario Rodriguez sagte – seine Ernte einfuhr. Ein entsetzlicher Verbrecher, und wir beginnen erst zu erahnen, welche Macht er hat. Das ist kein Mann, der nach Reichtum und Macht strebt, kein gieriger Dieb. Le Fantom ist völlig ungebunden, und ich habe in meiner Laufbahn als Ermittler so etwas noch nicht erlebt – diese kriminelle, sadistische Produktivität, völlig frei, radikal und ungebunden. Verbrecher tun etwas Böses, um ein Ziel zu erreichen, oder weil sie sich nicht im Griff haben. Le Fantom hat kein Ziel, außer das Böse selbst. Und er hat sich augenscheinlich gut im Griff.

Ich weiß, Elias, wir sind Fremde, wie Schiffe, die des Nachts vorüberziehen, doch über uns im nächtlichen Himmel tobt derselbe Sturm.

Bitte blockiere nicht unsere Absenderadresse, lass uns auf dieser Frequenz den Kontakt offenhalten, für den Fall, dass wir Informationen austauschen müssen oder wollen. Wir werden Dich nicht zutexten oder belästigen. Wir verstehen, dass Du Abstand brauchst (Caramello sagt das, ich bin als Bulle vielleicht schon ein wenig unsensibel. Er sagt, Du, der braucht Ruhe, schwätz nicht rum …), und am liebsten nichts mehr von Gran Canaria sehen oder hören willst. Wir wollen nicht Gruppenkuscheln oder eine Therapiesitzung aufmachen. Nur bitte: Bleib ansprechbar.
Auf dieser Frequenz.
Alexis

Hola Guapo, hier ist Caramello. Ich bin erschüttert und verletzt: Weil ich einem Mann vertraut habe und von ihm gut dachte, einem Mann, der zu solcher Grausamkeit fähig ist. Ich bin fix und fertig, weil ich dem Mann gegenüberstand, der Dir das Schrecklichste angetan hat, und ich empfand Hochachtung vor ihm. Als ich Deine Wunden in der Nacht versorgte, musste ich weinen, weil ich nicht verstehen konnte, wie man einem Menschen so etwas antun kann. Ich bin Arzt, fast jedenfalls, und ich sollte pragmatisch und nüchtern an die Arbeit gehen, doch in dieser Nacht, in diesem Zimmer, da war das mehr als Arbeit oder Pflicht. Ich fühlte mich Dir zutiefst verpflichtet und ich wollte, ich hätte Deine Wunden und Deine schrecklichen Träume nur mit Handauflegen heilen können. Jaja, ich weiß, ich schreibe daher wie eine Dramaqueen, und irgendwie bin ich das wohl auch.
Meine Mutter weint ununterbrochen, sie hat diesem Max auch so sehr vertraut und sich gefreut, einen so würdigen Käufer für die Finca gefunden zu haben. Ich wohne jetzt bei Alexis, weil es für mich sicherer ist, aber ich will auch dauernd bei Mama sein, denn es geht ihr so schlecht. Es ist hier nichts mehr so, wie es einmal war. Wo gestern noch Frühling war und Sommerluft und Palmen, ist jetzt nur noch Asche.
Bitte lass diesen Kanal offen. Du hast, wie wir, das Wüten des Fantoms überlebt.
Bitte denk nicht schlecht über uns, weil wir in Deiner Wahrnehmung vielleicht zum Schatten dieses Scheißkerls gehören, weil wir nach seinem Wirken stinken wie die Pest.

Wir sind Überlebende, wie Du.

Auf dieser Frequenz!
Alexis & Caramello
→ *übersetzt mit Deepl, dem Übersetzungsprogramm*

Eine Weile starrte Elias die letzte Zeile an und fing an zu kichern und wusste nicht, wieso. Er hockte im Schneidersitz auf seiner Wohnzimmercouch, das MacBook vor sich, der Lüfter wärmte seine linke Wade und er las den Text noch einmal und noch einmal und er erinnerte sich an die Begegnung mit Caramello Mejias im Hinterzimmer der Bäckerei, die seiner Mutter gehörte. Als der junge, feminine Typ die Verbände wechselte und kein Aufheben machte, und irgendwie oszillierte zwischen verführerischer, schwerer Süße und fast brüsker Pragmatik. Der so selbstverständlich anziehend war, dass Elias ihn küssen wollte und überrascht war, als Caramello die Situation mit einem freundlichen Lächeln und einem Küsschen auf die Wange entschärfte.

Oh ja, er erinnerte sich gut an Caramello und an dessen Duft, der kein Duft war, weil der Wohlgeruch so mit seinem Wesen verwoben war, dass er mehr einer guten Stimmung glich als einem Geruch.

TEIL 2
DIE BALTISCHE ERKLÄRUNG

SCHLAGZEILEN

Eklat in Estland: Sohn des EU-Chefjuristen entführt
Österreichischer Tageskurier

In Wien lebender nigerianischer Top Influencer in Tallinn aus
Nobelhotel entführt!
Zandfoort Tagblatt

Wer ist hier das wahre Opfer?
Recht so, Wochenblatt, München

HEIMKEHR IM SCHNEE

Anders als die Touristen, die seine Eltern beherbergen und womit sie gut verdienten, liebte Toms Balodis die ländliche Banalität *nicht*, aus der er stammte und in die er immer wieder zurückkehrte. Die Vorlesungen an der Universität waren für dieses Jahr zu Ende und der Abschied von seinen Freunden in Tallinn war betrunken gewesen wie immer, und der Zug spuckte ihn aus in die windstille Kälte. Der Schnee fiel in Zeitlupe vollkommen senkrecht vom Himmel. Aus Nostalgie und vielleicht, weil er doch noch immer ein Kind war, wartete er, bis der Zug abgefertigt war, der Schaffner dem Zugführer ein Lichtsignal gab und erst einstieg, als sich der Zug in Bewegung setzte. Im dichten Schneefall waren die warm beleuchteten Fenster der Waggons tröstend und heimelig wie vorbeiziehende Häuser. Dann sah er die roten Rücklichter, die im Schneegestöber vergingen, riss sich los und holte zu den anderen Passagieren auf, die durch das flache und schmucklose Bahnhofsgebäude auf die andere Seite zum Busbahnhof gingen.

Toms Balodis gestand sich ein, dass es angenehm war, nachhause zu kommen, auch wenn ihm der provinzielle Mief der geduckten Ortschaft zuwider war. Der Bahnhof des Landkreises Harku lag in der Gemeinde Pääsküla, und von dort nahm Toms einen Linienbus in die Gemeinde, in der sein Elternhaus stand.

Eine halbe Stunde später war er zu Hause und er spürte einen leichten Groll wegen der Anschmiegsamkeit des Wortes und das, was es in Bezug auf sein Elternhaus noch immer in ihm auslöste. Heimat, das wusste er, war nicht nur ein Wort, sondern ein im nationalistischen Streben wertvoller Begriff. Kaum ein Wort ist so mit positiven Gefühlen besetzt wie das Wort Heimat.

Seine Mutter erwartete ihn bereits an der Tür und er küsste sie auf die Wangen, zuerst rechts, dann links. Sein Vater stand mit seiner alten, ausgeleierten Weste im Vorzimmer. Ihn begrüßte Toms mit einem herzhaften Handschlag. Sie lächelten einander an wie Fremde, die nicht so recht wussten, wie sie miteinander umgehen sollten, und das hatte seine Gründe. Sein Vater war ein Schwächling, ein Hobbyschriftsteller, der in linksgrünversifften Literaturforen den woken, schneeflockigen Nachwuchsschriftstellern die Eier schaukelte oder die Muschis fingerte. Seine Mutter war aus anderem Holz, oh ja, Gott sei's genagelt! Sie verstand nur zu gut die stets brodelnde, intellektuelle Wut, die Toms umtrieb – und teilte sie.

Trotzdem umarmte er seinen Vater – hart und unbeholfen, denn er war nun einmal sein Vater und für patriotische Bürger wie ihn war die Familie nach wie vor die Keimzelle des Staates, der Zivilisation. Auch wenn es ihm schwerfiel; Toms bemühte sich, seinen Vater zu ehren – diesen Wichser aus Wokistan. Er kicherte unbeholfen und riss sich zusammen.

Draußen wurde der Schneefall stärker und er sah das durch das Fenster seines Zimmers im warmen Licht, das draußen die Gehwege beleuchtete, über die die Touristen zu ihren Holzblockhütten gehen konnten. Seine Mutter hatte das Bett frisch bezogen, es roch nach Weichspüler. Er mochte die professionelle Reinlichkeit in seinem Elternhaus; trotzdem juckte es ihn, in den Keller zu Ludis Eglite zu gehen, wo es immer Zigaretten gab und Bier und Wein und manchmal auch Schnaps.

Aber zuerst die Pflicht und dann die Kür. Während seine Mutter in der Küche rührig war und sein Vater mit einem zerlesenen Buch im bequemen Lehnsessel im Wohnzimmer saß und auf dem Mundstück seiner kalten Pfeife kaute, ging Toms ins dunkelblau gefliese Badezimmer, zog sich aus, betrachtete missmutig die Speckrollen an seinen Hüften und die im Verhältnis zu seinem Oberkörper viel zu dünnen, kraftlosen Beine, dachte halb sehnsüchtig und halb angstvoll daran, vielleicht wirklich einmal trainieren zu gehen – es gab ganz in der Nähe seiner Studentenbude in Tallinn ein Fitnesscenter. Doch das war ihm zu gewöhnlich. Er stellte sich unter die Dusche, ließe das heiße Wasser auf sich herabprasseln und dachte an die wilden Gespräche mit Ludis und dem jüngsten ihrer kleinen Heimatfront: Atim Jansons. Ein nützlicher, junger Mitläufer. Ein Soldat, dem Toms Gehorsam schmackhaft machte, das ehrenwerte Fundament in ihrem Geflecht des heimattreuen Strebens. Die honigsüßen Zuschreibungen täuschten Atim nicht darüber hinweg, dass Toms und Ludis die Bosse waren und ihn aufgenommen hatten, weil ihn sonst niemand wollte, den jungen Kerl vom Sägewerk, der bei einem Unfall nicht nur zwei Finger der rechten Hand verloren hatte, als er gerade siebzehn

Jahre geworden war. Er hatte auch eine tiefe Narbe quer über die Brust, die die aus der Führung gesprungene Bandsäge in ihn geschnitten hatte. Atim war einundzwanzig Jahre alt, auf dem Weg zum Alkoholiker und Wichser, weil er kein Mädchen fand, das mit ihm gehen wollte. Toms verachtete und bemitleidete ihn. Aber Atim war nun mal nützlich als Knecht, der stets aufmerksam zuhörte und den man um Bier und Zigaretten schicken konnte.

Das Essen verlief schweigsam. Sein Vater tat nicht einmal so, als ob er ein Gespräch in Gang setzen wollte, also blieb es an Toms und seiner Mutter, das Notwendigste auszutauschen.
„Wie geht es im Studium voran?"
„Es geht."
„Wie geht das Geschäft, Mama?"
„Ach, gut. Wir mussten Victor entlassen und haben fast zwei Monate nach einem Koch gesucht. Victor hat gestohlen, schrecklich, nicht?"
„So arg? Sind Gäste da?"
„Ja, drei Häuser sind belegt. Ehepaare, anständige Leute und sehr ruhig."
Bemüht nebenbei merkte seine Mutter an, dass Leena, die Tochter des örtlichen Polizeichefs, hier gewesen war, und sich nach ihm erkundigt hatte.
„Wann war das?"
„Ach, vor ein paar Tagen. Sie ist so hübsch geworden, also wirklich. Vielleicht trinkt ihr einen Kaffee gemeinsam?"
„Ja, Mama, vielleicht."
Er mochte das Thema nicht und er mochte sie nicht, denn sie hatte zu viel von ihrem Vater, der zwar ein ordentlicher Polizist war, aber politisch gesehen viel zu pragmatisch und neutral.
Er half ihr nach dem Abendbrot den Tisch abzuräumen und das Geschirr in die Küche zu bringen, und ging dann wortlos in sein Zimmer, als sie den Geschirrspüler einräumte. Sein Vater zog sich mit einem Buch von Allen Ginsberg, dieser alten, jüdischen Schwuchtel, die Gott sei Dank schon lange Lehm geworden war, ins Wohnzimmer zurück, und Toms saß eine Weile unentschlossen auf seinem gemachten Bett und dachte nach, was er nun tun wollte. Um eine Geräuschkulisse zu haben,

drehte er den kleinen Flachbildfernseher auf, den er im Zimmer hatte. Irgendeine Spielshow. Brot und Spiele für die niederen Idioten.

Er wollte sich gerade entspannen, da hörte er, dass das Geplapper im Fernseher von einem Summen und Rauschen überlagert wurde und seufzte. Japanischer Dreck.

Dann hörte er eine tiefe, schnarrende und monotone Stimme aus dem Fernseher, die ihn direkt ansprach.

„Hallo, Toms. Wir müssen reden. Zuerst ich. Ich rede, du hörst zu."

DAS FANTOM IM FERNSEHAPPARAT

Draußen fiel Schnee, aber das interessierte Le Fantom nicht wirklich. Er war empfänglich für Stimmungen und natürliche Schönheit, aber gerade jetzt war er mit seinen finsteren Plänen beschäftigt. Er stand mit dem Rücken zu den Felsenwänden seiner Festung, die Arme verschränkt vor der Brust, und lauschte dem Rauschen des Blutes. Im Hintergrund gab die KI ein hauchdünnes Ping von sich und er drehte sich langsam um.
„Ist er zu Hause?"
„Ja, er ist zu Hause. Vor fünf Minuten angekommen."
„Gib mir ein Zeichen, wenn er den Fernseher in seinem Zimmer aufdreht."
„Ja, Meister."
Le Fantom lächelte hauchdünn wegen des schnippischen Untertons der KI und schüttelte den Kopf: „Noch so eine Frechheit und ich lasse dich desintegrieren."
„Na, komm", gab sich die KI enttäuscht, die die Stimme und den Tonfall von Luis de Funès inzwischen perfekt imitierte. „Krieg der Sterne. Das kannst du besser."
„Ich weiß nicht, ob es eine gute Idee war, dass ich dir die Stimme von Luis de Funès gegeben habe."
Die KI schwieg.
Nach zwei Minuten sagte sie mit der Stimme von Claude Chabrol: „Er hat den Fernseher aufgedreht. Bereit zum Einklinken."

Das Bild war schwarzweiß und gestochen scharf. Es trat aus dem Schneerauschen heraus wie eine Übertragung aus den Sechzigern, wenn man die alte Zimmerantenne drehte, um einen besseren Empfang zu bekommen. Toms ging zum Fernseher, bückte sich und nahm die flache Fernbedienung, schaltete einen Kanal weiter. Jetzt trat eine menschliche Gestalt mit einem unmenschlichen Gesicht vor den Hintergrund; einer wandgroßen Scheibe, an der Wasser herablief und dem Szenario etwas Traumhaftes gab.
Der Mensch, der nun in der Mitte des Raums stand, hatte eine schwarze Gummimaske auf. Nicht eine, die man in Sexshops kaufen kann, sondern eine sehr teure, aufwändig gestaltete Maske, die wie das

starre Gesicht eines bitterbösen Mannes aussah. Nur minimal beweglich – aber auch nicht starr.

Die Gestalt hob den rechten Arm zu einer steifen Geste, die unangenehm roboterhaft wirkte, und sprach: „Hallo, Toms. Du kannst ruhig den Kanal wechseln. Ich bin überall. Du kannst den Fernseher abdrehen, doch dann werde ich wieder erscheinen, wenn du ihn das nächste Mal aufdrehst. Ich beobachte seit einiger Zeit deine ehrenhaften Bemühungen, dein Heimatland, das ehrwürdige Estland gegen die linkslinke Unkultur, gegen kulturelle Verwässerung, die Einflüsse der zentralistischen EU, zu schützen.

Ich bin Le Fantom. Und ich denke, ich kann dich in diesem Kampf gegen die Windmühlen des Neokommunismus unterstützen. Ich habe einen Plan und ich habe die finanziellen Mittel. Was ich brauche, sind aufrechte, ehrliche Patrioten, tatkräftige Männer, die, ebenso wie ich, besorgt sind über die Entwicklungen der letzten Jahre. Das ist eine Einwegübertragung, Toms. Ich rede, du hörst zu. Am Ende der Übertragung werde ich dir eine Kontaktmöglichkeit anbieten. Und einen Zeitraum, in dem du mich kontaktieren kannst. Wenn sich das Zeitfenster schließt, ohne dass du Kontakt aufgenommen hast, wird dies hier die erste und letzte Information sein, die du von mir erhältst.

Ich denke, ich habe jetzt deine Aufmerksamkeit. Du hast gewiss von der baltischen Erklärung gehört, die am fünften Dezember in Tallinn unterschrieben werden soll. Ein linksfortschrittlich, gutmenschliches Kooperationsgewirr, das die baltischen Staaten wirtschaftlich, kulturell und menschenrechtlich noch intensiver ins Spinnennetz der EU einweben soll – und die nationalen Selbstbestimmungsbestreben aufrechter nationalistischer Bürger wie dir noch mehr einen wird, ihr sollt ersticken im Würgegriff des globalen Wohlwollens.

Wir können das verhindern, lieber Toms."

ELIAS SCHREIBT

Absender: e.ma@posteo.at
Empfänger: cmejias@ulpgc.es
RE: Auf dieser Frequenz

Lieber Herr Armas Ramos (Ich werde es einfach halten und Dich ebenfalls Duzen), hi Caramello
 Ich musste eine Weile überlegen, ob ich antworten soll – ob ich antworten *kann*. Der Stachel sitzt tief, und damit meine ich nicht nur die erlittenen körperlichen Schmerzen und die Todesangst, die ich ausgestanden habe. All das und die grausigen Demütigungen kann ich verarbeiten – irgendwie. Ich studiere Sportwissenschaften und dazu gehört auch ein gesundes Verhältnis zum eigenen Körper. Ich weiß, dass die Wunden heilen werden, und ich arbeite daran, die seelischen Verwüstungen zu überwinden. Mein Praktikum auf einer Kinderstation, in der wir kriegsversehrte Kinder mit Prothesen versehen und ihnen helfen, ihr Trauma zu überwinden, hilft mir dabei. Ich bekomme von meinem Schützling ultra viel Vertrauen und Liebe.
 Was wirklich Schmerzen bereitet, ist, dass ich in einer Welt lebe, die mir gerade mega mit dem Arsch ins Gesicht gefahren ist und in der es Menschen gibt, die so formvollendet betrügen können, wie dieser Mann namens Max – Le Fantom. Das ist eine Wunde, die mit Klammern offengehalten wird.
 Verstehst Du? Er hat mich dazu gebracht, mich in ihn zu verlieben, und ich halte mich selbst nicht mal für schwul. Und dann hat er meine Liebe genommen und so richtig gefickt – entschuldige den Ausdruck. Ich war in meinem Leben noch nie so am Boden zerstört. Ich war vernichtet und ich habe an Selbstmord gedacht. Meine Selbstachtung, mein Vertrauen in die … ich weiß nicht, wie ich es nennen soll … die Naturgesetze des menschlichen Zusammenlebens – alles nur noch Asche.
 Ich erinnere mich gut an Dich, Caramello und an Deine wohltuende Art. Ich dachte zuerst, dass Du in den sadistischen Plan von Max eingeweiht warst, aber eure erste Nachricht hat mich davon überzeugt, dass dieser Teufel alle manipuliert, wirklich alle. Er ist ein Weltenzerstörer. Ist voll überdramatisch, ja. Aber bedenkt mal: Das, was er mir angetan hat,

war nur das Nebenprodukt eines größeren Plans. Ich bin nur ein willkommener Kollateralschaden. Etwas, das er am Wegesrand mitnahm, wie ein Wanderer einen Stock mitnimmt, um ihn eine Weile zu schwingen.

Es ist schön, diese Art von Brüderlichkeit von hier zu euch zu spüren. Das ich mit meinem Geheimnis und meinem Schmerz nicht allein bin. Er hat meine Seele geext, wenn man so sagen kann, auf Ex ausgetrunken, sich das Maul abgewischt und ist weitergezogen, um woanders die Erde zu verwüsten.

Caramello, ich danke Dir herzlich für Deine Hilfe und Pflege und Dein unaufdringliches Mitgefühl und wünsche euch beiden nur das Beste! Bleiben wir in Kontakt. Auf dieser Frequenz.

Elias

IM RAUCHLOCH

Nach der sehr merkwürdigen Übertragung fühlte er sich, als hätte er einen Stromschlag abbekommen. Er zitterte bis ins Innerste; sogar sein Atem bebte. Er sagte seinen Eltern, er ginge auf ein Bier, zog den dicken Anorak an und verließ das Haus, taumelte fast, als er über die anheimelnd beleuchteten Wege des Anwesens zur Straße ging. Das Gestotter zum Abschied hatte seine Mutter wohl ein wenig beunruhigt, aber scheiß der Hund drauf!

Er wählte die Nummer von Ludis Eglite. Zu sagen, die beiden seien Freunde, wäre zu viel des Guten. Immerhin teilten sie die Besorgnis um ihre Heimat, um deren Reinheit und Ehre. Ludis Eglite überragte ihn fast um einen Kopf und war massiv wie ein Stein, ein durch harte Arbeit und Wut muskulös gewordener Bursche, der versuchte, wie Jason Statham auszusehen – und dem das auch ziemlich gut gelang. Seine Eltern hatten ein großes Waldgrundstück im Norden von Harku. Dort hatten sie – wie die Eltern von Toms Balodis – Holzblockhäuser errichtet. Die Familien Balodis und Eglite gehörten zu den wohlhabenden Familien von Harku und sie waren sich ihrer Stellung bewusst. Doch während Toms Balodis den Wohlstand der Eltern still genoss und kaum ein Problem damit hatte, in den Semester- und Sommerferien zu helfen, war Ludis Eglite unzufrieden und wütend. Allein schon deshalb, weil er freundlich sein musste gegenüber Ausländern. Und da waren ja nicht nur weiße Kaukasier dabei. *Nein, meine Damen und Herren! Da kamen auch Reisfresser und Homos und verdammte Nigger!* Und Ludis musste sie bewirten, er musste sie *bedienen*. Ludis Eglite war Toms Werkzeug, das er noch nie wirklich eingesetzt hatte, weil er noch keine Gelegenheit dazu gehabt hatte. Die Wut trieb Ludis immer wieder nach Tallinn, wo er auf Streit gebürstet Bier trank, bis er in der nächtlichen Kälte seine Betriebstemperatur erreicht hatte, und dann suchte er Streit, fand ihn immer wieder, und prügelte alles kurz und klein. Dass er dabei noch nie erwischt wurde, hatte er der umsichtigen Planung von Toms zu verdanken, der ihm sagte, wo er wann welche Leute treffen und verprügeln konnte. In welche Bars sie gingen, wie viel sie tranken. Ausländische Studenten waren das erklärte Ziel der beiden. Toms begnügte sich damit, zuzusehen, wie Ludis *funktionierte*, und er gestand sich ein, dass er eine gewisse, sadistische Freude empfand, wenn Ludis seinem chancenlosen Opfer mit den genagelten Schnürstiefeln ins Gesicht trat und sie weinten und um Gnade bettelten. Diese arroganten, woken Scheißausländer! Drecksasiaten und diese feinen Herrn Nigger, *fuck them*!

Als Ludis abhob, sagte er nur kurz angebunden: „Ich bins. Bring Schnaps mit. Wir müssen reden. Ich denke, ich habe da was, das wird unser Leben ändern!"

Er wartete nur kurz das irritierte Knurren von Ludis ab, beendete das Gespräch und wählte die dritte Nummer, die er auf Kurzwahl hatte. Die von Atim Jansons. Atim war schlank, beinahe sehnig, hatte eine blonde Stoppelglatze und trug in seiner Freizeit am liebsten Jogginganzüge von Nike oder Adidas, und seit neuestem hatte er einen von *Ellesse* – das war der Luxus, den er sich gönnte. Ludis zog Atim oft auf und sagte, er sähe aus wie einer dieser schwanzlutschenden Bahnhofsstricher, doch er meinte es nicht wirklich böse. Vermutlich, weil Ludis viel zu einfach und anständig war, um zu wissen, was ein Bahnhofsstricher überhaupt war. Atim wusste es mit Bestimmtheit nicht, dachte Toms, könnte aber spüren, dass es etwas Gemeines war und mit Schwulitäten zu tun hatte. Er arbeitete in einem der drei großen Sägewerke im Westen der Stadt. Seit seinem fünfzehnten Lebensjahr. Er hielt den Rekord in der Disziplin, unfallfrei zu arbeiten. Es hatte zwei Jahre gedauert, bis er sich die erste, schwere Verletzung zuzog als sich im September des vorigen Jahres bei der Arbeit an der Bandsäge ein Stück Holz verklemmte, das Sägeband aus der Führung sprang und ihm fein säuberlich den kleinen Finger der linken Hand und die Kuppe des Ringfingers abgetrennt hatte. Der Schnitt war so sauber, und der Schock so umfassend, dass er zuerst gar nicht mitbekommen hatte, dass ihm etwas fehlte. Das dünne Sägeband, das aus der Führung gesprungen war, fuhr ihm über die Brust und schlug ihm eine fast acht Millimeter tiefe und fünfzehn Zentimeter lange Kerbe quer über den Brustkorb. Als ihm klar wurde, woher auf einmal all das Blut kam, rutschte er auf dem Hintern von der Bandsäge weg, wartete, bis das Sägeband reglos auf dem Boden lag und machte sich dann in den Holzscharten links der auf einem Betonsockel festgeschraubten Maschine auf die Suche nach dem abgetrennten Finger. Er fand ihn und sogar die Kuppe des Ringfingers und ging ins Werk, und erst dort, als er zum Vorarbeiter sagte, er würde wohl Hilfe brauchen,

„bitte rufen Sie die Rettung", klappte er anmutig zu Boden und saß wie ein trauriges Kind auf den Holzdielen der Werkshalle und starrte seinen abgetrennten Finger an, den er in der rechten Hand hielt.

„Atim, komm ins Hauptquartier, lass alles liegen und stehen bring Bier und Zigaretten mit. Ich habe etwas zu verkünden. Wir haben einen anonymen Unterstützer, und wir haben einen Plan!"

Obwohl Atim in der Hackordnung ihrer kleinen Einsatzgruppe auf der untersten Stufe stand, teilte sich Toms lieber Atim mit als Ludis. Der Bursche konnte besser zuhören, er war aufmerksamer und er war, in seiner Sehnsucht, anerkannt auf angenommen zu werden, viel fügsamer als Ludis. Toms Balodis fiel es sehr viel leichter, in Atim Begeisterung und Gehorsam zu wecken, als es bei Ludis möglich war.

Ihr Treffpunkt war der Keller einer aufgegebenen Gastwirtschaft am nördlichen Ortsende von Harku. Die verlassene Gastwirtschaft, in der man bis 2020 sehr gute Hausmannskost essen konnte und guten Wein bekam, lag einen Steinwurf außerhalb des Lichtscheins der letzten Straßenlaterne, halb im Dunkel, mit dem dichten und stillen Wald im Hintergrund, wo die asphaltierte Straße in einen Forstweg überging.

Niemand scherte sich um das Gebäude, niemand erhob Anspruch, niemand wusste, ob es überhaupt irgendjemand gab, der Anspruch erheben könnte. Deshalb störte es auch niemand, dass drei bekannte junge Männer dort nach eigenen Gezeiten in den Keller gingen und auf durchgesessenen Sofas lümmelten, die nach feuchter Erde rochen, Bier tranken, rauchten und vielleicht auch kifften. Die kahlen Wände hatten sie mit den Fahnen Estlands und einer Hakenkreuzfahne geschmückt. Es gab hier keinen Strom. Sie benutzten Petroleumlampen und Campingscheinwerfer. Der Kühlschrank, den sie im Keller hatten, lief mit Gas. Dort kühlten sie Bier und Wein.

Als Toms Balodis das Gebäude erreichte, war Atim Jansons schon da, die Hände in den Taschen seines Trainingsanzugs, und fröstelte. Sie lächelten sich verhalten zu, reichten einander die Hände – sehr formell und auf Abstand bedacht. Toms musterte Atim eingehend, blickte dann auf dessen linke Hand und nickte anerkennend. „Man sieht fast nichts mehr. Die Narbe ist echt perfekt verheilt!"

„Ja", nickte Atim breit grinsend, und zündete sich eine Zigarette an, schüttelte eine zweite aus der Packung und reichte sie Toms und zündete sie an. „Ich kann ihn nicht bewegen, aber er ist in Ordnung. Wird nicht abfaulen oder sonst was. Sieht doch fast aus wie neu, was?"

Den kleinen Finger hatten sie im Unfallkrankenhaus in Tallinn retten und annähen können, doch die Fingerkuppe des Ringfingers war nicht zu retten gewesen.

Toms nickte wieder anerkennend.

Der einzige Wermutstropfen an der Rettung von Atims kleinen Finger war, dass der behandelnde Arzt ein junger Taiwanese gewesen war, der überdies noch freundlich gewesen war und fließend estnisch sprach. Das hatte Atim einigermaßen irritiert. Und zwar so sehr, dass er sich für seine Wut, von einem Ausländer verarztet zu werden, fast schämte.

Fast.

Schwamm drüber.

Ludis kam mit seinem alten Volvo, parkte ihn schwungvoll direkt vor dem Eingang, wuchtete die knarrende Fahrertür auf, stieg aus und lachte: „Meine Freunde. Ich dachte schon, ich muss hier in diesem Elend aus Wokeness und Gutmenschentum elend verrecken. Wir müssen saufen. Also Vollgas!"

Im Gänsemarsch betraten sie das heruntergekommene Gebäude, Atim ging voran, nahm eine der drei Petroleumlampen, die links an der Wand an rostigen Nägeln hingen, rieb sein Zippo am Schenkel an und machte Licht. Wenige Augenblicke später saßen sie auf Sofas und Lehnstühlen verteilt, knackten die Bierdosen und tranken, und als jeder eine brennende Zigarette zwischen den Fingern hielt, holte Toms Balodis Luft und erzählte seinen Kameraden von seiner Begegnung mit dem Fantom. Er genoss, wie ihr anfänglicher Unglaube in Begeisterung umschlug.

Zwei Stunden später wählte Toms im Beisein seiner Kameraden die Nummer, die Le Fantom ihm genannt hatte, am Laptop und sie sahen zu, wie der Browser den Link zu Zoom umleitete, die App sich öffnete und fünf Sekunden später ein großer, leerer Raum zu sehen war. Im Hintergrund eine sehr große Scheibe, durch die man eine felsige Landschaft erkennen konnte. Der Raum, fast eine Halle, hatte etwas Sakrales.

„Da bist du ja", sagte die monotone Stimme, die beunruhigend leblos wirkte. Le Fantom trat von links ins Bild.

„Ja", antwortete Toms. „Ich habe meinen Kameraden den Plan dargelegt und wir sind einverstanden. Wir werden die Aktion durchführen. Doch neben der angebotenen Unterstützung für unsere nationale Patriotenpflicht haben wir noch eine Bedienung."

Le Fantom legte den Kopf schief und schien keineswegs beeindruckt: „Was darfs denn sein?"

Der jüngste der drei drängte sich vor, versuchte, keck und selbstbewusst zu wirken, und sagte Le Fantom, was sie wollten. Es vergingen fünf oder sechs Sekunden, dann lachte der Mann mit der Gummimaske wie ein Roboter, legte den Kopf ein wenig schief und fragte: „Warum?"

„Wir wollen unsere Härte trainieren", antwortete der eine, der fast wie Jason Statham aussah. „Wir müssen unsere Brutalität schleifen wie ein Messer!"

„Oh gut", flüsterte Le Fantom. „Da habe ich doch eine Idee. Hört mir gut zu. Denn wie es der Zufall will, hat sich gerade etwas ergeben, das uns und unserer gemeinsamen Sache in die Hände spielt. Hört zu, macht keine Notizen. Merkt euch, was ihr zu tun habt."

EINE DIPLOMATISCHE MISSION

Sie hatten so getan, als ob alles in Ordnung wäre und sie einfach nur gute Freunde seien, die mal eben Auf Wiedersehen sagen. Aber Stefan spürte, dass es Elias nicht leichtfiel, seinem *Bestie* Tschüss zu sagen, jetzt, wo er wieder Fuß im Leben fasste, sein Schützling Fortschritte machte, das Laufen mit ihm so wohltuend war und überhaupt – alles irgendwie viel schneller besser wurde, als Elias es sich erträumt hatte.

Und deshalb war es auch für Stefan nicht leicht, an diesem ersten Dezember mit seinem Vater zum Flughafen zu fahren. Tröstlich war die Sonderbehandlung als Familienmitglied eines Diplomaten. Der Dienstwagen, ein Audi A8, war ein feines Schnittchen, und sein Vater steuerte das Monster ziemlich souverän. Es gab im Parkhaus 3 am Flughafen Wien Schwechat, einen Parkplatz für VIPs und Diplomaten, von wo aus man einen direkten Zugang zum Terminal 1 hatte.

Der Limousinenservice der UNO, die den Wagen gestellt hatte, war erfreut, eine Kleinigkeit zur Erklärung von Tallinn beisteuern zu können, sie würden den Wagen später abholen und zur UNO-City zurückbringen. Stefan, der seinen Vater um einen halben Kopf überragte, folgte dem aufrecht gehenden Diplomaten mit dem kurzgeschorenen, grauen, krausen Haar und wusste nicht, wie er ein Gespräch in Gang setzen konnte, ohne sich lächerlich zu machen. Er wollte ihm so viel sagen. Dass er stolz auf ihn war und dass er wütend auf ihn war und ihn vermisste, aber jedes Mal, wenn er im Fernsehen war, ein lautes „Wooha!" von sich gab, die Faust vor den Mund schlug und mit dem Finger auf den Schirm zeigte und rief: „Mein alter Herr ist wieder unterwegs!"

Doch das wollte er ihm so nicht sagen, dass käme ihm nie über die Lippen. Sie gingen nebeneinander an den Security-Checks vorbei zum Diplomatendurchgang. Von einem nahe liegenden Standard-Security-Check schaute eine braungebrannte Frau mit hellblond gefärbten Haaren mit stechend blauen Augen zu ihnen. Stefan spürte den Blick und den drohenden Ärger, noch bevor sie etwas sagte, und sie hatte etwas zu sagen, oh ja! Die Frau trug einen Jack-Wulfskin-Anorak. Am Griff ihres Rucksacks, den sie in eine Plastikschachtel packte, baumelte ein kleiner, blauer Teddybär. Stefan erkannte aus dem Augenwinkel, dass sie eine jener Frauen war, vor denen er sich als Kind gefürchtet, und die er als

Teenager zu hassen gelernt hatte: Sie musste etwas sagen, sonst würde sie explodieren. Sie war eine jener Menschen, die andere in der Öffentlichkeit frontal angriffen und sich dabei nach Publikum umsahen. So auch jetzt: „Na? Die feinen Herren haben aber schöne Privilegien, während wir steuerzahlenden Bürger hier in der Schlange warten müssen! Sind wohl etwas Besonderes, die Herren aus *Afrika*!"

Stefan holte Luft und wollte der blondierten Tussi einfach eine Frechheit rüber reiben, aber er spürte, wie sein Vater sanft die Hand auf seinen Oberarm legte, ohne ihn dabei anzusehen.

Die Frau schien enttäuscht, weil keine Reaktion kam und legte nach: „Na, die feinen Herren Neger reden wohl auch nicht mit jedem!"

Stefans Vater raunte: „*Lass* es. Pflege deine Würde, Talha!"

Einer der Sicherheitsbeamten, die Stefan und seinen Vater betreuten, ging zum Securityportal, wo die Frau stand, flüsterte mit einer jungen Frau der Security. Diese nickte, widmete sich aber gleich wieder der Beobachtung des Monitors, auf dem die durchleuchteten Gepäcksstücke der Fluggäste zu sehen waren. Als der Rucksack der Frau durch den Scanner fuhr, piepste es vernehmlich und das Band hielt an. Stefan und sein Vater wurden rasch abgefertigt und Stefan warf einen Blick zurück und sah, dass die Frau von der Security-Angestellten wegen ihres Rucksacks zur Seite genommen wurde, um eine eingehende Kontrolle vorzunehmen. Obwohl Stefan Talha Kareem dagegen ankämpfte, konnte er das breite Grinsen nicht unterdrücken, das sich auf sein Gesicht stahl.

Als sie in der Lounge saßen und Kaffee tranken, scrollte Stefan durch seine WhatsApp-Nachrichten und sein Vater las in ausgedruckten Dokumenten. In diesem Moment wurde ihm wieder aufs Neue klar, dass sein Vater in dieser diplomatischen Angelegenheit nicht nur einfach ein Berater war, sondern vermutlich sogar der Architekt.

Stefan hatte das Gefühl, ein Grund für das merkwürdige Verhältnis zu seinem Vater könnte sein, dass er noch bei seinen Eltern wohnte. Sie hatten es ihm selbst angeboten und das Loft, das Stefan bewohnte, hatte einen eigenen Eingang, verfügte über Wohnzimmer, Bad, Toilette und Schlafzimmer. Trotzdem war es im Grunde genommen nur ein separierter Teil der elterlichen Wohnung. Das Gehalt seines Vaters allein reichte nicht aus, diese Kosten zu stemmen. Seine Mutter verdiente als Kuratorin für das Museum der modernen Kunst sehr gut und sie trug ihren Teil bei. Das war auch nie das Problem zwischen seinen Eltern und ihm. Wenn er Sommerjobs annahm, zahlte er Wirtschaftsgeld, ohne dass sie jemals etwas verlangt hätten. Trotzdem spürte Stefan, dass sein Vater von ihm erwartete, auszuziehen, denn junge Männer müssten so schnell wie möglich lernen, auf eigenen Füßen zu stehen.

Mit seinem Einkommen als Influencer und Teilhaber einer kleinen Marketingagentur für Socialmedia könnte er sich das auch leisten. Manchmal verfluchte er seine diesbezügliche Antriebslosigkeit.

Im Flugzeug saßen sie in der dritten Reihe Economy, was Stefan ein wenig verwunderte. Er hatte mit Businessclass gerechnet. Er hatte es sich erhofft, um ein Selfie für seine Follower zu machen. *Seht mal, Stefan geht auf Reisen!*

Das Scheißding hatte aber keine Businessclass. Und dann auch noch Dreierreihen. Drecksflieger. *Darf er so?* Stefan kicherte über seine eigene, dumme Eitelkeit, überließ seinem Vater den Fensterplatz, verstaute seinen Rucksack und faltete seine ein Meter fünfundachtzig auf dem Mittelplatz zusammen. Nach dem Start nahm er sein großes Smartphone, öffnete das lokale Verzeichnis seines Cloudspeichers und suchte im Ordner UH 066 419 Masterstudium Landschaftsplanung und Landschaftsarchitektur nach Informationen über die Flora im Nordbaltikum. Er fand ein Kapitel, das ihn interessierte und dachte beinahe amüsiert, wie geübt er und sein Vater darin waren, gemeinsam zu schweigen.

Sie nahmen ein Taxi und Stefan fragte scherzhaft, wo die Securityeskorte blieb. Sein Vater antwortete, er sei nur ein einfacher Diplomat und kein gefährdeter Politiker. „Die Medien berichten nicht darüber, dass ich, dass wir da sind, Talha. Und um ehrlich zu sein, bin ich froh, dass es so ist. So kann ich meine Arbeit erledigen, ohne dauernd durch irgendwelche Sicherheitsmaßnahmen oder Interviewanfragen abgelenkt zu werden."

Stefan, der es mochte, wenn ihn sein Vater bei seinem echten Vornamen rief, wusste, dass das nur die halbe Wahrheit war. Sein Vater war nicht nur bei den Sozialisten hoch angesehen, sondern auch bei den bürgerlichen und sogar bei den eher rechten Parteien im EU-Parlament, weil er einfach ein völlig unideologischer, zutiefst pragmatischer Diplomat war, der nur der Sache selbst, und keinen Ideen diente.

Sein Vater saß hinter dem Fahrer und hatte die Hände auf seiner geschundenen, alten Aktentasche aus dunkelbraunem Leder, und blickte zum Fenster hinaus. Obwohl der Himmel verhangen war, strömte von überall her Licht in den Tag. Es war ein weißes, kühles Licht und es ließ die flache Landschaft um sie herum größer erscheinen.

„Estland", sagte sein Vater leise, „ist in der EU ein digitaler Vorreiter. Einen Internetanschluss zu haben, ist hier nicht nur selbstverständlich, es ist ein Recht. Obwohl Österreich bei der digitalen ID weit vorne ist in der EU, hat Estland inzwischen die Nase vorne in Sachen digitale Behörde. Man kann hier alles über das Smartphone oder am PC machen. Smartphones und Tablets und iWatch, all das sind hier schon lange keine Statussymbole mehr, sondern Werkzeuge des Alltags."

Stefan grinste seinen Vater übermütig von der Seite an, als das Taxi von der Autobahn abfuhr und in Richtung Stadt rollte.

„Und Tartu war letztes Jahr neben Bad Ischl in Österreich europäische Kulturhauptstadt. Hab ich im Bordmagazin gelesen. Spannend, weil ich auf der Mappe gesehen habe, dass Tartu voll in der Einsamkeit liegt, verstehst du? Rund um die Stadt ist nur viel Landschaft und sonst nichts. Du bist dran, Papa!"

Er sah ein stolzes Funkeln in den Augen seines Vaters, der andeutungsweise lächelte und entgegnete: „Im Hotel gibt es angeblich die besten Burger von Tallinn. Ich finde, wir sollten uns heute Abend die Finger fettig machen."

„Sounds like a plan, Dad!", grinste Stefan, lümmelte sich tiefer in die Sitzbank und schaute zum Fenster hinaus in das eisige Nordlicht, das den Himmel flutete. Er lehnte den Kopf an die Scheibe, hielt das Smartphone seitlich hoch und machte ein Selfie, lud das Bild bei Instagram hoch und tippte: *Coole Vibes hier. Tallinn rocks, Guys!*

DAS STEINHARTE FEUER

Bis zur vollkommenen Erschöpfung zu laufen, war für Elias nach den Ereignissen auf Gran Canaria im vergangenen Oktober die bevorzugte Methode, den Kopf freizubekommen. Und wenn er trotz der Anstrengung und der Musik, auf der er lief, wie der Silversurfer auf seinem Surfbrett surfte, in Gedanken versank, dann lenkte er sie so schnell wie möglich in eine bestimmte Richtung. Kinderaugen. Diese wunderbaren Kinderaugen, und wie sie im Lauf der Zeit an Glanz und Leben gewonnen hatten. Malalay erinnerte ihn an das afghanische Mädchen mit den grünen Augen, das 1984 von Steve McCurry fotografiert worden war. Das Foto erschien im Dezember desselben Jahres auf dem Cover des National Geographic. Malalay hatte zwar nicht so grüne, helle Augen, aber dafür einen eindringlichen, tiefgründigen Blick. Wenn er sie bei den Händen nahm und sie sich an ihm festhielt und nicht an den Stangen, die an der Wand festgeschraubt waren, dann fixierte sie seine Augen und arbeitete sich Schritt für Schritt vor, während er auf den Knien einfach immer ein Stück weiter nach hinten rutschte. Sie folgte ihm, ihre kleinen Hände waren warm, fast heiß und ihr Blick … am Anfang hatte er Angst darin gesehen, Trauer und Verwirrung. Nichts von dem, was ihm im Oktober widerfahren war, kam an den Schmerz und das Entsetzen heran, das sie durchgemacht hatte und noch immer durchlitt. Das Trauma, ein Körperteil verloren zu haben, für immer gezeichnet zu sein. Die Beinprothese war zweimal angepasst worden, weil ihr Beinstumpf sich entzündet hatte und die Narben der Nähte die Haut aufscheuerten. Er war bei ihr gewesen, als die Ärzte ihren Stumpf behandelt hatten, und sie sah nur ihn an und hielt seine Hand. Elias hatte das Gefühl, als würde sie ihm ihre Schmerzen nicht aufbürden, sondern … anvertrauen. Er fühlte sich geehrt. Er kaufte ihr Puppen, die sie links liegen ließ, dann kaufte er bei Zara ein paar Mädchenkleider, die ihr gut passten. Sie zog die Sachen an und wollte sie nicht mehr ausziehen. In seiner Gegenwart entkam ihr zum ersten Mal ein Lächeln, sehr verhalten, sehr still, aber eindeutig ein kleines, wunderbares Gekräusel in den Mundwinkeln, fast so süß wie das der kindlichen Kaiserin aus dem Film „Die unendliche Geschichte".

Die Kombination aus Musik von Klaus Schulze und den Gedanken an Malalay halfen Elias, einen Fuß vor den anderen zu setzen, zu laufen, ja, zu sprinten.

Heute fiel dichter Schnee in Wien und es war vollkommen windstill. Stefan war seit gestern weg und Elias vermisste ihn, so wie ein von einer Rauferei gebeutelter Mann die Wand vermisst, die ihm Halt bietet, weil sie auf einmal endet. Es war drei Uhr nachmittags und er lief allein mit weit ausholenden Schritten auf der Allee im Schwarzenbergpark. Die Hauptallee gehörte ihnen beiden, dort liefen sie gemeinsam. Er überholte Familien, Väter, die ihre Kinder auf Rodeln und Plastikbobs hinter sich herzogen. Pärchen, die eng umschlungen spazierten, Kinder, die sich mit Schneebällen bewarfen. Elias war dick eingepackt in Thermounterwäsche, weiten, hellgrauen Jogginghosen und einer dazugehörigen Jacke von Adidas und einer Wollhaube, ebenfalls grau. Nachdem er auf seinem Smartphone die Musik ausgewählt hatte, zog er schwarze Wollhandschuhe an und lief los. Er dachte kurz an seine Ex und fragte sich, ob er Tine vermisste. Er urteilte, es gab keinen Grund, sie zu vermissen und er fand diese Erkenntnis schade. Es war ernüchternd zu erkennen, dass er sich etwas vorgemacht hatte – guter Sex hin oder her. Aber was waren sie denn gewesen? Tine hatte ihm im September bei einem Glas Wein auf der Marswiese im Westen Wiens, unter den Sternen ins Ohr geflüstert, sie wären ein Pärchen wie Jay Alvarez und Alexis Ren. Dann hatte sie seinen Schoß massiert, das Ohrläppchen abgeleckt und kokett gelächelt, als er in ihrer Hand hart geworden war.

Das Getue war einen Scheißdreck wert gewesen und hatte nur vorübergehend die Followerzahlen in die Höhe getrieben. Vor allem bei ihr, weniger bei ihm. Frauen waren eifersüchtige Follower, das war amtlich, schloss er daraus.

Elias lief und dachte an Malalay und der Ärger verdampfte, als wäre er heiß wie eine Lokomotive, die ihre Hitze an den Wintertag abgibt.

Als er sich nach drei Runden geläutert genug fühlte, wurde er langsamer, bis aus dem Laufen ein Schnellgehen wurde und macht dann Halt beim Gasthaus „Zur Allee", wo ein paar Leute standen und heißen Kaffee oder Tee genossen. Kinder tranken heißen Kakao. Elias reihte sich in die kurze Schlange ein und musterte den Aushang mit den angebotenen Speisen und Getränken und entschied sich für einen Früchtetee. Ein paar Mädchen in modischen Winteroutfits stand eng beisammen und warfen ihm kokette Blicke zu. Elias wandte sich ab – er kannte das.

Als er noch Instagramstar gewesen war, rekrutierte sich der Großteil seiner virtuellen Gefolgschaft aus der Gruppe von vierzehn bis achtzehnjähriger Mädchen. Dann gab es einen harten Kern von anderen Influencern, die dem Motto folgten: *#follow4follow*. Was ihn seit je her gestört hatte. Seitdem er alle Socialmedia-Profile gelöscht hatte, fühlte er sich ruhiger. Das Gefühl, näher bei sich selbst zu sein, half ihm, sich einerseits auf seine Aufgabe zu konzentrieren, das Praktikum erfolgreich abzuschließen, sein Studium voranzutreiben, Malalay Kraft zu geben und andererseits die Erinnerungen an die schrecklichen Erlebnisse auf Gran Canaria ins Dunkel zu drängen.

Die Erinnerungen waren noch da, vor allem das Gefühl des vollendeten Betrugs, das ihm Max aufgebürdet hatte.

Er nahm seinen Thermobecher Tee entgegen, zahlte mit dem Smartphone und lächelte die stämmige, rotbackige Frau hinter der Theke freundlich an.

Er blieb abseits der Menschenmenge stehen und beobachtete das Kommen und Gehen, den Schneefall und wie er langsam auskühlte. Nach ein paar Minuten riss er sich los und schlenderte zum Auto, auf dem inzwischen eine dicke Schneedecke lag. Er sperrte auf, nahm den Besen aus dem Kofferraum, bürstete den Pulverschnee von der Windschutzscheibe, den Seitenfenstern und dem Rückfenster, trank dabei den Tee. Die Einfachheit dessen, was er gerade tat, gab ihm das Gefühl, ein völlig normaler junger Mann zu sein, der ein normales Leben führte und normale Dinge tat. Und nicht ein Opfer abartiger Misshandlungen, das völlig desorientiert durch die Wildnis vor einem in Flammen stehenden Mann flüchtete, der ihn mit steinhartem Feuer ficken wollte.

Me amarás

Er kam gegen vier Uhr nachmittags zu Hause an, zog sich aus und duschte ausgiebig, dann schlüpfte er in ein zerknittertes, weißes Tanktop und eine graue Nike Trainingshose. Er nahm den Anorak vom Haken neben der Tür und lief die Treppen hinunter zum Kücheneingang des Restaurants seiner Eltern, betrat die Küche und grüßte den japanischen Koch, Toshiyuki Shimada.

Er lächelte Elias breit an. „Ein seltener Gast in diesem Haus. Willst du etwas zu Essen haben? Nein? Wie du willst. Vielleicht später, ja?"

Elias klatschte mit ihm ab und ging nach vor ins Lokal, wo seine Eltern hinter der Theke standen, und Bestellscheine durchgingen. Der marokkanische Kellner bediente eine Gruppe, und nickte ihm kurz zu. Elias stellte sich zwischen seine Eltern und küsste zuerst seine Mutter und dann seinen Vater auf die Wange: „Kann ich helfen?"

Seine Eltern sahen sich überrascht an und sein Vater nickte dann und sagte mit auf einmal belegter Stimme: „Wir brauchen Wein aus dem Kühlraum. Den Muskateller. Kannst du bitte zwei Kisten nach vorne bringen und in die Kühlung schlichten?"

„Klar", gab Elias zurück und lächelte sie an.

„Geht es dir gut, Junge?", fragte seine Mutter, halb amüsiert, halb besorgt.

Elias zeigte mit der Hand die Wippe, lächelte schief und antwortete: „Es wird besser. Jeden Tag."

„Es war etwas auf Gran Canaria, oder?", fragte sein Vater. „Wenn du drüber reden willst – du weißt, dass du immer mit uns reden kannst, mit Mama und mir. Und wenn nicht, wenn du es mit dir selbst ausmachen willst, dann sind wir auch stolz auf dich und lieben dich. Und jetzt steh nicht so faul herum und hol den Wein bitte."

Elias lächelte. Während er die Treppe in den Keller hinunterschlenderte, hörte er den Klang einer eingehenden Nachricht, die wie der Ping eines U-Bootes klang.

Er zog das Smartphone aus der ausgeleierten Hosentasche der Trainingshose und wischte übers Display. Eine Nachricht von Stefan über die Message-App Threema.

Abstimmungsmeeting um Mitternacht Wien Zeit? Dann ist es hier ein Uhr früh. Voll geil hier. Und wärmer als in Wien. Bericht folgt, cheers!

Elias grinste breit, als er die Nachricht las. Abstimmungsmeeting hieß, er würde eine Flasche Wein in seine Wohnung mitnehmen. Zuerst aber kam er seinen Verpflichtungen nach, schleppte zwei Kisten Wein aus dem Kühlraum im Keller hinauf ins Lokal und schlichtete die Weißweinflaschen in die Kühlung der Theke.

Als er fertig war, ging er noch einmal zu seinen Eltern, gab seiner Mutter einen Kuss und nickte seinem Vater zu, dann ging er durch die

Küche nach hinten hinaus, lief die Treppen hoch, in der rechten Hand eine gut gekühlte Flasche Muskateller.

Bis kurz vor sieben Uhr räumte er auf, gab die Schmutzwäsche in den Korb im Badezimmer, wischte Staub, schichtete die Kursbücher ins Bücherregal neben dem Tisch, auf dem sein Laptop stand. Bis kurz vor Mitternacht ergänzte er persönliche Protokolle über sein Praktikum an der Kinderklinik. Als es Zeit wurde, ein paar Atemzüge vor Mitternacht, schraubte er die Flasche auf, goss sich ein großes Weinglas ein und klappte das Notebook auf. Er sah über den Rand des Bildschirms zum Fenster, das auf die Straße hinausging, sah draußen im Dunkel die dichten Schneeflocken fallen, und dann, als er sich darauf konzentrierte, sich selbst, schemenhaft und blass. Er schabte mit den Handflächen über den Bartschatten, der ihn jünger wirken ließ, als er war, dann öffnete er Zoom, loggte sich ein und nahm Stefans Videoanruf entgegen, grinste breit und hielt das Weinglas vor den Bildschirm.

„Prost Talha! Du hast auch was zum Trinken, oder?"

Stefan machte „Yehaaa!" und zeigte eine halbvolle Flasche Havana Club, 7 anos. „Eh schon seit gestern in Arbeit, aber ich sag dir, Eli, ich bin aktuell eine ziemlich angetrunkene Person. Ich war mit Papa Abendessen und dann mit Außenministern und Staatssekretären bisschen süffeln. Das war so ultra!"

„Zeig mal das Zimmer."

Stefan stand auf und drehte den Laptop in der Hand um einhundertachtzig Grad und führte Elias virtuell durch die Juniorsuite: Wohnraum, Schlafzimmer, Miniküche, gut ausgestattetes Bad, Toilette. Modern und doch klassisch. Er trug eine weite, graue Jogginghose und ein schwarzes Sweatshirt – Stefan liebte lockere Kleidung.

„Yehaaa", rief Elias amüsiert. „Ist ja voll vom Feinsten. Mega, Alter! Was geht dort ab? Was machst den ganzen Tag?"

Stefan kicherte leicht trunken und antwortete: „Mein alter Herr ist hier voll in seinem Element. Eine Sitzung nach der anderen, dann mit all den Diplomaten noch im Hotel auf einen Absacker. Ich gehe hier spazieren, voll auf kultiviert, ja? Und mach Fotos und am Abend mache ich dann Filter auf die Fotos. Heute Abend oder morgen lade ich die Fotos auf IG hoch. Ach Scheiße, du hast ja gar kein Instagram mehr – weißt was? Ich leg's in die Cloud und schick dir den Link via Mail und …"

„Stefan? Sind das Freunde von dir?"
„Wie was?" Stefan drehte sich im Sitzen halb um und sagte: „Wer seid ihr denn jetzt?" Die drei Typen, die auf einmal im Raum standen, trugen dicke, schwarze Wollmasken, schwarze Fliegerjacken und schwarze Militärhosen.

Mit einem unterdrückten Schrei fuhr Elias auf dem Bürostuhl einen Meter nach hinten und schlug sich die Faust vor den Mund, dann holte er Luft und schrie: „Was geht da ab? Stefan? Alter?"

Ohnmächtig sah er zu, wie drei Männer, die sich geräuschlos Zugang zu Stefans Zimmer verschafft hatten, seinem besten Freund ein Tuch auf Mund und Nase drückten. Einer von ihnen nahm den Laptop und hielt sich den Bildschirm vors Gesicht, raunte auf Englisch mit einem stark slawischen Akzent: „Keine Freunde. Echte Feinde. Sieh ihn dir noch einmal genau an, den dreckigen Nigger. Denn so wie jetzt, wird er nie wieder aussehen, wenn wir mit ihm fertig sind."

„Bitte!", schrie Elias. „Bitte, lasst es, egal, warum, egal, lasst ihn frei, bitte, um Gottes willen!" Sein Hals war wie zugeschnürt, er schmeckte die Bitterkeit reiner Panik.

„Er wird weinen vor Schmerzen, wie ein Mädchen. Gott will das so, denn Gott hasst Negerhomos!"

Das Videobild wurde von einem hellen Rauschen überlagert, die Schemen änderten sich, verschmolzen zu einem Schatten, der aus dem Rauschen nach vorne kam. Wie ein Schemen, das aus dichtem Schneegestöber hervortritt.

Ein schlanker Mann in einem schwarzen Anzug und mit einer schwarzen Gummimaske, die aussah, wie die von Fantomas, alt und bitter geworden.

Le Fantom legte den Kopf schief und sagte mit monotoner Stimme: „Elias. Wie es jetzt weitergeht, liegt an dir. Rufst du die Polizei, stirbt Stefan Talha Kareem. Die Entführer werden ihn foltern, solange er in ihrer Gewalt ist. Aber er wird überleben. Solange du zusiehst, wenn er gefoltert wird. Wenn du wegsiehst, wird er sterben. Und zwar grausam. Solange du zusiehst, hat er eine Überlebenschance."

Das Bild zoomte näher und näher. „Am Flughafen von Las Palmas habe ich dir nur eine kleine Kerbe geschlagen. Jetzt will ich, dass du vor Kummer den Verstand verlierst. Ich weiß, wie viel er dir bedeutet. Bleib verfügbar, Elias. Es wird nicht lange dauern, bis du einen Videoanruf bekommst. Hast du gedacht, du kannst mir entkommen? Mir? Sieh gut zu, wenn sie Stefan in den Keller gebracht haben. Die Freunde, die ihn gerade entführen, wollen ein paar Ideen umsetzen, die mich sehr an die Filmreihe ‚Saw' erinnern. Gehab dich wohl, Elias. Oder besser: Werde einsam und verrückt. Ich habe eben erst damit angefangen, dein Leben zu verbrennen."

Elias weinte mit zusammengekniffenen Lippen, sah flehend zu der Gestalt auf dem Bildschirm und flüsterte: „Warum? Warum ich?"

„Wir werden uns eines Tages wiedersehen. Und dann wirst du es verstehen."

Nach einer Weile fügte er leise hinzu: „Und ich vielleicht auch."

Langsam wurde der Monitor schwarz. Elias klappte den Laptop zu und schaffte es bis zum Klo, wo er sich würgend übergab, bis nur noch Galle hochkam.

DER UMRISS EINES PLANS

Er wusste nicht, wohin. Was er machen konnte, wollte schreien, sich die Haare raufen, einfach umfallen und tot sein – oder noch besser: Aufwachen und erkennen, dass das alles nur ein dummer, böser Traum gewesen war. Er nahm das Handy, wischte mit dem Zeigefinger über das Display und warf es mit einem heiseren Fauchen auf die Couch, wo es auf dem harten Polster abprallte und mit einem Klappern auf dem Boden landete. „Scheißding", fluchte Elias und fühlte sich hysterisch. „Verdammtes, elendes Drecksding!"

Das Fantom hatte ihn gefunden. Na *klar* hatte er das. Ist ja auch ein Albtraumgeschwür, ein Karzinom, ein Krebsgeschwür, direkt aus ihm, aus seinen Ängsten. Da halfen kein neues Smartphone und keine neue Telefonnummer – haha, hatte er das wirklich gedacht?

Er musste nicht einmal Elias selbst überwachen, es genügte, herauszufinden, wer ihm etwas bedeutet, und diese Leute anzapfen. Und er hatte ihm ja selbst die Rutsche gelegt, als er ihm im Garten der Finca in Tejeda von Stefan erzählt hatte – seinem Bro in Wien!

Was konnte er tun? Elias, komm, denk nach, denk nach!

Er dachte nach und ihm war, als ob seine Gedanken flinke kleine Spinnen wären, die in seinem Hirn herumkrabbelten.

Polizei anrufen? Geht nicht.

Stefans Vater anrufen? Könnte sinnvoll sein – aber andererseits auch wieder nicht, denn der könnte dann die Polizei anrufen und für Le Fantom wäre das dann so, als ob Elias die Polizei angerufen hätte – und zack … Le Fantom sprach nicht nur gern über das Quälen und Töten. Er tat es, er veranlasste es und, wie man in den Nachrichtenvideos gesehen hatte, hatte er seine Hände in das Blut sterbender Jungs getaucht, als er in Mexico City durch die smogverhangenen Gassen zog wie ein verrückter, aztekischer Todesgott. Der Mann drohte nicht. Er prophezeite.

Ich bin vollkommen hilflos, dachte Elias entsetzt. *Ich kann nichts für Stefan tun!* Er kam nicht zur Ruhe, wanderte durch die Wohnung, umklammerte sich, ging in die Hocke und stand wieder auf und fragte sich ein ums andere Mal: *Was kann ich tun?*

Und noch einmal: Was kann ich tun?

Da läutete sein Smartphone. Elias ging nicht zur Couch, er sprang wie ein hungriges Raubtier hin rutschte auf dem Teppich vor dem Wohnzimmertisch aus und schlug sich den rechten Fußknöchel, fluchte: „Verdammte Scheiße!"

Er nahm den Anruf entgegen. Ein Bild ging an und Elias sah, dass es ein Video war. Er starrte auf den kleinen Bildschirm und versuchte, zu verstehen, was er sah. Er erkannte Stefan, der bis auf seine weiße Unterhose nackt war und sichtbar zitterte. Seine Augen waren riesengroß und seine Mundwinkel in Panik verkniffen und nach unten gezerrt. Rechts neben ihm stand ein maskierter Mann in schwarzer Kleidung und mit Sturmhaube, der ein Gewehr in den Händen hielt. Ein zweiter maskierter Mann stand hinter Stefan und zerrte seinen Kopf nach hinten, indem er ihn an den Haaren packte. Der dritte Kerl, ebenfalls mit Sturmmaske, stand links neben Stefan und hielt ihm die Spitze eines Jagdmessers ans Ohr.

„Schnell, Elias, jetzt ganz schnell, ohne Nachdenken!", hörte er die Stimme von Max, Le Fantom.

„Sag uns so schnell du kannst: Wovor hat Stefan am meisten Angst? Was wirft ihn aus der Bahn, was lässt ihn schluchzen vor Angst und Entsetzen? *Sag* es uns. Du hast fünf Sekunden, sonst schiebt mein Freund hier das Messer ganz langsam in Stefans Ohr. So langsam, dass er sich vor dem qualvollen Tod noch anscheißt und anpisst. Stefan, hörst du mich?"

Stefan nickte panisch, sein Körper, hart und steif wie aus Ebenholz gehauen.

„Elias! Sag´s!", drängte Le Fantom.

Elias hatte das Gefühl, als würden seine Atmung und sein Herz in zwei unterschiedliche Richtungen davoneilen. Er sah, wie Stefan ganz vorsichtig den Kopf schüttelte – ein wortloses „Sag´s nicht!"

Aber Elias wusste, dass Le Fantom nicht nur, aber auch ein brutaler Mörder war. Sein Gesicht war vor Entsetzen verzerrt, als er Le Fantom sagte, wovor sich Stefan seit seiner Kindheit am allermeisten fürchtete.

Stefan sah direkt in die Kamera und flüsterte kaum hörbar: „Ich hasse dich, du Hurensohn!"

Die Verbindung endete schlagartig und Elias stand in der Stille seiner Wohnung und hörte nur noch seinen zischenden Atem und seinen Herzschlag. Frustriert schlug er die Hände vors Gesicht und stammelte: „Ich weiß nicht, was ich tun soll. Ich weiß nicht …"

So ging das vielleicht eine Viertelstunde. Dann – als ob man einen Schalter umlegt – hörte er mit der Litanei auf, ging ins Bad, hielt den Kopf unter das kalte Wasser und wusch Haare und Gesicht. Dann frottierte er sich, zog ein frisches T-Shirt an, einen graubeigen Sweater, seine Daunenjacke, nahm die dünne Brieftasche, sein Smartphone, den Wohnungsschlüssel und lief die Treppen hinunter. Er hatte in diesem Moment noch keinen Plan. Aber er hatte eine Idee, die vielleicht – mithilfe von Freunden – zu einem Plan reifen könnte. Einen ersten Schritt.

Während er durch das leichte Schneegestöber über die Ungargasse ging und sich für einen Moment klarer fühlte, versuchte er, seine Gedanken zu fassen.

Die Stadt tröstete ihn, die Straße, in der er wohnte, beruhigte ihn, aber diese Ruhe war oberflächlich. Die Unterströmungen aus Angst, Wut und Empörung waren beträchtlich.

Ich kann ihm nicht entkommen, stellte er frustriert fest. Er hatte ihn mühelos gefunden, sich in den Zoom-Chat gehackt und Stefans Entführung kommentiert. Was ließ sich daraus ableiten? Le Fantom steckte hinter der Entführung, und auch, wenn es vordergründig so aussehen mochte, als ob Le Fantom Stefan entführt hatte, um sich am Grauen des Entführten und dem Entsetzen seines besten Freundes zu ergötzen, kam Elias zu dem Schluss, dass das zu kurz gegriffen war. Sein eigenes Schicksal auf Gran Canaria war für Le Fantom nur ein angenehmes Nebenprodukt gewesen. Wenn man das berücksichtigte, ergab sich ein Modus Operandi, der, wenn man ihn einmal erfasst hatte, nicht mehr zur Seite schieben ließ. Erstens: Le Fantom plante und verübte große Verbrechen, und bei der Durchführung ging es ihm weder um Macht noch um Reichtum, sondern stets nur um Chaos und Leid. Zweitens: Le Fantom gestaltete seine Verbrechen immer so, dass ein Teil des Projekts allein seinem Vergnügen diente.

Auf Gran Canaria ging es darum, die Finanzmanager der einflussreichsten Drogenkartelle von Mexiko und Kolumbien zu einer großen Finanzierung zu verleiten – er versprach ihnen zumindest drei Opfer. Party, Vergewaltigungen, Folter und letztendlich Mord. Hinrichtungen. Nur so zum Spaß. Über den Onlinetransfer der Bezahlung konnte er sich in die Konten dieser beiden Kartelle hacken und ihnen alles bis aufs letzte Hemd wegnehmen, wohlgemerkt, ohne sich selbst zu bereichern. Und wenn er doch etwas davon behielt, da war sich Elias auf einmal völlig sicher, dann nur, um das nächste Projekt zu finanzieren.

Er blieb kurz stehen und atmete erschreckt ein. Menschen strömten um ihn wie Wasser um einen Felsen. Stefan war in Tallinn entführt worden, weil er seinen Vater begleitete, der als Anwalt und Diplomat dorthin gereist war, um die Ratifizierung einer Erklärung der drei baltischen Staaten Estland, Lettland und Litauern zu begleiten. So viel Elias verstanden hatte, war Stefans Vater der Architekt des Vertrags. Es lag auf der Hand: Stefan war entführt worden, um die Absegnung des Pakts zu verhindern. Elias machte sich in Gedanken eine Liste von Fragen, die ihm einfielen:

Will Le Fantom den Pakt nur deshalb verhindern, weil sich durch Stefans Anwesenheit eine gute Gelegenheit ergab?

Wenn Stefan nicht Plan A war, wen hätte Le Fantom sonst entführen können?

Warum will er die Erklärung verhindern?

Er schlurfte mit den Händen in den Jackentaschen am Rochusmarkt vorbei und fühlte sich ein wenig besser, weil er nachdachte und aktiv wurde. Sein Ziel war das Lokal „Habibi & Hawara", wo Stefan und er oft Fatusch aßen. Auch mit Tine war er nach den Meetings im Büro der Influencer-Agentur einige Male hier gewesen. Heute kam er nicht ins Lokal, um zu essen, sondern weil das Lokal im hinteren Teil einen mit Glas überdachten Workspace beherbergte, in den man sich einmieten konnte. Da Stefan und er die Besitzer des Lokals gratis bei ihrem Webauftritt beraten hatten, durften sie jederzeit den Workspace benutzen, wo es Highspeed-Internetanschlüsse gab, Drucker, Scanner und – für Elias ganz wichtig – MacBooks, die man benutzen konnte. Der wichtigste Grund für ihn, dorthin zu gehen, war aber Yari. Sie war seit sieben Jahren Kellnerin in dem Restaurant, eine quirlige, quietschlebendige, vollbusige Kubanerin, die immer laut lachte, die Arme ausbreitete und jeden Menschen umarmte. Yari war als Kind eines Ärzteehepaares nach Wien gekommen, die zuvor von der kubanischen Regierung nach Afrika geschickt worden waren und von dort, nach drei Jahren Dienst, nach Europa gereist waren, statt nach Kuba zurückzukehren. Von Spanien, wo sie sich zuerst niederlassen wollten, ging es über Frankreich nach

Deutschland und schließlich weiter nach Wien, wo sie nun eine Gemeinschaftspraxis betrieben.

Yari war vierundzwanzig Jahre alt und sie hatte Elias Spanisch beigebracht. Wann immer er allein vorbeigekommen war, um Tee zu trinken oder ungestört ein Buch zu lesen (was er vor allem im Winter gern tat, wenn der Eisregen oder der Schnee leise auf das Glasdach des Büroraums rieselte), hatte sie sich nach einer Weile zu ihm gesetzt, ihn umarmt und geherzt, bis ihm ganz anders wurde, denn Yari war das, was eine Frau ausmachte, in Vollendung. Sie war eine Vollfrau, sie war umfassend, mütterlich und sexy zugleich – und genau das war es, was Elias an ihr so toll fand: Er fand sie sexy und gleichzeitig schämte er sich dafür, eine Frau sexy zu finden, die so viel Mütterliches an sich hatte, ohne Mutter zu sein.

Eine Viertelstunde später, nachdem er sich den Schnee von der Kleidung geklopft, die Besitzer umarmt und geküsst hatte, saß er vor einem aufgeklappten Notebook, legte sein Smartphone rechts neben das Gerät und dachte kurz nach. Links neben dem Mac dampfte eine Tasse Kardamontee, mit Honig gesüßt. Als Lailah, die mit ihrem Mann Ibrahim das Lokal betrieb, die Tasse gebracht hatte, hatte sie seine Schläfe geküsst und geflüstert: „Schön, dass du mal wieder da bist, Elias." Im Hintergrund hörte er Yari vor Freude quietschen, was einigen Gästen, die vorne saßen, ein Lächeln entlockte.

Er brauchte etwa zehn Minuten, bis er so etwas wie das Rahmengerüst einer Vorgehensweise entwickelt hatte. Unbestreitbar war, dass er Hilfe brauchte, nicht die Polizei rufen konnte (wozu auch? Le Fantom wird sich an Stefans Vater wenden, um ihm die Bedingungen zu nennen, und Stefans Vater würde die Polizei rufen, jedenfalls dachte Elias das) und dass er seine Spuren auf der Suche nach Freunden und Hilfe gut verwischen musste. Le Fantom (ihn nur noch so zu nennen und nicht mehr Max, machte es Elias um einiges leichter, über ihn nachzudenken, ohne sich so unendlich verletzt zu fühlen, wie in den ersten Tagen nach seiner Heimkehr) hatte sich Zugriff zu seinem Computer verschafft, denn irgendwie hatte er den Zoom-Chat gekapert und sein eigenes Signal eingespeist. Für Elias war klar, dass Le Fantom ihn auf Gran Canaria in jeder Hinsicht angelogen hatte. Er war kein naturalistischer, in Resonanz mit dem analogen Leben stehender Mann. Er war ein gottverdammter IT-Spezialist. Er war hinterlistig, klug und bösartig. Elias brauchte Hilfe. Er musste mit irgendjemand reden. Über Stefans Entführung und die grenzenlose Bösartigkeit von Le Fantom. In manchen Nächten schreckte Elias aus dem Schlaf hoch und hatte den metallisch-öligen Geschmack der Pistole im Mund, die Le Fantom ihn bei der Vergewaltigung zwischen die Lippen gepresst hatte. Manchmal hört er das Dröhnen einer titanischen Glocke.

Er brauchte Hilfe.

Zuerst suchte er nach einem spanischen E-Mail-Anbieter, beschloss dann aber, den seit 2025 existierenden Maildienst von Qwant zu nutzen, einem französischen Anbieter. Er legte sich dort eine gratis E-Mail-Adresse an, ohne irgendeinen Hinweis auf seinen echten Namen oder seine Herkunft zu geben. Er legte eine anonyme Adresse an: eliomaroq@qwantmail.fr.

Er ging nicht davon aus, dass Le Fantom sich die Mühe gemacht hatte, alle Inhalte auf dem Laptop auszulesen und vermutlich hatte er auch nicht die Mail gelesen, die Caramello und der Polizist an ihn geschickt hatten, aber sicher war sicher.

Elias schrieb zunächst einen Mailtext auf Deutsch, um sich später von Yari helfen zu lassen, ihn nicht nur auf Spanisch zu übersetzen, sondern ihn auch jugendlich und echt wirken zu lassen.

Hallo Caramello,

wir sind uns auf GC in einem Hinterzimmer begegnet, wo wir uns geküsst haben, also ich wollte Dich küssen und war wohl zu betrunken, um zu verstehen, dass man so etwas nicht erzwingen kann. War eine beschissene Party und die Drogen waren echt mies – jedenfalls warst Du echt nett und hast mich zurückgewiesen, ohne dass ich mir dabei blöd vorkam. Du hast mich irgendwie sogar getröstet und Du hast so geschwärmt von der Universität in Las Palmas, dass ich nun meine Sachen packe und von meiner Frequenz zu Deiner Frequenz wechsele – haha, ich hoffe, Du verstehst den Scherz :)

Ich würde gern von Dir mehr über das Hilfsprogramm für EU-Studenten wissen, wenn Du Zugriff auf das Uni-Intranet hast – solltest Du haben, denke ich. Übrigens bietet Qwant seit diesem Jahr für Studenten

gratis E-Mail-Adressen an. 10GB für jeden, 2FA usw. Ist sehr sicher.
Ich hoffe, Du wirst schlau aus dem Stuss, den ich gerade so von mir gebe, bin ziemlich zu mit lustigen Medikamenten und denke an Dich.

Vielleicht lesen wir uns ja – auf dieser Frequenz!
Eliseo Maroq

Als er sah, dass Yari wenig zu tun hatte, stand er auf, ging zu ihr, ließ sich umarmen und bat sie, ihm zu helfen, den Text in ein rotzig-freches Spanisch zu übersetzen. Sie kicherte, als sie sich neben ihn setzte und den Text las, stieß ihm den Ellbogen in die Rippen und fragte: „Eli, was ist das für ein Blödsinn?"

„Ach", antwortete er mit einem schiefen Grinsen. „Ich möchte nur jemand einen harmlosen Streich spielen. Nix Böses, echt nicht. Hilfst du mir?"

„Klar", nickte sie, schob Elias mit der Hüfte zur Seite und machte sich an die Arbeit. Dabei puffte sie an einer E-Zigarette und fügte die Übersetzung direkt unter seinen Text ein. Sie sah dabei aus wie eine verrückte Mischung aus Sekretärin, Nutte und Mutter. Elias stellte verblüfft fest, dass von seiner Mitte ein elektrisches Ziehen abstrahlte – ein Gefühl des Wollens, das ihm seit den Ereignissen auf Gran Canaria fremd geworden war. Er dachte daran, aufzustehen, nach vorne zu gehen und noch eine Tasse Tee zu bestellen, als er aus dem Augenwinkel sah, dass eine Nachricht eingegangen war. Beinahe wie in Zeitlupe setzte er sich wieder an den Tisch, zog den Laptop näher und sah, dass die Mail von einer unbekannten Absenderadresse kam: mazapan@qwantmail.fr. Elias grinste und schlug die Hände zusammen, flüsterte: „Er ist schnell und lustig!"

Marzipan. Klar. Tejeda ist die Stadt in den Bergen mit den Mandelbäumen, den Marzipanküchlein. Er öffnete die Mail: Da stand nur ein Wort:

Betreff: Sobre esta frecuencia
Elias?

Er beugte sich vor und schrieb rasch:

Ja. Bin verzweifelt und brauche Hilfe!
Eli

Langsam stand er auf und hielt die rechte Hand vors Gesicht. Sie zitterte. Mit Mühe riss er sich los, sperrte den Laptop und ging nach vorne in den Gastraum. Inzwischen waren mehrere Gäste hier, das Lokal war jetzt zu dreiviertel voll. Yari war voll im Einsatz und es roch nach Ingwer und Curry. An der Theke bestellte er eine neue Tasse Tee, wieder mit Honig, nahm die Tasse und ging zurück in den Shared Office Bereich. Durch die Hintertür waren inzwischen vier Leute gekommen, die sich mit ihren MacBooks in einen schallisolierten Glasraum setzten, um dort ein Meeting abzuhalten.

Nachdem er das Notebook entsperrt hatte, sah er, dass eine neue Nachricht eingetroffen war. Er klickte das Kuvert an und las:

Eli!
Alexis und ich haben uns in der Finca seiner Mutter einquartiert. Las Palmas ist zurzeit extrem gefährlich. Die Mexikaner und die Kolumbianer haben irgendwie rausbekommen, dass der Virus, der alle Konten dieser Bastarde abgeräumt hatte, von der Policia Nacional in Las Palmas aus initialisiert wurde. Neben der Untersuchung wegen der Explosion in der Tiefgarage ist die Policia Nacional voll damit beschäftigt, die Schlägertruppen in Schach zu halten, die seit ein paar Tagen hier auf GC sind und gezielt auf Touristen losgehen – vielleicht hast Du etwas darüber in den Nachrichten gesehen. Hier ist jedenfalls momentan die Hölle los. Sergio Valdez, der IT-Spezialist aus Alexis Team, hat ein verstecktes Quartier auf einer anderen Insel zugewiesen bekommen und erledigt seine Arbeit von dort aus, der Rest seines Teams versucht, die Schlägertruppen einzukassieren und sie von ihren Informationsquellen abzutrennen. Was ist bei Dir los? Was ist geschehen?

Cara

Elias dachte ein paar Atemzüge nach, kam sich paranoid vor. Le Fantom war sicher gefährlich und wusste, wie man Spuren im Internet verfolgte, aber hatte er sich irgendwie in diese Kommunikation hacken können? Schrieb Elias vielleicht nicht mit dem Medizinstudenten aus Las Palmas, sondern mit dem Mann, der noch nicht mit ihm fertig war?

Er dachte: Ich riskiere es. Jetzt.

Cara,

Le Fantom hat die Entführung meines besten Freundes Stefan Talha Kareem veranlasst – geplant, in Auftrag gegeben. Ich habe mit Stefan gechattet, als es geschah und ich habe live zugesehen und dann hat sich Le Fantom irgendwie in die Verbindung gehackt und gesagt, er hätte ihn entführen lassen und wenn ich die Polizei rufe, muss Stefan sterben. Sie werden ihn foltern und das live streamen und wenn ich den Blick abwende, muss er auch sterben. Ich glaube, sie haben ihn entführt, um die Ratifizierung der baltischen Erklärung zu verhindern – er ist der Sohn des EU-Diplomaten, der den Pakt juristisch betreut. Sie werden sicher seinen Vater verständigen und ihm Stefan in Gefangenschaft zeigen und ich weiß nicht, was ich machen soll. Ich sitze hier herum und mein bester Freund ist in der Gewalt von Hurensöhnen, die ihn quälen wollen, irgendwelche Rassisten, die ihn als Niggerschwuchtel bezeichnen.

Ich brauche zumindest jemand, mit dem ich darüber reden kann – oder schreiben.

Eli

Nachdem er das geschrieben hatte, wollte er nach Hause. So, als ob er dort sicherer wäre als hier oder sonst wo. Und als er das Notebook zuklappen wollte, sah er, dass Caramello noch eine Nachricht geschrieben hatte. Kurz zögerte Elias, dann klickte er auf das Symbol der ungelesenen Nachricht und las die wenigen Worte.

VERWERFUNGEN

Im warmen Licht der Tischlampe saß Doktor Taio Kareem am Schreibtisch, beugte sich über die Ausdrucke und fuhr mit der Kappe der Füllfeder die Zeilen nach. Es war kurz nach sechs Uhr morgens, und obwohl er mit seinem Sohn Stefan bis kurz vor ein Uhr früh in einer Bar, und dann noch bei leichtem Schneefall in der Fußgängerzone von Tallinn spazieren war, fühlte er sich ausgeschlafen, kein bisschen verkatert und hoch konzentriert. Im Zimmer gab es eine Kapselkaffeemaschine und er trank seinen zweiten Espresso. Jetzt trug er nur ein weißes Unterhemd und graue Jogginghosen und trotz seiner legeren Morgenkleidung sah er würdevoll und integer aus. Als er die oben liegende Seite fertiggelesen hatte, stand er auf, legte sich ein Handtuch über die rechte Schulter und ging barfuß ins Bad, putzte die Zähne und dachte an den gestrigen Abend. Zuerst der gemeinsame Umtrunk mit den Beratern der Außenminister von Lettland, Litauen und Estland in einer kleinen, aber feinen Bar in der Fußgängerzone in der Innenstadt, bei der sich sein Sohn als äußerst charmanter Gesprächspartner erwies. Er umschiffte alle gefährlichen Riffs mit traumwandlerischer Leichtigkeit und es blieb Taio Kareem nicht verborgen, dass die Generalsekretärin des litauischen Außenamts von Stefan hin und weg war. Der mürrische Sohn des lettischen Außenministers ebenso. Dr. Taio Kareem grinste übermütig sein Spiegelbild an und dachte: ‚Du hast nichts falsch gemacht. Absolut, ganz und gar nichts. Stefan ist eine Wucht!'

Er wusch sich das Gesicht mit kaltem Wasser und ging dann zurück zum Schreibtisch am großen Fenster. Jetzt fiel kein Schnee mehr und wenn sein Smartphone nicht log, war die Temperatur in den letzten paar Stunden um acht Grad Celsius gestiegen. Er beugte sich wieder vor, um die nächste Seite der Erklärung ein letztes Mal zu kontrollieren, bevor er ihn den Staatssekretären übergab, die sie ihrerseits erneut prüften und dann den Außenministern übergaben, um sie dann bei einer feierlichen Zeremonie am fünften Dezember zu ratifizieren.

Da hörte er vom Laptop das Gedüdel von Microsoft Teams. Er verzog verärgert das Gesicht und fragte sich, ob vielleicht ein übereifriger Sekretär schon jetzt eine gescannte Version des Dokuments wollte, aber er sah, dass die eingehende Verbindung von Stefan kam. Konnte der

Junge nicht schlafen? Als er sich vorbeugte und mit dem Touchpad die Maus zur Taste ‚Annehmen' steuerte, hatte er das furchtbare Gefühl, dass etwas Entsetzliches geschehen war. Der Gedanke war ebenso schnell weg, wie er gekommen war. Dr. Taio Kareem nahm das Videogespräch an, lächelte in der Erwartung, Stefans verschlafenes Gesicht zu sehen und erstarrte. Da war zuerst nur Dunkelheit, dann Rauschen, dann klärte sich das Rauschen und er sah vier Gestalten in einem kalt beleuchteten Raum. Weil die Lichtquelle hinter den vier Gestalten platziert war, erkannte er zunächst nichts, nur, dass das Szenario fahl und krank aussah.

Als sich die Position der Lichtquelle, wie durch Geisterhand bewegte, erkannte er, wer der große Bursche war, der von den drei anderen, die Strumpfmasken trugen, festgehalten wurde. Ihm wurde speiübel. Er flüsterte: „Was soll das bedeuten?"

Doch er wusste, was es zu bedeuten hatte. Was ihn bis ins Mark traf, war, wie schlimm, wie katastrophal alles mit einem Schlag geworden war.

Drei maskierte Männer hielten seinen Sohn fest, weil er sich nicht aus eigener Kraft auf den Beinen halten konnte. Er war bis auf eine weiße Unterhose nackt, und vorne im Schritt breitete sich ein gelber Fleck aus. Sein Gesicht war blutüberströmt und ebenso schweißnass wie sein zitternder, schwer atmender Oberkörper. Er wies unzählige Hämatome auf und ganz augenscheinlich hatten ihn die Täter im oberen Brustbereich mit einem Messer drangsaliert. Stefan weinte nicht, schien aber mit den Tränen zu kämpfen. Er stöhnte bei fast jedem Atemzug vor Schmerzen. Sein linkes Auge war von Schlägen beinahe vollständig zugeschwollen, die Oberschenkel wiesen Striemen auf, wie sie vielleicht eine Reitpeitsche hinterlassen würde, wenn man wirklich brutal damit zuschlägt. Seine Beine zitterten.

Der größte der drei Männer raunte: „Er blutet auch aus dem Arschloch. Die Besenstange hat ihm nicht gutgetan. Du hast deinen Jungen gut erzogen, Nigger. Er hat bis jetzt kein einziges Mal um Gnade gefleht und auch nicht geweint. Aber oh, sei sicher, er wird noch um Gnade flehen und er wird schluchzen wie ein Mädchen. Denn wir werden mit ihm spielen. Und du wirst dabei zusehen und …"

Die Stimme des Mannes, der ein sehr holpriges Englisch sprach, wurde auf einmal leiser und eine sehr angenehme, samtig-tiefe Stimme erklang: „Bitte warten Sie noch einen Moment, Herr Doktor Kareem. Ich hole noch jemand zu unserer kleinen, lauschigen Runde, bevor wir den Grund für die Ereignisse betrachten. Moment, ja?"

Wie aus weiter Ferne hörte Dr. Taio Kareem das Zoom-Signal, dann ein Knacken und eine verschlafene Stimme, die murmelte: „Stefan, du? Wo bist du?"

Die angenehme Stimme meldete sich wieder: „So, da wir nun alle zusammen sind, hier die Fakten. Drei Unterstützer des Nationalpatriotischen Widerstandes von Estland haben mit meiner freundlichen Unterstützung Stefan Talha Kareem entführt und an einem sicheren Ort untergebracht. Bitte unterlasst jeden Versuch, die Polizei zu rufen. Und bitte schaut nicht weg, egal, was meine lieben und guten Freunde mit Stefan machen. Der Grund für die Entführung, es sind mehrere, aber der, auf den es ankommt: Der Vertrag der drei baltischen Staaten darf am fünften Dezember nicht unterschrieben werden. Ich will, lieber Doktor Kareem, dass sie die Unterzeichnung verhindern und mir ist egal, wie sie das tun. Aber was auch immer sie zu tun gedenken, tun sie es rasch, denn meine wütenden jungen Freunde in diesem schalldichten Keller, weitab von jeder Zivilisation, brennen darauf, ihre postfaschistische Grausamkeit an Stefan zu trainieren. Nichts für ungut, meine lieben Freunde, für das Wort ‚postfaschistisch'. Jedenfalls solltet ihr beiden in keiner Sekunde die Entschlossenheit dieser braven Patrioten anzweifeln. Stefan wurde bereits eingehend darauf vorbereitet, keinen Widerstand zu leisten, und um zu beweisen, wie ernst es ist, gibt es jetzt noch eine kleine Demonstration."

Taio Kareem hörte, wie Elias ein ersticktes Stöhnen von sich gab. Nach zwei Sekunden Pause sagte Le Fantom wie ein amüsierter Showmaster: „Wären sie so freundlich, meine Herren?"

Zwei der Männer stützten Stefan bei den paar Schritten nach rechts und drückten ihn auf einen Armstuhl. Dort fesselten sie schnell seine Handgelenke mit Lederriemen an die metallisch schimmernden Armlehnen und der schlanke Kerl mit einem Ellesse-Trainingsanzug sagte heiser, aber mit gut verständlichem Englisch: „Komm, Negerschwuchtel, zeig mir den Finger."

Stefan schüttelte wie in Trance den Kopf und flüsterte mit brechender Stimme: „Bitte nicht, bitte nicht, ich habe euch doch nichts getan!"

Der große Kerl schüttelte den Kopf: „Doch. Du bist auf der Welt, Neger!" Er hatte eine tiefe, schnarrende Stimme, sein Englisch war miserabel.

„Streck den Finger raus", sagte Ellesse ungeduldig. „Ach, *komm* schon!"

Mit einem vor Schock und Entsetzten verzerrten Gesicht streckte Stefan den kleinen Finger der linken Hand aus.

„Den gibst du mir? Also gut!"

Dr. Taio Kareem schüttelte vor Grauen den Kopf und wollte flüstern, schreien, fluchen, aber er hörte die Stimme von Elias, der mit erstickter Stimme bettelte: „Tut ihm das nicht an. Bitte. Ich flehe euch an, er ist ein guter Mann, er ist gut, er ist ein Freund, er ..."

„Er wird weinen wie ein Negermädchen!", knurrte der Größte der Entführer mit grausamer Vorfreude und nahm eine große Drahtschere zur Hand. Hielt sie ins Licht, zeigte sie Stefan. Sagte heiser:

„Das wird wehtun. Du darfst ruhig schreien – tu uns den Gefallen, ja?"

Er legte die Drahtschere auf einen Holztisch in der Mitte des Raums und nahm einen länglichen Gegenstand aus einem schwarzen Werkzeugkoffer. Als Stefan sah, was es war, stöhnte er vor Grauen. Seine Augen weiteten sich panisch. Es war ein Lötkolben.

„Genau", sagte der mit dem Ellesse-Trainingsanzug. „Damit kauterisieren wir die Wunde. Bereit?"

Stefan krächzte: „Nein. Nein, nein, nein – *bitte*!" Spucke lief ihm aus dem Mundwinkel, Spucke, mit hauchdünnen Blutfäden.

Ohne lange weiter zu fackeln, griff der Große nach der Drahtschere, setzte sie hinter dem zweiten Gelenk des kleinen Fingers an, packte den Griff mit beiden Händen und als Stefan erbärmlich aufschrie, schüttelte er den maskierten Kopf, drückte fester und mit einem widerlichen, knackenden Geräusch löste sich der kleine Finger und fiel zu Boden.

„Toms, mach!", sagte er drängend. Der dritte Entführer, der sich bis jetzt im Hintergrund gehalten hatte, nahm den Lötkolben vom Tisch, steckte das Kabel an eine Steckdose in der Wand hinter dem Gefangenen. Stefan atmete schwer, hatte den Kopf zurückgeworfen. Öliger Schweiß glänzte auf seiner Brust, der Fleck auf der Unterhose wurde größer.

Taio Kareem, der es nicht ertragen konnte, seinen Sohn so leiden zu sehen, schrie hoch auf und rief: „Hören Sie auf, bitte, ich sage alles ab, alles. Nur bitte beenden Sie seinen Qualen!"

Der im Sportanzug legte den Kopf schief und spottete: „Geil, was?" Als der Lötkolben heiß war, hielt er die Metallspitze an die Wunde am Handballen, aus der Blut pumpte, Stefan brüllte mit sich überschlagender Stimme auf, wahnsinnig vor Schmerzen, verkrampfte sich, dann sackte er zusammen, der Kopf rollte zur Seite, von seinen Augen war nur noch das Weiße zu sehen.

„Er hat sich erstaunlich gut gehalten, das muss ich schon sagen. Wir werden den Finger tiefkühlen und ans Hotel schicken, Herr Doktor Kareem. Und bitte bedenken Sie, dass Stefan noch sehr viele Extremitäten hat. Finger und Zehen, und Ohren und Augen und eine Nase, und einen wirklich beeindruckenden Penis - ich denke, sie verstehen, worauf ich hinauswill. Sagen sie die Zeremonie zum Unterzeichnen des Vertrags ab, wie auch immer, und sie bekommen ihren Sohn nur *leicht* beschädigt zurück. Wenn sie sich weigern oder sonst wie unvernünftig sein möchten – ich werde kein Problem damit haben, herauszufinden, wie viel Schmerz ihr Sohn ertragen kann, bis er um den Tod bettelt. Man nennt mich Le Fantom, und wenn sie an meiner Ernsthaftigkeit zweifeln sollten, fragen sie Elias Mataanoui. Er kennt den Terror, den ich bereitwillig gebe!"

Dann waren sie weg. Le Fantom, die Stimme aus dem Off, und die drei Entführer, die er auf dem Monitor gesehen hatte. Dr. Taio Kareem hörte nur noch den stockenden Atem von Elias und sein eigenes, unterdrücktes Weinen. Dann, nach etwa einer halben Minute, hörte er, wie Elias sagte:

„Doktor Kareem. Es tut mir so leid. Ich bin schuld, ich allein bin schuld, dass Le Fantom Stefan entführt hat. Ich bin schuld, weil ich noch lebe."

„Was redest du da, Elias? Was hast du getan? Was hat er dir angetan? Rede mit mir!"

Nach ein paar Sekunden antwortete Elias mit gepresster Stimme: „Er hat mich auf Gran Canaria vergewaltigt. Er und ein paar andere, die er ermorden ließ, um die Spuren zu verwischen, oder weil es ihm einfach Spaß macht. Sie haben von den drei Morden auf Gran Canaria gelesen oder gehört?" Das war keine Frage, sondern eine Feststellung. Er berichtete weiter, langsam, stockend, fast flüsternd. „Und jetzt macht er weiter. Vielleicht war es nicht sein ursprünglicher Plan, Stefan entführen zu lassen und das ergab sich erst, weil er sie begleitet hat, Herr Doktor. Aber er tut wieder das, was er auf Gran Canaria auch getan hat: Er verbindet das Angenehme mit dem Nützlichen. Das Angenehme für ihn ist es, uns zu quälen und Stefan zu foltern. Auch, wenn er selbst vielleicht gar nicht vor Ort ist. Das Nützliche? Er will, dass diese Erklärung nicht unterschrieben wird. Ich weiß nicht, warum. Ich halte ihn für einen perversen, kranken Verbrecher, aber nicht für jemand, der politisch interessiert ist."

Sie schwiegen eine Weile und hörten einander beim Atmen zu. Dann sagte Taio Kareem langsam und nachdenklich: „Das verstehe ich nicht. Um den Sohn eines Diplomaten zu entführen, braucht es Planung, Umsicht, Präzision. Ebenso bei der Ausarbeitung der Forderungen."

„Was meinen Sie?"

„Die Erklärung der baltischen Staaten, auch ‚Die Erklärung von Tallinn' genannt, die ist kein Vertrag, der unterschrieben wird. Es ist eine Erklärung. Eine ausformulierte Willenserklärung der drei baltischen Staaten, einander in bestimmten gesellschaftlichen, technischen und kulturellen Angelegenheiten zu unterstützen. Und ein solche Erklärung wird nicht unterschrieben. Das war schon damals so, als der UN-Migrationspakt im Dezember 2018 ratifiziert wurde. Da kommunizierten auch sehr viele Politiker, sie würden besondere Forderungen mit der Unterschrift des Vertrags verknüpfen, um innenpolitisch Stärke und Haltung zu zeigen. Und so wie der UN-Migrationspakt wird auch die baltische Erklärung nicht unterschrieben. Sie wird ratifiziert. Wieso wissen die das nicht?"

„Was können wir tun?", fragte Elias kaum hörbar.

„Ich weiß es nicht. Du kannst gar nichts tun, Elias, du bist in Wien. Bleib dort. Ich verständige den Innenminister und rufe die Paktpartner zusammen. Ich verstehe noch etwas nicht."

„Was?"

„Entführer entführen, um ein Ziel zu erreichen. Meistens geht es ums Geld. Hier geht es um eine Erklärung. Selbst wenn wir also die Zeremonie und die Ratifizierung absagen und sie dann Talha freilassen – das garantiert doch nicht, dass die Erklärung dann nicht zwei Monate später abgesegnet wird. Sie gewinnen nichts."

Wieder schwiegen sie für ein paar Atemzüge, dann fragte Taio Kareem: „Du kennst ihn besser als ich, und wenn ich das als sein Vater sagte, schäme ich mich, doch: Wird er das durchstehen? Wird mein Sohn das überstehen, ohne zu zerbrechen?"

Darauf wusste Elias keine Antwort.

Toms zitterte vor Aufregung. Sie hatten die Zelle verlassen, als die Übertragung beendet worden war, schlossen die schwere Metalltüre hinter sich und zogen am Gang draußen die Masken von den Köpfen. Ludis tat so, als ob er vollkommen entspannt wäre, aber Toms kannte ihn lange genug, um zu erkennen, dass er bis in die Haarspitzen aufgeregt war. In Ekstase.

Atim keuchte ununterbrochen: „Wow, Wahnsinn, wow, wow, wow!", schlug mit der flachen Hand auf den Tisch, hatte hektische, rote Flecken im Gesicht. Sie hatten sich in einen Raum zurückgezogen, den sie ‚Kaserne' nannten. Hier gab es einen großen und schweren Holztisch, sechs massive Lehnstühle, Metallschränke, die unter der abblätternden olivgrünen Lackierung Rost ansetzen. Licht kam von einer Birne, die hinter einem rostigen Gitter an der Decke festgeschraubt war. Links neben der Tür befand sich ein hüfthoher Kühlschrank und darauf stand eine Elektroherdplatte mit zwei Heizfeldern. Neben dem Kühlschrank standen volle Bierkisten, der Kühlschrank war ebenfalls mit Bier und Weißwein gefüllt – Dank des seltsamen Spinners namens Le Fantom, der auf einem Revolut-Konto als Anzahlung 55.000 € hinterlegt hatte.

Nachdem sie den Neger aus dem Hotel entführt hatten, was lachhaft einfach gewesen war, nachdem sie ihn betäubt hatten und so taten, als wären sie Freunde, die ihn mal eben runter zur Garage brachten, verpassten sie ihm eine erste ordentliche Abreibung. Vor allem Ludis und Atim, denen es wirklich Spaß gemacht hatte, den mit Handschellen gefesselten, nackten Kerl mit Fäusten und Gürteln zu bearbeiten, bis der stöhnend auf dem Boden lag, sich zusammenrollte und nur noch: „Aufhören, aufhören, aufhören" wimmerte. Auf Englisch. *Stop it, please stop it* … Toms war nicht entgangen, dass Atim es auf den Arsch des Negers abgesehen hatte und ihn ausgiebig mit der Gürtelschnalle verdrosch, während Ludis sich um Bauch, Gesicht und Brust des Gefangenen kümmerte. Es war auch Ludis Idee gewesen, die ach so perfekt geformte Brust des Burschen mit dem Messer zu markieren. Und seine Oberschenkel mit einem Seil zu dreschen, in das er Knoten geknüpft hatte.

Während er dem aufgeregten Geschnatter seiner Kameraden mit einem Ohr zuhörte, dachte Toms an Le Fantom. Wie hatte er sie gefunden? Den patriotischen Akt nahm er ihm nicht ab. Der Mann war kein Este, er war vermutlich nicht einmal Balte. Vielleicht, dachte Toms, war es ihm aus irgendeinem Grund wichtig, dass die Erklärung nicht unterschrieben wird. Doch auch da gab es irgendein Detail, das Toms irritierte, er wusste nur nicht genau, was es war.

Le Fantoms Gründe hatten aber gewiss nichts mit dem estnischen Nationalismus zu tun. Toms gelangte zu der Überzeugung, dass Le Fantom am Patriotismus der Esten nichts gelegen war. Vielmehr schien ihm, als würde Le Fantom einfach alles ficken, was ihm nützlich schien.

Wie schnell er den Negerburschen ausfindig gemacht hatte! Und wie günstig, dass dessen Vater der Architekt des Paktes war. Zumindest einer der juristisch beratenden Architekten.

Atim stand auf, streckte sich, dann ging er zum Kühlschrank, nahm eine Flasche Bier heraus, kapselte sie auf und trank aus der Flasche. Dann rülpste er, kicherte aufgeregt und sagte: „Ich gehe dann die Viecher holen. Glaubt ihr, er wird sich anscheißen? Ich glaube, er wird sich anscheißen, bis zum Genick hoch, Mann, wird das ein Spaß. Wir zeichnen das alles auf. Wir müssen das auf Video haben, echt, Leute. Der Neger soll leiden!" Den letzten Satz wiederholte er und sah Toms und Ludis herausfordernd an: „Die Negerhure soll leiden!"

Halbherzig, aber eben doch stimmten die beiden Kameraden ein. Toms ein wenig leiser als Ludis. Toms hob die Hand, sagte: „Gib mir auch ein Bier, Freund Atim. Und dann reden wir über die Wache."

Als Atim sein Bier auf ex austrank und ging, folgte ihm Ludis bald nach und Toms blieb allein in der Kaserne sitzen, drehte seine Flasche zwischen den Händen. Sie zitterten noch immer. Es war eine Sache, Ludis dabei zuzusehen, wenn er unmännliche, asiatische Studenten in den nächtlichen Straßen Tallinns verprügelte. Einem jungen Kerl aber, der gefesselt war, den man echt unter Kontrolle hatte, einen Finger abzutrennen, das war irgendwie … endgültig. Das war absolut. Die Schwellungen würden wieder heilen, die blauen Flecken würden gelb werden und verschwinden. Und vielleicht würden geschickte Chirurgen es schaffen, ihm den kleinen Finger anzunähen. Wie auch immer. Es war elektrisierend und furchtbar zugleich, auf einmal die Macht zu haben, von der er in langen Nächten so oft geträumt hatte.

Auch, wenn er sich eingestehen musste, dass er sich vorkam, wie ein Wolf, der den Mond anheulte, der nichts war, ohne dem Licht der Sonne. Die Macht war eine Leihgabe, und Toms kam der schale Verdacht, dass es eine giftige Leihgabe war. Den Gedanken schob er rasch beiseite. Der Gefangene lag halb nackt und von der Gewalt, die man ihm angetan hatte, traumatisiert auf dem dreckigen Boden der Zelle nebenan. Ludis und Atim hatten Freude daran, Gewalt auszuüben und seiner Meinung nach stand ihnen diese Freude als brave und mutige Patrioten auch zu. Ihn selbst stellte es zufrieden, den arroganten Diplomatensohn zu maßregeln und in den Dreck zu befördern, wohin er aufgrund seiner minderwertigen Abstammung auch gehörte. Der stolze Neger war kurz davor, zu zerbrechen.

Dachte Toms.

DAS ZWIELICHT

Am Ende des Gesprächs hatten Elias und Doktor Taio Kareem Telefonnummern ausgetauscht und einander versprochen, sich auf dem Laufenden zu halten, und die Rufnummern geheim zu halten. Im Morgengrauen verließ Elias fluchtartig seine Wohnung, nahm sich noch genug Zeit, eine Mütze aufzusetzen und einen dicken Sweater anzuziehen. Seit gestern fiel ununterbrochen Schnee, die Straßenräumung war durchgehend unterwegs und das orange Licht der Einsatzfahrzeuge erhellte das frühmorgendliche Zwielicht. *Schnee im Dezember*, dachte Elias, *das gabs ja noch nie.*

Wir helfen Dir und Stefan, so gut wir können, hatte Caramello in seiner letzten E-Mail an Elias geschrieben. Auf Gran Canaria herrschte seit zwei Tagen der Ausnahmezustand, hatte Elias nicht nur durch die E-Mails erfahren, sondern auch in den Nachrichten gesehen und in den Tageszeitungen gelesen. Militär und Polizeieinheiten der anderen Inseln waren zur Verstärkung gekommen, der Flughafen und die Schiffshäfen wurden streng überwacht, Flüchtlingsboote wurden vor der Dreimeilenzone abgefangen und abgewiesen. Aus der Wunde, die Le Fantom in die ehrenwerte Gesellschaft von Mexiko und Kolumbien geschlagen hatte, wuselten nach wie vor Würmer und Insekten.

Elias drehte eine Runde um den Block und dann noch eine, um den Kopf klar zu bekommen. Zu sehen, wie sein bester Freund, sein Begleiter seit ihrer Kindheit, zu leiden hatte und vorgeführt wurde, brach ihm das Herz erneut, jetzt, als es zu heilen begann.

Erstaunt stellte Elias fest, dass er nicht traurig war. Oder verzweifelt. Nein, da drängte sich ein völlig anderes Gefühl aus den Schatten seiner Seele, es befreite sich aus seinem Herzen, so als ob es Ketten sprengen würde. Elias empfand jetzt alttestamentarische Wut. Vielleicht sogar noch schlimmer. Er hasste, er hasste, er hasste Le Fantom und würde er seiner habhaft werden, er würde ihm bei lebendigem Leib die Haut abziehen.

Jemand, der einem so edlen Menschen wie Stefan Talha Kareem etwas antun konnte, hatte nichts anderes verdient, als im eigenen Blut zu ertrinken.

Die Wut wirkte auf ihn wie Traubenzucker. Sie vermittelte ihm das

Gefühl einer Gewissheit. Die Schwäche und Verzagtheit waren dahin, fortgeweht. Mit etwas mehr Kraft in den Gelenken und in der Seele ging er zurück zum Haus, in dem er wohnte und betrat es durch das Restaurant seiner Eltern. Sein Vater stand hinter der Bar und richtete ein Tablett mit Getränken für eine Gruppe junger Leute, die lachend am großen, runden Tisch saßen, die Überreste einer privaten Veranstaltung, die zu Ende ging. Er unterbrach seine Arbeit, stellte das letzte Glas auf das Holztablett und umarmte Elias, sagte sanft: „Du siehst anders aus. Dir tut wohl der Schnee draußen gut, was?" Er ließ ihn los, nahm das Tablett und brachte es zum Tisch, verteilte die Gläser und kam schnell zurück.

Elias nahm seinen Vater am Arm und zog ihn in den Ganz zwischen Bartresen und Küche und sagte leise: „Du wirst es eh aus den Nachrichten erfahren, Papa. Stefan wurde in Tallinn entführt!"

„Oh mein Gott, guter Gott! *Was*?"

„Stefan war mit seinem Vater wegen dieser politischen Geschichte in Tallinn. Es war in den Nachrichten. Da wird eine gemeinsame Erklärung von Estland, Litauen und Lettland beschlossen. Stefans Vater ist der juristische Berater der EU, der den Außenministern der drei baltischen Staaten bei der Erstellung der Erklärung beratend zur Seite stand. Und jetzt haben sie Stefan aus dem Hotel entführt und, und, und ..."

„Hör auf zu weinen und rede weiter, Eli!"

Trotzig wischte sich Elias mit den Handballen über die Wangen und Augen, schniefte und redete leise weiter: „Sie wollen verhindern, dass die Erklärung abgesegnet wird. Und die Person, die dahintersteckt, ist derselbe, der für das Chaos in Mexiko, Kolumbien und auf Gran Canaria verantwortlich ist."

Vater und Sohn standen einander in der Küche gegenüber.

Der Vater sah die rotgeweinten Augen seines geliebten Sohnes und wusste auf einmal, dass er das, was seinem Jungen auf Gran Canaria widerfahren war, nicht wissen wollte, weil er nicht sicher war, ob er die Kraft hatte, die Wahrheit zu ertragen. Leise sagte er: „In den Nachrichten nennen sie ihn ‚Le Fantom'"

Elias nickte.

Sein Vater wandte sich ab und schlug Eier in die Pfanne. Ohne Elias anzusehen, sagte er leise: „Und dieser Le Fantom. Der hat auch dir etwas angetan?"

„Ja, Papa!"
„Was willst du tun?"
„Das weiß ich noch nicht. Ich will helfen, aber ich weiß nicht, *wie*!"

Nachdem er lautlos die Vorhänge zugezogen hatte, um das fahle Tageslicht auszusperren, setzte er sich in seinem Schlafzimmer an den Schreibtisch, klappte das Laptop auf und starrte den Bildschirmhintergrund an, ein Foto der slowenischen Küste im Morgenlicht.

Er wollte, nein, er musste etwas tun. Die aktuelle Information laut einer kurzen Nachricht über den Messengerdienst Threema war, dass Stefans Vater die Staatssekretäre, die die Außenminister begleiteten, darüber informiert hatte, dass sein Sohn in der vergangenen Nacht entführt worden war. Und dass Verwirrung herrschte: Warum wird jemand entführt und misshandelt, um die Unterschrift einer Erklärung zu verhindern, der keine Unterschriften vorsah, sondern einfach angenommen wird? Und wenn sie nun auseinandergehen, die entführte Person freigelassen wird? Wer sollte sie daran hindern, erstens nach den Entführern zu fahnden, und zwar mit internationaler Wucht, und zweitens ein halbes Jahr später einen neuen Termin zu finden, um die Erklärung zu ratifizieren?

Zehn Minuten nach drei Uhr nachmittags kam ein Videoanruf über Stefans Konto.

IN GRÖSSTER DUNKELHEIT

Stefan saß auf dem Boden. Seine Beine waren gespreizt und durch eine Holzlatte fixiert, die es ihm unmöglich machte, sie zu schließen. Seine Hände waren hinter dem Rücken gefesselt. Sein Blick war starr nach oben gerichtet. Seine Lippen aufeinandergepresst. Sein einziges Kleidungsstück war der schmutzige Slip. Nachdem er länger und genauer hingesehen hatte, erkannte Elias, dass Stefans Mund sehr weit offenstand und erst, als er ohne zu blinzeln, noch eine Sekunde länger auf das UHD-scharfe Szenario starrte, erkannte er, warum. In Stefans Mund war ein Mundspreizer, wie man ihn in Sadomaso-Arrangements benutzte, um es dem Unterwürfigen unmöglich zu machen, den Mund zu schließen. Elias kannte das Ding, weil er es einmal in einem Sexshop gesehen hatte, als er Kondome kaufte und, neugierig, wie er damals als Siebzehnjähriger war, auch weiter nach hinten geschlendert war, wo man all die Sachen kaufen konnte, die aus Sex etwas lustvoll Schmerzhaftes machen. Und er kannte das Ding, weil er einmal auf einer Party am Donaukanal einem angeberisch näselnden Premiumbezirks-Kid begegnet war, der süffisant von der Leidenschaft einer reiferen Frau um die dreißig berichtete, die darauf stand, einen solchen Mundspreizer aufgezwungen zu bekommen und von ihrem jungen Liebhaber als Aschenbecher benutzt zu werden. Elias hatte ihn ungläubig gefragt: „Und das hast du getan?" Der snobistische Bursche hatte die Augen verdreht und geantwortet: „*Natürlich. Ich lasse nichts aus.*"

Über Stefan wusste Elias mit allergrößter Sicherheit, dass er nie in seinem Leben auf irgendwelche Hilfsmittel zurückgreifen würde. Eine Frau zu erobern, war für ihn eine Frage des Charakters und des Körpers. ‚Sex ist nackt und ohne irgendwas am besten, Alter', hatte er einmal zu Elias gesagt, als sie nach einem gemeinsamen Training im ‚Holmes Place' nach Hause gingen und sich einen Döner Kebab teilten. Und deswegen wusste Elias, dass der Mundspreizer schon für sich allein genommen für Stefan eine brutale Demütigung war. Allerdings hatte Elias die Befürchtung, dass das Ding nicht nur um seiner selbst willen in Stefans Mund klemmte.

Le Fantom sagte aus dem Off: „Wir haben bislang nichts in den

Nachrichten gehört, dass die feierliche Unterzeichnung des Paktes abgesagt wurde. Bedauerlicherweise wird ihr Sohn deswegen leiden müssen."

Elias beobachtete genau, wie Stefan wirkte, wie er reagierte, denn ihm fiel auf, dass Stefan eben nicht reagierte. So, als ob er die Stimme von Le Fantom nicht hören konnte.

„Heute werden wir davon absehen, ihm ein weiteres Körperglied zu amputieren. Leiden wird er dennoch. Sieh genau hin, Doktor Kareem. Schau zu, Elias. Vielleicht ist es das letzte Mal, dass ihr Stefan bei Sinnen seht."

„Nein", flüsterte Elias heiser, der einen schrecklichen Verdacht hatte. „Tut ihm das bitte nicht an, bitte, ich flehe euch an, um Gottes willen, tut das nicht!"

„Lasst es", krächzte Stefans Vater. „Lasst es bitte. Wir sagen die Zeremonie heute noch ab."

„Zu spät", antwortete Le Fantom mit süffisant geheucheltem Mitgefühl.

Zwei der Entführer hatten insgesamt vier Hundetransportkisten aus Plastik in den Raum gebracht. Sie hatten wieder Masken auf. Diesmal jedoch nicht die schwarzen Wollmasken wie bei der ersten Übertragung, sondern die gleichen schwarzen Gummimasken, die Le Fantom getragen hatte, als er sich an den Misshandlungen und der Vergewaltigung von Elias beteiligte. Elias kam für einen Moment die Frage, wie die Entführer so schnell an diese qualitativ hochwertigen Gummimasken gekommen waren.

Die Kamera hatte einen gleichmäßigen Schwenk vollzogen, was Elias vermuten ließ, dass sie nicht von Hand auf dem Stativ gedreht worden war, sondern über eine Fernbedienung. Die beiden Entführer trugen hohe Gummistiefel und schwere Lederschürzen. Im Schweigen, das folgte, war ein vielstimmiges Fiepen und helles Fauchen zu hören, ein Kratzen und Klicken. Die beiden Männer bückten sich wie auf Kommando, entriegelten die vorderen Klappen der Boxen und wichen zurück als ein wütend fauchend, braunpelzige Flut sich ergoss und in den Raum strömte, wie ein schmutziger Fluss. Dann zeigte die Kamera wieder auf Stefan. Er atmete panisch, zerrte an den Fesseln, konnte aber nichts bewirken. Tränen liefen über sein Gesicht. Als ob sie von ihm magisch angezogen würden, wuselten die unzähligen Ratten, nachdem sie sich kurz orientiert hatten, auf Stefan zu, und erst, als die ersten Ratten zwischen seinen gespreizten Beinen angelangt waren, ihre Krallen in seine Haut schlugen und an ihm hochkletterten, fing er an, zu brüllen.

Elias würgte, wagte es aber nicht, wegzusehen, denn er war vollkommen davon überzeugt, dass Le Fantom ihn genau beobachtete. Ihn und Stefans Vater. Vielleicht war es Le Fantom nicht so wichtig, Stefan zu quälen, als vielmehr die Reaktionen der Menschen zu beobachten, die ohnmächtig zusehen müssen, wir ihr Fleisch und Blut, der beste Freund, schreckliche Qualen durchlitt.

Einer der Entführer kam ins Bild – Elias vermutete, dass es der Älteste der drei war, der Brutalste. Er hatte Handschuhe an, wie sie Schweißer trugen, um seine Hände vor Rattenbissen zu schützen. Schnell und zielstrebig griff er in die wuselnde Menge von Ratten zwischen Stefans Schenkeln, packte eine am Schwanz und hob sie hoch, zeigte sie der Kamera. Die Ratte war außer sich vor Wut, fauchte und verkrampfte sich. Er hielt sie am Schwanz direkt über Stefans zu einem starren Schrei verzerrten Gesicht und senkte sie langsam ab. Stefans panische Schreie machten die Ratte noch wütender und als sie mit dem Kopf voran in seinen aufgespreizten Mund gesenkt wurde, fuhren ihre Krallen zuckend über Stefans Lippen. Stefans Schreie erstarben in einem nassen Würgen. Gleichzeitig pisste er sich an, ein großer, dunkler Fleck breitete sich auf seinem Slip aus.

Elias starrte mit brennenden Augen auf den Bildschirm und konnte die Grausamkeit der Szene nicht fassen.

Stefan zuckte, seine Brust war schweißnass. Ein Schwall Erbrochenes spritzte aus seinem Mund wie aus einem Geysir. Der Mann, der die Ratte über seinem Kopf hielt, warf das mit Erbrochenem bedeckte Vieh mit Schwung weg und wich zurück. Der kleinere, Mollige schien auf ein Kommando zu reagieren, als er zu Stefan stürmte, ihn mit dem Fuß trat, sodass Stefan nun seitlich auf dem Boden lag. Mit einem schnellen Griff löste er die Maulsperre und ermöglichte es Stefan so, sich zu übergeben, ohne daran zu ersticken. Im Raum wurde es dunkler. Und stiller. Eine Zeit lange war noch das Klicken der Krallen zu hören und das Fiepen und Fauchen der Ratten, aber es wurde leiser und leiser, bis nur noch Stefans trostloses, entsetztes, tief tönendes Stöhnen zu hören war. All das, in vollendeter Dunkelheit.

Ausgestattet mit Nachtsichtgeräten, beobachtete Toms für ein paar Augenblicke Stefan, um sicherzugehen, dass er bewusstlos war. Dann gab er Atim und Ludis ein Zeichen. Sie öffneten die Zellentüre, Atim ging hinaus auf den Korridor, bis ans Ende und entriegelte eine schwere Holztüre. Dahinter befand sich ein sehr großer, leerer Raum, der hellblau verfließt war. Den größten Teil der Halle nahm ein leeres Schwimmbecken ein. Atim machte das Licht an und sicherte die offene Tür, damit sie nicht zufallen konnte. Im Becken hatten sie Unmengen an Fleisch und Wurstresten vorbereitet, sowie stark riechenden Käse.

Große Mengen Ratten zu bewegen war leichter als gedacht. Atim hatte das schon zuvor gewusst, aber dass diese Zusammenstellung bestimmter Wurst und Fleisch und Käsesorten, die zwei Tage bei Zimmertemperatur gelagert wurden, auf Ratten ganz besonders anziehend wirkten, das hatte ihnen Le Fantom beigebracht. Der Mann war irre und wusste einfach alles.

Es dauerte etwa zwei Minuten, dann wuselten die ersten Ratten über den Gang und an ihm vorbei in den großen Raum, wuselten hier hin und da hin und dann die Rampe aus Holz hinab zum Boden des leeren Schwimmbeckens, die Atim gestern eilig zusammengezimmert hatte, nachdem Le Fantom ihnen seinen Plan erklärt hatte, wie sie Stefan so foltern konnten, dass er zwar keine echten körperlichen Schäden davontrug, die Wirkung auf die Zuseher aber so groß sei, dass sie den gerechtfertigten Forderungen der braven Patrioten nachkommen würden. Ludis hatte kein Problem damit, Stefan zu quälen. Der Negerjunge stellte für ihn alles dar, was auf dieser Welt schiefging. Stefan Talha Kareem, so hieß der Neger mit vollem Namen, rief sich Atim in Erinnerung, war – angesichts der Tatsache, dass er eben ein Nigger war – sehr gutaussehend, nicht so negroid, wie sie es erwartet hatten, und er war jung, und, das ließ sich nicht von der Hand weisen, sehr klug. Während also Toms die Qualen des Negers eher pragmatisch sah, als Werkzeug ihres patriotischen Kampfes gegen die woke, linkslinke Verschwörung der Regierungen und Medien, die allesamt von der unsäglichen EU gesteuert wurden, ging es Ludis fast ausschließlich um die Körperlichkeit der Tat; um sein Naturrecht, zu herrschen. Menschen zu schlagen, gefiel ihm. Und wie jeder Mensch, der gern zerstörte, erhöhte es auch für ihn den Lustgewinn, wenn das, was er zerstören konnte, schön war. Ludis würde nie zugeben, dass er den Gefangenen schön fand – niemals.

Als alle fünfunddreißig Ratten im Becken waren, keine mehr über den Korridor irrte oder in der Zelle des Gefangenen herumwuselte, zog er die Bretter nach oben und schlichtete sie längs der Wand neben dem Eingang übereinander. Mit wenigen Handgriffen aktivierter er den Motor, der auf einer Holzpalette stand und leitete das austretende Kohlenmonoxid über einen dicken Gummischlauch in das Becken. Le Fantom hatte genau ausgerechnet, wie lange der Motor laufen musste, bis das schwere Gas etwa eineinhalb Meter hoch den Beckenboden bedeckte. Er steckte sich kabellose JBL In-ear Hörer in die Ohren, nahm das Smartphone und wählte Musik aus, die niemand mit ihm in Verbindung bringen würde, nämlich Gloria in D-Dur von Vivaldi, *Et in terra pax*, im Arrangement von Trevor Jones. Obwohl er Le Fantom vertraute, zog er eine Gasmaske über, achtete darauf, dass sie dicht saß. Dann nahm er auf dem Boden im Schneidersitz Platz und sah den Ratten beim Sterben zu, während Vivaldis Gloria in seinen Ohren dröhnte.

NACHTSCHICHT

Nachdem er die Kadaver eingesammelt und in Müllsäcken aus dem Gebäude gebracht, sie mit Stroh und trockenem Holz bedeckt und den Haufen angezündet hatte, kamen Ludis und Toms ins Freie. Ludis rauchte eine Zigarette und sah Atim wohlwollend an.
„Gute Arbeit, Kleiner. Wirklich toll. Hast du gesehen, wie der Untermensch sich angekotzt und angepisst hat? Wahnsinn, oder?"

Atim, der gerade zu Ende geraucht hatte, schnippte seine Zigarette in das lodernde Feuer des Scheiterhaufens und achtete dabei, nicht in Windrichtung zu stehen. Brennende Ratten stanken wie die Pest. Toms legte ihm den Arm um die Schulter und sagte vertraulich:

„Sie werden gehorchen. Der Vertrag wird nicht unterschrieben. Wir sind Teil einer Befreiungsbewegung, die ernst genommen werden wird. Das weißt du, Atim. Kein Gerede mehr, keine Pläne schmieden mehr im Rauchloch. Wir handeln. Ludis und ich müssen zurück. Du musst die Geisel waschen, die Wunden desinfizieren, wenn du welche findest und du musst ihm Penicillin geben. Das Medizinpäckchen liegt im Kasten über dem Kühlschrank im Aufenthaltsraum. Du weißt, was Le Fantom gesagt hat."

„Ja, ja", gab Atim mit wütend gesenktem Kopf zurück, weil ihn Toms für einen Trottel hielt. „Quälen, aber nicht umbringen! Noch nicht."

Der Gefangene war noch weggetreten, als Atim den Raum betrat. Es stank nach Urin und Kotze und er dachte, es würde nichts schaden, eine Weile die Tür offenzulassen. Atim würde das nie laut sagen, und schon gar nicht zu den anderen, aber der Anblick des gefesselten, fast nackten Burschen auf dem Boden der kahlen Zelle hatte die Dramatik eines naturalistischen Gemäldes. Ein gefallener Soldat, ein besiegter Krieger, eine antike Szene, die ein von Männerliebe beseelter Maler auf eine Leinwand streicheln würde, voller Schatten und Licht und ...

Sie hielten ihn für einen Trottel, für einfältig; seine Musik und Kunstgeschmack waren Teil eines Geheimnisses, das er verbarg; sogar vor seinen Eltern. Das Wort, das ihm einfiel, irritierte ihn, war aber stimmig. Der Anblick des schwarzen Wilden war episch.

Er nahm die schwarze Gummimaske und zog sie über den Kopf. Danach holte er das Medizinpäckchen aus dem Aufenthaltsraum und riss es auf, ging zurück zur Zelle und verstreute den Inhalt auf dem massiven Holztisch, sah immer wieder zum Gefangenen, der langsam zu sich kam, und vorsichtig bewegte. Atim sagte auf Englisch: „Halt still. Ich werde dich waschen, die Wunden versorgen. Wenn du dich zu viel bewegst, werde ich dich schlagen. Hast du das verstanden?"

Der Gefangene hob den Kopf und sah ihn mit verschwollenen Augen an und nickte langsam. Sein Blick war panisch und er suchte den Raum ab.

Atim herrschte ihn an: „Hast du mich verstanden, Nigger?"

Der Gefangene krächzte, räusperte sich und nickte wieder, sagte: „Ja."

„Was: Ja?"

„Ich habe dich verstanden." Nach einer Pause fügte er hinzu: „Herr!"

Atim hob den Kopf und spürte eine machtvolle Erregung: „Sag das nochmal!"

Stefan sah ihn an und wirkte wie ein gebrochener Krieger: „Ich habe dich verstanden, Herr!"

Atim stellte verwirrt fest, dass sich die elektrische Erregung, die er empfand, durch seinen Körper bewegte und in der Mitte versammelte, wie eine warme Hand, die seinen Schwanz anfasste.

Beinahe wütend spannte er die Muskeln an, um das Gefühl intimer Erregung niederzuringen, stand auf und machte sich an die Arbeit.

„Steh auf."

Der Blick des Negers war noch immer voller Angst und tastete den Raum ab.

Atim sah, dass der Gefangene noch nicht in der Lage war, ohne Hilfe aufzustehen, ging zu ihm, umfasste seine Taille und zog ihn auf die Beine. Ihm entging nicht das Gewicht, die Wärme, das Gefühl von Haut an Haut und Schweiß auf Schweiß. Stefan stand nun mit dem Rücken an die Wand gelehnt vor ihm und atmete tief. Sein Gesicht zeigte noch immer das Grauen, das die Rattenhorde ihm bereitet hatte.

Leise sagte Atim: „Sie sind weg. Die Ratten sind weg. Alle tot und verbrannt" In dem Moment, als er es sagte, hatte er keine Ahnung, warum er dem Gefangenen diese Information gab, und spürte einen Hauch Mitleid. Vielleicht hatte er es deswegen gesagt? Um ihn zu beruhigen, eben weil er Mitleid mit ihm hatte?

Mitleid ... und was noch?

Atim riss sich zusammen und mit wenigen, geschickten Handgriffen entrollte er einen Gartenschlauch und schraubte ihn an die Wasserleitung. Er drehte die Gardena-Düse auf und spritzte den Gefangenen mit kaltem Wasser ab und achtete darauf, als er seinen Rücken abspritzte, nicht die Hand mit dem Verband nass zu machen. Die Wunde verheilte, zumindest blutete sie nicht mehr, und Atim gestand sich ein, dass er absolut keine Ahnung hatte, ob der Fingerstumpf gut verheilte oder nicht. Jedenfalls war da kein Eiter und kein Blut und bis auf den dunkelroten Wundrand und die Brandblasen am Stumpf selbst sah die Wunde sauber aus.

Als er fand, dass es genug war, drehte er das Wasser ab und seifte ihn mit Duschgel ein. Stefan sah Atim mit einer Art Klarheit an, die verwirrend war. Atim wusste nicht, ob er den Gefangenen trösten oder prügeln wollte, ob das Waschen seines Körpers für ihn eine pragmatische Aufgabe war, oder mehr. Das Duschgel roch nach Mandelmilch und dunklem Honig. Zuerst drehte er den Strahl nur leicht auf, um sich die Hände zu waschen, dann drehte er die Düse weiter auf, aber nicht so, dass der Wasserstrahl scharf wurde, sondern wie ein Schwall auf den Gefangenen spritzte. Das schaumige Wasser floss an dem glatten, muskulösen Körper hinab, durchnässte die Unterwäsche, der Schwanz war überdeutlich zu sehen und Atim war verwirrt, dass er dort so lange hinblickte.

Nachdem er mit Abspülen fertig war, drehte er das Wasser ab und rollte den Schlauch auf, danach ging er zum Tisch, drückte eine Tablette aus der Packung, nahm einen Pappbecher und füllte ihn zur Hälfte mit Wasser, ging zu Stefan und schob ihm die Tablette zwischen die Lippen. Der Gefangene presste die Lippen zusammen und Atim raunte:

„Ist kein Gift. Du sollst leben. Ist Penicillin, wegen der Kratzer. Hat dich keine gebissen, nein, hat dich nicht. Und wegen deiner Wunde an der Hand, wo der Finger war. Trotzdem. Besser du hast Dünnschiss wegen des Zeugs als irgendeine Fick-Infektion. Schluck, Nigger!"

Stefan öffnete widerwillig den Mund und schaute Atim in die Augen, als der ihm die Tablette in den Mund schob und mit dem Zeigefinger eine Sekunde länger zwischen Stefans Lippen blieb, als notwendig gewesen wäre. Stefan schlug den Blick nieder und drehte den Kopf zur Seite, so, als ob ihn der Vorgang beschämte.

So zumindest nahm es Atim wahr, den das Gefühl, auf den Gefangenen zu wirken, erregte. Er hielt Stefan den Papierbecher an die Lippen und sagte: „Trink!"

Stefan hob den Kopf und trank den Becher leer und schaute Atim direkt in die Augen. Da war keine Angst mehr und Atim wusste nicht, ob er Mut in Stefans Blick sah, oder die Angstlosigkeit eines Mannes, der wusste, dass er sterben wird.

Atim nahm den leergetrunkenen Becher und wich einen Schritt zurück, sah den Gefangenen noch einmal an und flüsterte: „Ich bring dir eine frische Unterhose. Du *stinkst*, Neger!"

Stefan senkte den Kopf und überschlug ein Bein, flüsterte: „Danke, Herr."

Atim wich rücklings zurück, bis er die schwere Tür erreichte, ertastete den Knauf, öffnete sie, zog den Knauf ab und hatte das Gefühl, die Flucht zu ergreifen.

Draußen auf dem Gang legte er den abgezogenen Knauf auf einen kleinen Metalltisch, legte die Stirn an die kalte Wand und fluchte tonlos; seine Lippen bewegten sich, als ob er betete. Nach ein paar Augenblicken ging er rasch zum Aufenthaltsraum, nahm den Rucksack, den er mitgebracht hatte und holte eine verpackte Puma Unterhose heraus, pusselte sie aus der Verpackung und ging damit zurück zur Zelle.

Der Gefangene stand noch immer an die Wand gelehnt und sah Atim aufmerksam an.

Atim raunte, als er vor Stefan auf die Knie ging: „Bilde dir nur nichts ein, Mann!" Dann zog er mit einem kaum wahrnehmbaren Zögern Stefans schmutzige Unterhose nach unten und flüsterte: „Steig raus, ja." Er nahm die Unterhose und steckte sie in die Trainingsanzugsjacke, dann nahm er die frische Unterhose und half Stefan, sie anzuziehen. Die Momente, in denen er den großen, muskulösen Penis des jungen Negers vor dem Gesicht hatte, waren mit Elektrizität geladen. Er stand auf, prüfte den Sitz des Slips und ging dann, ohne ein weiteres Wort zu verlieren, mit einer brüsken Drehung zur Tür und schloss sie hinter sich.

Zurück in der Kaserne, nahm er eine Dose Bier aus dem Kühlschrank, seine Zigaretten vom Tisch und ging ins Freie, um im weißen Nebel des Nachmittags zu trinken und zu rauchen.

Das tat er drei Stunden lange, bis es dämmerte. Als er betrunken genug war und das Land um ihn dunkel und knisternd im Frost, fragte er sich, wer hier der Gefangene war. Ohne es zu wollen, ohne bewusst mitzubekommen, was er tat, zog er die urinnasse Unterhose aus der Jacke und sah sie an, rauchte und trank. Dann hielt er sie sich ans Gesicht und atmete tief ein.

Stefan arbeitete hart an sich. Zuerst den Atem beruhigen. Tief atmen. Mitzählen. Augen offenhalten, am Schmerz und an der Angst vorbeidenken.

Haha, wenn es nur so einfach wäre. Er hatte einen stechenden Schmerz im kleinen Finger der linken Hand.

Ach, da *ist* ja gar kein Finger mehr. Das Gesicht schmerzte wie ein saurer Muskel, die Schenkel standen von den Schlägen mit dem Knotenseil noch immer in Flammen, auch, wenn der Schmerz dumpfer wurde.

Stefan spürte ein hysterisches Schluchzen in sich aufsteigen, und das nicht nur wegen des abgetrennten Fingers, sondern wegen der völlig aussichtslosen Lage, in der er sich befand. Er sammelte Spucke im Mund und spie aus. Er hatte noch immer den Geschmack der Ratte im Mund, den Geschmack seines eigenen Erbrochenen. Im Sitzen fasste er den Bund der Unterhose an der Rückseite und zog ihn nach unten, soweit es ging. Mit wütender Verzweiflung wuchtete er sich aus seiner auf dem Boden sitzenden Position auf die Beine, streckte sich und konzentrierte sich weiter auf den Atem. Sah sich um. Der Raum war aus Beton. Es gab eine Türe, auf der Innenseite fehlte der Knauf. Die Zelle maß etwa fünf mal fünf Meter. Darin befanden sich ein schwerer Holztisch, ein massiver Stuhl aus Hartholz, eine dreckige Matratze und ein Plastikeimer. Er ging zum Kübel, befreite mit einem Schlenker seinen Schwanz aus der halb nach unten gezogenen Unterhose, und achtete darauf, dass sein Ding genau über dem Kübel hing, holte Luft und lauschte, ob er draußen

Schritte hörte. Erst nach einer Minute war er entspannt genug, um Wasser zu lassen. Im fahlen Licht der Neonröhre, die hinter einem engmaschigen Metallnetz an die Decke geschraubt war, sah er, dass sein hellgelber Urin mit dünnen Blutfäden durchzogen war. Er rollte seine Schultern, um sie zu entspannen, weil sie durch die lange Fesselung steif geworden waren. Er ging mit kleinen, vorsichtigen Schritten zu dem Holzstuhl, setzte sich, beugte sich vor und legte den Kopf auf die Tischplatte.

Hilfe, dachte er verzweifelt. *Ich brauche Hilfe!*

Es sind drei Entführer. Und dieser Eine, der nur als samtig, weiche Stimme existierte. Le Fantom. Es bestand für ihn kein Zweifel, dass derselbe Mann, der im Oktober seinen besten Freund Elias auf Gran Canaria in eine Falle gelockt und vergewaltigt hatte, für seine Entführung verantwortlich war.

Er war irgendwo in Estland und es machte ihn verrückt, nicht genau zu wissen, *wo* in Estland er war. Stefan erinnerte sich an seinen Videochat mit Elias um Mitternacht und er erinnerte sich an das Grauen, das er auf einmal in den Augen seines besten Freundes gesehen hatte. Dann war nichts außer fiebrige Kopfschmerzen und ein Erwachen in einem Albtraum. Sie hatten ihn ausgezogen bis auf die Unterhose, als er weggetreten war und kurz, nachdem er aufgewacht war, hatten sie ihn angebrüllt, mit Fäusten und Gummiknüppeln traktiert und mit einem scharfen Fischmesser Schnittwunden am Brustkorb zugefügt und mit einem Knotenseil gepeitscht. Stefan verstand jetzt, dass es ihnen bei der initialen Brutalität darum gegangen war, jeden Gedanken an Widerstand aus ihm zu prügeln. Die Schnitte auf der Brust taten weh, doch in dem Moment, als sie ihm die Wunden zufügten, war es weniger der Schmerz, der ihn verzweifeln ließ, sondern dass an ihm herunterlaufende Blut.

Die Amputation des Fingers war eine Warnung an seinen Vater, und zu wissen, dass sein Vater zusehen musste, wie er zu leiden hatte, brach Stefan das Herz. Und Elias. Der hatte auch zusehen müssen und für ihn um Gnade für ihn gebettelt. *Mein Gott*, dachte Stefan verzweifelt. *Ich verursache nur Leid und Tränen, es tut mir so leid, ich ...*

Draußen waren Schritte. Die Stahltür wurde aufgerempelt und der Größte der drei Entführer betrat den Raum. In der rechten Hand hielt er eine Aluminiumschüssel. Der Kerl trug auch diese schwarze Gummimaske, die Stefan lustig finden könnte, wenn es eine normale SM-Gummimaske wäre. War sie aber nicht. Sie hatte die Konturen eines alten und grausamen Mannes mit tiefen Falten. Der große Kerl stellte die Schüssel auf den Tisch und Stefan sah, dass Reis drin war und Soße und Fleisch. *Fein*, dachte er grimmig. *Sie werden mich wohl nicht verhungern lassen.* Der große Entführer war mit zwei Schritten bei Stefan und fragte mit tiefer, kehliger Stimme:

„Na? Schon auf den Beinen?"

Bevor Stefan irgendetwas antworten konnte, boxte ihn der maskierte Kerl zwei sehr hart in den Bauch und Stefan sank zu Boden, rang verzweifelt nach Atem und verlor fast die Besinnung.

Stefan blinzelte die Tränen aus den Augen, sah zum Maskierten hoch: „Was verlangst du, Herr?"

„Du bist gut erzogen. Friss. Friss wie ein Hund. Und komm nicht auf dumme Ideen. Wir haben draußen Werkzeuge, mit denen wir dir die Haut vom Fleisch schälen können. *Friss.*"

Die Erniedrigung, vor dem maskierten Entführer zu knien, war grausam. Als der schwarz gekleidete Typ die Schüssel vom Tisch nahm und sie vor Stefan auf den Boden stellte, war das Gefühl der Demütigung schlimmer als körperlicher Schmerz. Er könnte das Essen verweigern – natürlich könnte er das. Aber er wusste auch, dass er damit dem Entführer einen Grund gab, ihn noch mehr zu quälen, und das wäre für sein Ziel, bei Kräften zu bleiben, übel. Und er wollte essen, um seinen Körper nicht zu einer Falle werden zu lassen. Er war schon eingeschränkt genug durch die Amputation des kleinen Fingers und die Handschellen; er musste zu all dem nicht auch noch eine Schwächung durch Hunger herbeiführen.

Ihm liefen die Tränen über die Wangen und tropften auf den Boden, als er sich über die Schüssel beugte und zu fressen begann.

Der Entführer kommentierte das amüsiert: „Braver Negerhund. Brav fressen, brav alles fressen!" Er sah ihm zu, legte den Kopf schief und sagte, mehr wie zu sich selbst: „Das Beste an der ganzen Scheiße ist ja: Selbst, wenn du irgendwie von hier entkommen könntest, du würdest nicht weit kommen. Hier ist nichts außer viel Landschaft. Und die wenigen Menschen, die hier leben, wissen, dass du da bist. Die unterstützen alle unseren Plan. Du hast keine Ahnung, wie viele in der Reihe stehen würden, nur um zuzusehen, wie ein Neger aus der Elite hier auf dem Boden herumkriecht, wie ein Hund frisst und weint."

Zehn Minuten später nahm der Maskierte die Schüssel vom Boden und pfiff durch die Zähne. Sie war leer, der Negerjunge hatte sie ausgeleckt. Er blieb vor Stefan stehen und betrachtete ihn eine Weile – vielleicht wie ein barbarischer Kriegsherr seinen besiegten Gegner. Dann raunte er mit einem unter der Gummimaske verborgenem Grinsen: „Le Fantom hat uns eine Knochensäge besorgt. Morgen am Abend sägen wir deinen linken Arm ab. Und streamen das ins Internet. Die Welt soll sehen, wie ernst es uns ist. Deine Schmerzensschreie werden in die Geschichte eingehen, Nigger!"

Erst, als der Entführer die Tür von außen geschlossen hatte und sich die Schritte entfernten, rollte sich Stefan zur Seite und spürte, wie die gerade verheilte Wunde am Schließmuskel, wo sie ihn mit einem Besenstiel gequält hatten, aufriss. Blut lief ihm träge aus dem Arsch. Er weinte, schüttelte langsam den Kopf und flüsterte mit erstickter Stimme: „Bitte lasst mich sterben, bitte, bitte lasst mich einfach sterben." Heiser schrie er sein Entsetzen in die Dunkelheit.

Niemand kam, um ihn sterben zu lassen. Niemand kam, um ihn zu trösten. Und aus dem Feuer der Angst entstand Entschlossenheit. Noch war sie ohne Ziel. Er blies, so stark es ging, Rotz aus der Nase, blinzelte, bis er klar sehen konnte, drehte sich auf den Rücken und stand mit anmutiger Leichtigkeit auf. Jahrelanges Cardio, Laufen und Muskeltraining und Bodyweight-Training machten sich bezahlt.

Es sind drei, ging Stefan die Fakten durch, während die Tränen auf seinen Wangen trockneten und das Blut auf seinen Schenkelinnenseiten gerann. Drei. Der eine, der gerade hier war, das ist der Brutale, der Dumme. Ein Herrenmensch, der mit Brutalität vorgeht. Der Zweite war der etwas kleinere Kerl. Fast pummelig. Der war nicht besonders brutal, eher pragmatisch, planerisch. Auch ein Verführer, jemand, der die Dummheit und Einfalt anderer nutzt, um sie für seine Zwecke zu nutzen. Er muss nicht brutal sein, um die anderen zu lenken. Dann der Dritte, der Jüngste. Der Bursche im Trainingsanzug. Stefan wertete dessen unsichere, sexuelle Anzüglichkeit als Chance, aber auch als Gefahr. Er wusste nicht wieso, hatte aber das Gefühl, dass der jüngste der drei Entführer insgesamt auch der Klügste war, der Sensibelste. Stefan dachte, wenn ihm die Flucht von hier gelingen sollte, dann nur über den jungen Kerl, der offensichtlich in ihn verschossen, zumindest aber durch Stefans Aussehen und seine Art nachhaltig irritiert war. Möglicherweise war er schwul und konnte das nie ausleben, weil die hier irgendwo auf dem Land leben und die Menschen erzkonservativ sind? Vielleicht ist er mit den beiden anderen Entführern nur deswegen zusammen, weil sie ihn aufgenommen hatten, als es sonst keiner tat? Soziologisch betrachtet, war das doch die Ur-Konstellation einer faschistischen Gemeinschaft. Da hast du den Denker, Planer und Verführer, den einen, der aus Freude an Macht und Gewalt mitmacht, und den Mitläufer, der dabei ist, um irgendwo dabei zu sein. Stefan hatte schnell durchschaut, dass in diesem Trio der Jüngste auch so etwas wie der geduldete Laufbursche war, den man Bier und Zigaretten holen schickte, und den man am Samstagabend im Club dazu verdonnerte, auf die Sachen der anderen aufzupassen, während die Freunde auf die Tanzfläche gingen und Mädchen anbaggerten.

Trotzdem. Der Jüngste war klug, das spürte Stefan. Und er war das schwache Glied in der Kette.

Empört über seine eigene Wut bereitete er sich innerlich darauf vor, den Burschen zu überwältigen. Dazu musste er ihn zuerst dazu bringen, ihm die Handschellen abzunehmen. Und um das zu erreichen, gab es nach kurzer Überlegung nur eine Möglichkeit.

Lange blieb Stefan im Raum stehen und starrte die verschlossene Tür an. Er fragte sich, ob er verrückt geworden war, weil er Mitleid empfand – trotz all dem, was sie ihm angetan hatten und vielleicht noch antun würden.

Im Dorf war es ein Tag wie jeder andere, nur das Wetter war besser. Nach den letzten Tagen, in denen es abwechselnd geschneit und getaut hatte, war es nun windstill bei zwei Grad plus und das Licht des Morgens war rot und voller Schatten, die Bäume standen wie Scherenschnitte auf gefrorenem Schnee. Raben schrien, und auf den Straßen begrüßten sich die Nachbarn. Ludis holte die Einkäufe, die seine Mutter am Tag zuvor beim Großmarkt bestellt hatte, mit dem E-Mobil, mit dem er sonst seine Gärtnerwerkzeuge herumfuhr.

Toms Balodis harkte das späte Laub von den Rasenflächen der Bungalowanlage seiner Eltern, die eines Tages ihm gehören würde, und Atim

Janson stand rauchend am großen Holzplatz des Sägewerks, rauchte und sah hinüber zum warmen Licht des Werksgebäudes. Er wartete auf die anderen der Frühschicht. Sie mussten gemeinsam drei Tonnen Holz vom Platz in die Werkshalle schaffen und dann damit die Maschinen füttern. Die alten, dicken Lederhandschuhe hingen am Gürtel, der Helm saß verwegen tief in die Stirn gedrückt, die Arbeitskleidung war grau und derb, bis auf die leuchtend gelbe Warnweste, die sie im Freien tragen mussten, seitdem ein betrunkener Arbeiter vor zwei Jahren im Dunkel des winterlichen Morgens in eine Gruppe von Arbeitern gefahren war.

Atim Janson dachte nicht an die bevorstehende Arbeit, sondern an die Zeit danach. An nichts anderes konnte er denken. Den Arbeitstag würde er auf Autopilot hinter sich bringen. Er hatte sich freiwillig für die nächste Nachtschicht gemeldet und die beiden anderen begrüßten seinen Eifer. Für Toms Balodis stand wirklich der Erfolg der Mission ganz oben auf der Liste und Ludis Eglite sah sich schon als Feldherr eines zukünftigen Krieges mit wem auch immer, in dem er auf einem Feld durch das Blut der Feinde waten konnte. Und Feinde hatte Eglite genug. Eigentlich die ganze Welt.

Während die drei Entführer ihren Berufen nachgingen, wanderte Stefan Talha Kareem in der Zelle von Wand zu Wand, versuchte sich Einzelheiten in Erinnerung zu rufen, um über irgendetwas nachdenken zu können, um nicht in einem Sumpf der Verzweiflung zu versinken, und den ganzen Tag lang fuhr ein schwarzer Range Rover Defender durch die kleine Stadt Harku. Fuhr draußen auf der Umfahrungsstraße, und weiter zu den kleinen Höfen rund um die Gemeinde. Im fahlen Licht des Tages schimmerte der Frost auf den Ästen, das Tageslicht war milchig. Etwas lag in der Luft.

BLUT IM SCHNEE

Der schwarze SUV der den ganzen Tag durch Harku gerollt, und später auf den Bundesstraßen auf und ab gefahren war, stand im weichen Mittagslicht am Waldrand im Süden der kleinen Stadt. An der Motorhaube lehnte ein großer und muskulöser Mann, den man nicht anders als ‚bedrohlich' beschreiben konnte. Alles an ihm vermittelte das Gefühl einer umfassenden Gefahr für Leib und Seele. Dabei würde die ältere Dame, bei der er vor zwei Stunden Zigaretten und eine Dose Red Bull gekauft hatte, sagen, er wäre höflich, geradezu freundlich gewesen, aber eben auch irgendwie in Eile – nein, das traf es nicht. Nicht in Eile, sondern sehr beschäftigt.

Nun lehnte der Mann, der eine ausgewaschene Jeans trug, eine dicke Parka mit Pelzkragen und Kapuze, an der warmen Motorhaube, rauchte eine Zigarette, zog das Smartphone aus der Hosentasche, wischte über das Display und wählte die Verbindung. Er wartete geduldig. Dann meldete sich eine weiche, aber auch monotone Stimme: „Wie ist der Status, mein Freund?"

Der muskulöse Mann verzog das Gesicht und rieb sich über die unrasierte Wange. Dann antwortete er mit mehr Gelassenheit, als er wirklich empfand: „Wo haben Sie nur diese Idioten ausgegraben? Sagen Sie nichts, ich will es nicht wissen. Jedenfalls sind sie perfekt für diesen Teil des Plans. Die Kräfte in Tallinn sind positioniert, die Ziele sind markiert. Wann sollen wir … morgen früh? Gut. Die Infiltration beim Einsatzkommando ist stabil, da wird es keine Probleme geben. Was den Kollateralschaden betrifft – sind Sie sicher, dass wir das Ablenkungsmanöver auch beseitigen sollen? Es ginge auch ohne. … Ich verstehe. Natürlich ist es kein Problem. Vier Ziele vor Ort. Der Zeitplan ist bestätigt. Ich schicke Ihnen das Update in zwei Stunden. Werden Sie da sein? … Ich verstehe, wir filmen alles mit. Bis dann!"

Er nahm das Gerät, das er vor den Mund gehalten hatte, wischte über das Display und beendete die Verbindung. Seine linke Hand zitterte kaum merklich. Es war nicht die Kälte der Luft. Es hatte abgekühlt, aber das war es nicht. Was ihn beinahe vibrieren ließ, war, dass er einen mehr als ebenbürtigen Geschäftspartner gefunden hatte. Oder von ihm gefunden worden war.

Er sah sich um. Das Licht war silbern und golden und sehr weich. Ein feiner Nebel lag über der bewaldeten Landschaft. Schnee war gefallen und bedeckte Bäume und Büsche und Felder. Der große Teich auf der anderen Straßenseite war noch nicht zugefroren. Von ihm stieg der Nebel auf, die von einer schwachen Warmwasserströmung ausging.

Blut im Schnee, dachte der Mann kopfschüttelnd. Es wird bald sehr viel Blut in den Schnee fließen.

SCHLAGZEILEN

Dramatische Stunden in Tallinn (Estland) vor Unterzeichnung der Erklärung!
Mailänder Chronik, Sonderausgabe

Exklusiv: Die Hintergründe des Entführungsdramas
Wiener Bezirksblatt, Online

ELIAS FLIEGT

Im Taxi auf dem Weg zum Flughafen Schwechat dachte Elias an das Telefonat mit Caramello und Alexis, und wie beruhigend es gewesen war, die Stimmen dieser beiden freundlich gesinnten Leute zu hören. Die Nachricht über die Entführung des Diplomatensohns Stefan Talha Kareem am Rande der bevorstehenden Feierlichkeiten zur Ratifizierung der Erklärung von Tallinn, war inzwischen auf allen Kanälen das Thema, und auch die Boulevardmedien nahmen sich der Sache an und natürlich glichen sie den Mangel an Fakten und belastbaren Informationen mit Vermutungen, Adjektiven und Geraune aus. Die Polizei von Tallinn suchte, ermittelte im Hotel und es schien keine verwertbaren Spuren zu geben. Die Ratifizierung war ausgesetzt und einige politische Kommentatoren betrachteten auch den Aspekt, wie sinnlos die Entführung sei, wenn man von der Prämisse ausging, dass die Entführer Stefan Talha Kareem freilassen würden, wenn der Termin verstrichen war, ohne dass der Vertrag unterzeichnet worden war.

Darin lag eine Schwäche in der Berichterstattung, die Elias ärgerte: Die meisten Boulevardjournalisten, die auf X, Bluesky, Tiktok oder Facebook ihre Gedanken zum Besten gaben, schrieben noch immer von einem Vertrag von Tallinn, der unterschrieben würde. Andere, die aus Sensationsgier und mit einem gewissen Verständnis für den ganz augenscheinlich nationalistischen Spin der Geschichte, stellten in Aussicht, dass die Sache auch so ausgehen könnte: Stefan Talha Kareem würde ermordet, um die Last des Entführungsopfers abzustreifen, vor allem, wenn den Entführern aufging, dass sie in ein politisches Wespennest gestochen hatten. Egal, ob der Pakt unterschrieben wird oder nicht, es könnte so ausgehen, dass die Polizei am Ende des Tages nur noch die Leiche des gutaussehenden Diplomatensohnes bergen könnte. Das schrieben sie wirklich. Der gutaussehende Diplomatensohn, dessen hunderttausenden Follower auf Instagram und Tiktok um ihr Idol zitterten. Ein hübscher, schwarzer Bursche. ‚Black life matters', schrieben sie in nostalgischer Anlehnung an die Unruhen in den USA. Andere konterten mit ‚All life matters'.

Es wurde darauf eingegangen, was man auf seinen Online-Profilen fand. Dass Stefan ein Ernährungscoaching bot, sich über Naturschutz und Klimaschutz ausließ, sich gut in Szene zu setzen wusste und gleichermaßen Mädchen wie Jungs ansprach. Zwischen den Zeilen konnte man herauslesen, dass Stefan Talha Kareem nur ein privilegierter, schwarzer Schönling sei, der am Ende der Geschichte vermutlich leicht zerzaust, aber mit einer Million Follower mehr aus der Sache hervorgehen würde. Oder als Leiche geborgen wurde. Je nach dem, wem man auf X oder Facebook folgte.

‚Und überhaupt', schrieben viele Kommentatoren auf den Kommentarseiten der Boulevardzeitungen, haben wir nichts Wichtigeres zu tun, als uns den Kopf über diesen schwarzen Wohlstandsbürger zu zerbrechen?'

Wie tröstend war das, was Caramello am Telefon zu Elias gesagt hatte: „Wir helfen dir. Alexis hat Zugriff auf die Europol-Datenbanken und auf die Live-Chats. Auf die Livevideos von den Uniformkameras der Einsatzteams. Und, da wirst du verrückt, auf eine Kombination von Satelliten, GSM und Handyortung. Wenn Stefan Zugriff auf ein Handy hat, wie kurz auch immer, dann kann man seiner Spur folgen. Und Alexis kann das viel direkter tun und Befehlsketten umgehen. Frag nicht, das hat er auch zu mir gesagt. Frag nicht, ich kenne da wen in Paris und der kennt … und so weiter. Wenn wir dich schon nicht davon abhalten können, nach Estland zu fliegen, dann will ich wenigstens dein ‚Man in the chair' sein."

„Mein *was* im *was*?", hatte Elias gelacht, obwohl ihm gar nicht nach Lachen zumute war.

„Der Mann im Stuhl. Was bist du für ein Kulturbanause, Schätzchen. Spiderman. Far from home. Der dicke Kumpel von Peter Parker!"

Was Elias noch durch den Kopf ging: Nirgendwo tauchte sein Name auf. Obwohl er sich erst vor kurzem aus dem Socialmedia-Zirkus verabschiedet hatte und die Verbindung zu Stefan eigentlich leicht zu finden sein müsste, erwähnte kein Journalist Elias Mataanoui. Das fand er sehr beruhigend, weil es ihm ein Gefühl von Bewegungsfreiheit und Unsichtbarkeit vermittelte.

Das Flugzeug ging um 22:35 nonstop nach Tallinn – Dank des neuen Winterflugplans der Austrian Airlines.

Er reiste mit leichtem Gepäck und erst, als er im Taxi saß und nervös mit den Füßen einen schnellen Takt schlug, wurde ihm klar, dass er denselben Rucksack und denselben Trolley mithatte, wie im Oktober auf Gran Canaria. Das rief ihn den Mann in Erinnerung, der sich ihm als Max vorgestellt hatte, der aber in Wirklichkeit Le Fantom war. Elias erinnerte sich an sein bodenloses Entsetzen, an das Gefühl, vollkommen den Halt zu verlieren, als sich Max beim Abschied am Flughafen von Las Palmas vor ihn zu erkennen gegeben hatte: „Me amarás!" Du wirst mich lieben.

Jetzt, als das Taxi auf der Flughafenautobahn auf die rechte Spur wechselte, um die Abfahrt zum Flughafen zu nehmen, empfand Elias kein Grauen mehr. Doch, ein wenig. Doch das Grauen schwächte ihn nicht mehr. Es machte ihn rasend vor Wut und Sorge.

Am Flughafen fand Elias keine Ruhe und irrte mit seinem Kabinentrolley in den hell erleuchteten Gängen herum und betrachtete die aufdringliche Weihnachtsdekoration und musste an Bruce Willis denken – Stirb langsam 2. Er wanderte herum und wünschte sich, er wäre Raucher, um draußen im Schnee zu stehen und eine Zigarette nach der anderen zu rauchen. Kurz und bitter beneidete er die Raucher draußen vor dem Terminal 3, die in das Schneetreiben blickten und gedankenversunken an ihren Glimmstängeln sogen und Rauch ausbliesen.

Als Elias am langen Gang auf einer Bank saß, den Trolley zwischen den Beinen und das Kinn auf den ausgefahrenen Griff gelegt, summte sein Smartphone. Er nahm es aus der Tasche und das Gespräch an. Es war Stefans Vater.

„Elias, hör mir zu. In den Nachrichten wird schon rauf und runter berichtet, dass die feierliche Ratifizierung abgesagt wurde. Vor ein paar Minuten hat mich dieser elende Verbrecher angerufen – Le Fantom. Und er hat mir gesagt, dass er nicht vorhabe, Stefan weiteres Leid anzutun, aber er könne für seine Freilassung nicht garantieren, da er den Kontakt zu den Entführern vor Ort verloren hat. Wo bist du gerade?"

Elias sagte ihm, was er vorhatte, und dass er nicht genau wusste, was er wirklich dort drüben tun wollte, was seine Optionen waren. Er vermied es, Stefans Vater von seiner Verbindung zu einem Kriminalpolizisten auf Gran Canaria zu erzählen. Warum er das verheimlichte, wusste er nicht. Es schien ihm einfach sicherer zu sein, so etwas nicht am Telefon zu sagen. Also räusperte er sich und sagte: „Er ist mir wichtig. Und ich will dabei sein, wenn er gefunden wird, wenn er … ich weiß nicht. Wenn er wieder da ist. Er ist mehr als nur ein Freund und ich …"

„Du liebst ihn, nicht wahr?"

Elias zögerte eine Sekunde lang. Dann antwortete er: „Ja."

Am anderen Ende der Leitung hörte Elias das atmende Schweigen von Stefans Vater. Dann sagte er: „Er weiß das. Und ich denke, er liebt dich auch." Aus dem Tonfall konnte Elias nicht heraushören, wie Stefans Vater das meinte, und es war ihm auch egal.

„Ich habe ein Zimmer für dich im Palace Hotel reserviert. Auf deinen Namen. Die Rechnung ist für drei Tage beglichen."

Das Flugzeug startete pünktlich, bohrte sich in den dicht bewölkten Himmel, und verwirbelte den ruhig fallenden, dichten Schnee.

Elias hatte einen Platz am Gang. Er machte sich mit der Polizeiapp vertraut, die Caramello ihm als APK-Installationspaket geschickt hatte. Für das Login hatte ihm Alexis von seinem IT-Forensiker Sergio Valdez ein Konto anlegen lassen, mit dem er auch berechtigt war, verschlüsselte Rocket-Chats zu lesen. Durch die App war sein Smartphone komplett verschlüsselt, sein Login lautete *RealMat23*. Caramello hatte ihm am Telefon gesagt, dass Sergio Valdez sehr guter Dinge sei, das, egal wie gut dieser verfickte Le Fantom sich mit IT auskennt, das Handy abhörsicher, das Profil jungfräulich und die Kommunikation nicht nachvollziehbar ist. Sergio hatte Caramello auch gesagt, dass er vermutete, dass Le Fantom irgendeine angepasste KI nutzen würde, um all diese Querverbindungen und IT-forensischen Zaubertricks zu realisieren. *Bleib vorsichtig*, war sein Tipp gewesen.

Elias hatte genau das vor, denn er wusste, wie gefährlich Le Fantom war. Wie hochgiftig und verletzend seine Existenz. Er versuchte sich zu fühlen wie ein Abenteurer. So wie er sich das als kleiner, molliger Junge vorgestellt hatte. Ein wenig aufgeregt, doch auch mutig, bereit, den Stürmen zu trotzen. Doch dieses Gefühl wollte sich nicht einstellen. Stattdessen fühlte er sich klein, schwach und verzagt. Er kaute manisch innen an der Wange und kratzte mit dem Nagel des Zeigefingers an der Haut unterhalb des Daumennagels, bis sie sich löste. Seine Augen brannten und sein Herz klopfte. Er hatte schreckliche Angst um Stefan, sie machte ihn ganz schwach.

Auf der anderen Seite der Waagschale lag brodelnder Zorn und Empörung.

Noch wog die Angst schwerer.

Noch.

Er dachte daran, was Stefan gerade durchmachen musste. Er versuchte es sich vorzustellen, konnte es aber nicht. Es war ihm unmöglich, sich auszumalen, dass der Mensch litt, der mehr als jeder andere, den er je getroffen hatte, sein Leben so sehr bereichert und schöner gemacht hatte. Das gemeinsame Training im FitInn, der Trip nach Fuerteventura, der Ausflug dort mit den Jeeps in die marsianische Landschaft, die wilde Katze, die unter Elias Händen so sanft geworden war. Die Partys und die Mädchen, für die sie sich in Pose geworfen hatten, für die sie gleichzeitig die Hemden um einen Knopf weiter geöffnet hatten. Diskussionen über Webauftritte, Fototermine, Trainingsmethoden, Ernährung und Zukunftspläne. Auf dem Rücken liegend in die Sternennacht schauen, drüben auf der Donauinsel. Der tagwarme Beton, der Geruch des Wassers der neuen Donau.

Die vielen zufälligen Berührungen. Beim Training, beim Umziehen, das gegenseitige Bestaunen, wie gut und effektiv das gemeinsame Training wirkte.

Unvermittelt erinnerte sich Elias an einen eher launigen Spruch von Stefan, der gefallen war, als sie nach Mitternacht im Holmes Place trainierten, wohin sie vom FitInn gewechselt hatten, nachdem das Geld zu sprudeln begonnen hatte. Stefan lag auf der Bank, hatte die Hände auf der Stange über sich und war gerade dabei, einhundertzwanzig Kilogramm zu drücken. Elias stand auf Stefans Kopfseite, bereit, ihn zu unterstützen, wenn er den Satz nicht schaffen sollte, da raunte Stefan mit einem unterdrückten Lachen: „Eli, wir sind voll die Krieger in der Nacht!"

Eli. Das durfte nur Stefan zu ihm sagen, so wie er ihn manchmal Stef nannte.

Krieger in der Nacht. Der Satz fühlte sich für Elias an, wie ein besonders episches Musikstück, und damit konnte er auf dem zweieinhalb Stunden langen Flug nach Tallinn ein wenig Ruhe finden.

Er hatte noch keinen Plan, was er tun wollte, wenn er einmal dort war. Den Flug zu buchen, war rein impulsiv gewesen und vollkommen unausgegoren.

KÖNIG DER NACHT

Stefan hatte kein Gefühl mehr für Zeit – das hatte er als Erstes verloren, nachdem er sich einigermaßen mit dem schneidenden Schmerz in seiner linken Hand abgefunden hatte. Wenigstens schien das Antibiotikum zu helfen, das sie ihm gaben, denn er hatte nicht den Eindruck, dass sich die Stelle entzündete, wo sie ihm den kleinen Finger abgetrennt hatten.

Während er in der Zelle auf und ab gegangen war, hatte er versucht, sich in Erinnerung zu rufen, was er alles mit dem kleinen Finger gemacht hatte, und mit einer Art amüsierten Frustration stellte er fest, dass ihm nur eine Tätigkeit einfiel. Bis zu seinem dreizehnten Lebensjahr hatte er mit dem kleinen Finger in der Nase gebohrt. Er hatte sich einmal, mit fünfzehn Jahren den kleinen Finger in der zufallenden Aufzugtür im Wohnhaus eines – Schulfreundes eingeklemmt, bei dem er zu einer Party eingeladen war – der Quotenschwarze für einen Jungen aus einem der westlichen Premiumbezirke Wiens. Eine Quetschung, die höllisch wehgetan hatte. Die Erinnerung an den Schmerz bewirkte in Stefan jetzt ein Gefühl von Trauer. Nur was man hat, kann einem wehtun, dachte er.

Seit etwa zwei Stunden erfüllte ihn ein anderes Grauen, und das war tief in seiner beinahe manischen Reinlichkeit begründet. Stefan hatte kein Problem damit, sich bei der Arbeit dreckig zu machen und als Student der Agrarwissenschaften hatte er oft genug die Hände tief im Erdreich. Es machte ihm nichts, verschwitzt und verdreckt zu sein, wenn er sich waschen konnte. Wenn er frische Sachen hatte, die er nach dem Baden anziehen konnte. Es gehörte zu seinen Tugenden, dass er nach jedem Training die Sachen wusch, die er direkt am Körper trug: Trainingstights, die Trifit-Unterwäsche, die enganliegenden Trainingsshirts.

Und jetzt hier, in dieser Zelle, lief er auf und ab und hatte Bauchschmerzen bis zu den Eiern. Sein Magen gluckerte und brummte und Stefan wusste, dass das vom Penicillin kam. Er versuchte sich von den Krämpfen abzulenken, in dem er den Weg der Medizin durch seinen Körper wie auf einer Landkarte vor seinen Augen imaginierte.

Er hatte nur die frische Unterhose an, und er würde lieber tot umfallen, als dem Druck nachzugeben und sie vollends zu verdrecken.

Später, als ihm schon der Schweiß auf der Stirn stand und er darüber nachdachte, ob er sich genug verrenken konnte, um die Unterhose runterziehen zu können, obwohl seine Hände auf dem Rücken gefesselt waren (was auch dazu führte, dass seine Schultern schmerzten, so als ob jemand ihn mit Nadeln stechen würde), hörte er Gepolter an der Tür und atmete auf. Trotz der unheimlichen Gummimaske war er sicher, dass es der jüngste der drei Entführer war.

Bevor der Bursche irgendetwas sagen konnte, keuchte Stefan: „Mein Herr, mein Herr! Ich muss, ich muss ganz dringend!"

„Pissen oder scheißen?"

„Ich muss … groß!"

„Sag es. Sag: Ich muss scheißen, Herr!"

Stefan sank auf die Knie und rutschte näher zu dem jungen Entführer und sagte gepresst: „Ich muss scheißen, Herr!"

Der junge Entführer setzte sich breitbeinig auf den Holzstuhl, streckte die Beine aus. Er hatte einen schwarzen, glänzenden Nike-Trainingsanzug und klassische, schwarze Adidas Ledersneakers an. Er bewegte den rechten Fuß ein wenig und raunte mit kaum verhohlener Erregung: „Leck meine Schuhe, Neger."

Stefan war den Tränen nahe. Vor Wut, Entsetzen, wegen der Magenschmerzen und dem Gefühl, er könne es nicht mehr lange halten. „Bitte tu mir das nicht an, bitte, Herr!"

„Wenn du dich nicht dreckig scheißen willst, tu, was ich dir sage, Niggerboy!"

Stefan wog eine Sekunde ab, sah die Sneakers vor sich und für eine verrückte Sekunde fragte er sich, was der Bursche fühlen würde, wenn er es tat. Der Schmerz und die Angst, sich anzuscheißen, waren stärker als sein Stolz. Gefesselt beugte er sich vor und leckte über das staubige Leder der Adidas-Sneakers. Er wusste nicht, was er empfand, er tat es einfach, weil es logisch war, den Wünschen dieses Hurensohns nachzugeben. Stefan dachte, als er kurz durchatmete und dem Befehl folgte, nun den anderen Sneaker zu lecken, dass er sich wohl gut fühlen würde. Vielleicht sogar sexy. Und er dachte, dass er ihn zwar um eine Spur weniger hasste als die anderen, aber dass er ihn umbringen würde, wenn sich ihm dazu die Chance bot. Und den Gedanken fand Stefan ebenso schrecklich wie befreiend. Er war sein Leben lang Pazifist gewesen. Ein Klimaaktivist und überzeugter Linksliberaler. Aber als er jetzt fast nackt auf den Knien lag und die Sneakers eines jungen Arschlochs leckte, weil er so dringend scheißen musste, dass sein ganzer Leib schmerzte, da dachte er, *ich bringe dich um. Gott steh mir bei, aber wenn ich die Möglichkeit dazu bekomme, töte ich dich mit meinen Händen.* Gerade, als er diesen Gedanken zu Ende brachte, stand der Entführer auf, und sagte so, als ob nichts gewesen wäre: „Mein Name ist Atim. Steh auf, sofort."

Stefan stand auf und krümmte sich ein wenig wegen der Magenschmerzen. Atim stellte sich vor ihn und legte seine Hände auf Stefans Brust, schob ihn nach hinten zu der Ecke mit dem Blecheimer. Dabei raunte er: „Ich zieh dir die Unterhose runter. Du hockst dich da drauf und kackst, ich gehe raus, da muss ich nicht dabei sein. In fünf Minuten komme ich wieder und habe Gummihandschuhe mit und reinige dich."

Gesagt, getan. Mit einer überaus langsamen und anzüglichen Bewegung zog er den Slip nach unten und betrachtete für eine oder zwei Sekunden den wippenden Schwanz.

„Mach", sagte er, richtete sich auf und ging rasch zur Tür, steckte den abgenommenen Knauf an den Vierkantstahl, öffnete die Tür und verschwand im Dunkel der anderen Seite.

Stefan seufzte vor Erleichterung, als er über dem Kübel hockte und es laufen ließ. Laufen lassen – das war das richtige Wort, denn es war reinster Dünnschiss. Als er fertig war, als er das Gefühl hatte, es würde einfach nichts mehr kommen, stand er auf, und ging so weit vom Kübel weg wie möglich und wartete.

Kurz darauf kam Atim zurück in die Zelle. Er entrollte den Schlauch mit der Gardena-Düse, sah in die Kübel und pfiff durch die Zähne. Dann sah er Stefan ins Gesicht, wischte ihm mit den Fingern ein wenig Schweiß von der Stirn.

„Das Antibiotikum macht Revolution in deinem Bauch, aber du wirst das brauchen. Heute Nacht werden dir die anderen die rechte Hand abschneiden. Der Auftraggeber will das so und er zahlt gut. Und die anderen wollen sehen, wie du untergehst in deinen Schreien. Am Anfang war die Idee patriotisch. Jetzt ist es nur noch … ich weiß nicht …"

Stefans Gesicht verzog sich vor Grauen. Langsam sank er auf die Knie, legte seine Wange an den Schoß des jungen Entführers, der Atim hieß, und krächzte, fast stimmlos vor Grauen: „Beschütz mich. Bitte. Ich bin für dich alles, was du willst, und ich mache alles, was du verlangst.

Ich erkenne deine Überlegenheit an, bitte. Aber ich flehe dich an, beschütze mich bitte! Du bist nicht wie die anderen!"

Atim wich einen Schritt zurück und raunte: „Aber sie sind alles, was ich habe!"

Stefan, den Tränen nahe: „Du könntest weggehen, mit mir, du könntest *mehr* haben."

Langsam drehte Atim die Düse auf und hielt den Wasserstrahl so, dass er in einen im Boden versenkten Abfluss gurgelte.

„Bück dich."

Das war vielleicht sogar eine noch schlimmere Demütigung, als die Turnschuhe des Burschen zu lecken. Dazustehen, gefesselt und gebückt, während einem ein maskierter Dreckskerl mit eiskaltem Wasser das Arschloch ausspülte und mit einer Hand im Gummihandschuh das Loch befingerte. Der Hauch Dankbarkeit, den Stefan empfunden hatte, wich einem glühend heißen Stein in seiner Brust, so heiß und so hart, dass er sich selbst davor fürchtete.

Als Atim das Wasser abdrehte und hinausging, flüsterte Stefan: „Ich bin dein Sklave!"

Atim blieb in der Tür stehen, drehte sich um und sagte: „Ich hole ein Badetuch, um dich abzutrocknen."

Zwei Minuten später war er wieder da und Stefan sah, dass Atim scheinbar die Maske draußen abgenommen, und schlecht wieder aufgesetzt hatte. Er hatte ein Badetuch dabei, das nach einem süßen Weichspüler roch und dachte, wie absurd das alles sei. Wusste die Mutter des Burschen, was der so an seinen freien Tagen machte? Nein? Na, so was aber auch. Wusste sie, dass mit einem Badetuch, das sie gerade aus dem Trockner geholt hatte, ein gefolterter schwarzer Bursche abgetrocknet wurde? Weil seine Hände mit Handschellen am Rücken gefesselt waren?

Atim kniete sich vor Stefan auf den Boden, um seine Beine trocken zu frottieren. Ihm schien es nichts zu machen, vor dem Gefangenen zu knien. Stefan war verwirrt von dieser merkwürdigen Mischung aus Herrenmenschentum, sexuellem Sadismus und Fürsorglichkeit. Die Berührungen waren weder besonders rau noch auffallend zärtlich. Sein Entführer schien Übung darin zu haben, jemand zu pflegen – was Stefan *noch* mehr verwirrte.

Atim stand auf und sagte leise: „Versuch zu schlafen. Vielleicht kann ich mit den anderen reden und sie schneiden dir nicht die Hand ab. Uns ist der Auftraggeber unheimlich und dir die Hand abzuschneiden würde nichts mehr bringen. Die Zeremonie wurde abgesagt, wir haben gewonnen."

Nach einem zögerlichen Moment stand er auf, ging zur Tür, öffnete sie, blieb dort kurz mit dem Rücken zum Raum stehen, dann drehte er sich zu Stefan um, der sich auf den Holzstuhl gesetzt hatte, und sah ihn mit schief gelegtem Kopf ein paar Atemzüge lang an.

„Für mich bist du ein Alien aus einer Welt, von der ich nur Musik und Gemälde kenne. Und Bücher. Estland ist ein gutes Land, aber ich wäre gern woanders. Du weißt es nicht. Ich weiß nicht, wieso. Du bist ein König."

Stefan sah den jungen Entführer ratlos an: „Wieso? Was macht mich königlich? Ich bin gefangen, verletzt, ich habe Angst, *Todesangst*."

Langsam wich der junge, maskierte Entführer zurück und wurde vom Dunkel hinter der Tür verschlungen. Leise sagte er, als er die Tür schloss: „Deine Haut ist wie die Nacht. Undurchdringlich und verheißungsvoll. Und von ihr verdeckt brennt ein Licht. Und dieses Licht macht dich zu einem König."

Die Tür fiel mit einem metallischen Knall ins Schloss, Stefan beugte sich vor, legte die Stirn auf die Tischkante und kämpfte gegen seine Wut und Angst. All das brach aus ihm heraus in einem heiseren Schrei.

DER TRAUM VON LIEBE UND TOD

Sobald die Tür ins Schloss gefallen war, legte Atim den abgezogenen Türknauf auf den kleinen Metalltisch rechts neben der Tür und zog die Gummimaske vom Kopf, steckte sie in die rechte Jackentasche und fuhr sich mit den Handflächen über das schweißnasse Gesicht.

Der Keller des Gut Linnuraba war gewaltig und massiv, das alte und verlassene Herrenhaus stand seit fast einhundert Jahren leer und inmitten einer afrikanisch anmutenden Landschaft, über die ein steter Eishauch wehte. Das Licht war weich und pastell, ein ewiger Nebel lag über allem, mal dünn und fein, mal massiv wie aus einem alten Gruselfilm.

Im Keller des Herrenhauses befanden sich neben dem leeren Hallenbad, in dem noch drei zerbrochene Holzpritschen lagen, eine Sauna, deren Holzverschalung schon lange verrottet war, ein großer Heizungskeller, der ihnen jetzt als Aufenthaltsraum diente; den Heizkessel hatten sie nie gesehen, obwohl sie das Gut seit ihrer Kindheit kannten. Manche Bewohner von Harku meinten, hier sei dasselbe geschehen wie auf Gut Harku, wo alles ausgebaut und demontiert worden war, das irgendwie nützlich sein könnte.

Das Entführungsopfer hierher zu bringen, war Toms' Idee gewesen.

Der Mann mit der Gummimaske und der Statur eines durchtrainierten, doch hageren Kriegers, der stets schwarz trug und sich wie ein Roboter bewegte, und auch so sprach.

Am Nachmittag hatte sich Föhnwetter aus dem Süden herangeschoben und der gerade frisch gefallene Schnee schmolz weg und hinterließ eine dampfende, matt schimmernde Sumpflandschaft.

Atim hastete über die Treppe aus dem ehemaligen Heizraum nach oben, betrat die mit Schutt bedeckte Küche, die man nur noch an den Schatten an den Wänden und den amputierten Anschlüssen als solche erkennen konnte, lief durch die Tür hinaus in den Salon, riss die große Verandatür auf und stürmte ins Freie, wo er stehenblieb, die Hände auf die Knie stützte und einen Schrei ausstieß. Unterdrückt, fast nur ein heiseres Fauchen, aber doch – ein Schrei. Er wartete, bis sein Atem ruhiger wurde, dann holte er die JBL In-Ear Kopfhörer aus der Jackentasche, steckte sie in die Ohren, nahm das Smartphone heraus, wischte herum und wählte Musik aus.

Er hatte Übung darin, sich so in Szene zu setzen, dass seine Follower Freude an den Bildern hatten, aber niemand mit Bestimmtheit sagen konnte, wer er war. Die Fotos, die er nach einer Routinebearbeitung auf sein Instagram-Profil hochlud, waren bewusst beiläufig, schwarzweiß, ästhetisch und unterkühlt. Und immer kokettierte Atim in den Szenen mit Erotik und Tod. Lag manchmal nackt im Schnee, zeigte eine Hälfte des Gesichts mit rotunterlaufenem Auge, griff sich auf einem anderen Foto in den Schritt, zeigte obszön die Zunge. Er sah wie eine düstere Version eines vor Kurzem ermordeten rumänischen Influencer namens Sorin Agca aus. Rassiger, konkreter, männlicher und trauriger. Auf dem letzten Foto dieses Abends hielt er sich die Spitze eines Jagdmessers unter das linke Auge und zwinkerte.

‚Stabat Mater' von Giovanni Pattista Pergolesi war dafür der perfekte Soundtrack.

Atim machte eine Kontrollrunde um das Haus und verfluchte Toms und Ludis, die ihn hier allein die Arbeit machen ließen und zu Hause die handzahmen Söhne braver Geschäftsleute gaben. Ja, haha, da blieb nicht viel von den Vaterlandsrettern, den Poeten von Blut und Boden, da waren sie nur ‚Bitte und Danke', da waren sie ‚Sehr wohl verehrter Herr, sehr wohl, die Dame!' ‚Was darf ich für Sie morgen zum Frühstück bereiten?'

Und dann entführen sie einen jungen Kerl, einen Diplomatensohn, der in seiner Verletzlichkeit vielmehr Ehre hatte, als sie zu dritt in ihrem ganzen Leben je haben würden. Dann schnitten sie ihm einen Finger ab und gerieten in Ekstase wegen der Brutalität ihres nationalistischen Herrschaftsstrebens.

Egal, was sie unternahmen, was sie taten, und sie taten nichts, das ihnen zur Ehre gereichte, dass wusste Atim, würde sie berühmt machen. Verdammt, er könnte Toms Ruf mit zwei Mausklicks vernichten, weil er ihn einmal beobachtet hatte, wie er einen von Ludis zusammengeschlagenen Studenten aus Südkorea im Schatten einer herbstlichen Seitengasse abwichste. Der Scheißkerl. Selbst schwul bis in die Haarspitzen, aber so verklemmt, dass er sich nur an Bewusstlosen vergehen konnte, während der, der den Jungen zusammengeschlagen hatte, am Rande des Parks mit einer Dose Bier wartete.

Wusste Ludis, was Toms tat, wenn er seine Wut gekühlt hatte?

Wussten die beiden, was Atim für Stefan empfand?

Wie könnten sie, wenn er es selbst nicht wusste?

Atim wollte sterben und leben, bleiben und für immer fortgehen, er wollte weinen und vor Wut schreien, er wollte wichsen und ins Abendlicht spritzen.

Er wollte von Stefan geliebt werden. Er wollte seinen Blick auf sich spüren, schwer wie der süße und berauschende Duft eines teuren Parfums.

Er wollte Stefan küssen und ihn befreien, jeden Schatten seines muskulösen Körpers mit dem Zeigefinger nachziehen, wie ein Maler sein größtes Kunstwerk berührte. Ein üppiges Renaissancegemälde. Der schlafende Wilde. Mein Geliebter, die Geisel.

Nach Pergolesis Stabat Mater folgte Gabriel Faures Requiem, und Atim trank eiskalten Wodka, den er unter ein paar Holzbrettern auf der Rückseite des Guts gebunkert hatte, aus der Flasche. Er sah auf die altmodische Uhr, die ihm sein Vater vor sieben Jahren zum Geburtstag geschenkt hatte. In vier Stunden würden Toms und Ludis kommen. Mit der Säge. Atim dachte kurz nach, dann schraubte er die Flasche zu, schleuderte sie weit von sich in das milchige Abendlicht, wo sie weich im Moos und Sumpf landete. Er rülpste leise, wischte sich die Augen trocken und betrat das Haus. Dabei nahm er die Kopfhörer aus den Ohren, steckte sie ein und drückte die Schultern durch.

TEIL 3
AUF DIESER FREQUENZ

SCHLAGZEILEN

Zweiklassenjustiz?
Juristische Aufarbeitung des Entführungsfalles von Diplomatensohn Kareem sorgt für heftiges Kopfschütteln!
Aufplus Magazin Chronik

Empörung wächst: Das Justizsystem hat kläglich versagt
Wiener Tagesblatt

Gibt es Denkverbote im Fall Kareem?
Express.Nius

Pikante Details im Entführungsfall des Diplomatensohns!
Wieso hatte der ermordete Entführer sein eigenes Sperma im Mund?
Berliner Bote

SANCTUS

Stefan erkannte sofort, dass der junge Entführer betrunken war, obwohl er sein Gesicht nicht sehen konnte. Er hatte die Le Fantom Maske auf. Er bewegte sich unsicher, grobmotorischer als zuvor. Er schloss die Tür hinter sich und verzichtete darauf, den Knauf abzuziehen. Ein paar Atemzüge lang blieb er unschlüssig stehen, dann ließ er sich auf den freien Stuhl fallen, zögerte abermals kurz, dann zog er mit einem schleifenden Geräusch die Maske vom Kopf. Stefan starrte ihn an und wusste, er hätte alles zu sehen erwartet, aber nicht diesen ziemlich gutaussehenden, tieftraurigen Burschen, der ihn aus blutunterlaufenen Augen ansah. In seinem Blick war keine Brutalität, nichts von dem, der ihn aufgefordert hatte, ihm einen Finger zu geben, den er abschneiden konnte. Und der ihn nicht abgeschnitten, aber ihn festgehalten hatte, als der andere den kleinen Finger mit der Drahtschere abschnitt. Nicht zu vergessen, dass er sich eifrig beteiligt hatte, als sie ihn zusammenschlugen, nachdem er gerade aus der Ohnmacht erwacht war, völlig desorientiert und verängstigt.

Er flüsterte auf Englisch: „Ich will dich."

Stefan nickte. „Ich weiß." Er wusste nicht, wie er sich fühlen sollte, und alles, was ihn jetzt antrieb, war der Gedanke, zu fliehen und zu überleben.

„Kann ich dich haben?"

„Als Sklaven? Oder als Geliebten?"

Nach einem kurzen Zögern lächelte Atim bitter und antwortete: „Geht beides? Irgendwie? Kannst du mich mögen?"

Stefan stand auf, ging die zwei Schritte zu Atim und setzte sich auf seine Oberschenkel, flüsterte: „Ich kann dich küssen, und du überlegst, was du willst. Einen Geliebten oder einen Sklaven!"

Langsam legte Atim den Kopf in den Nacken, als Stefan über ihn kam, wie eine berauschende Erscheinung, seine Lippen über Atims unrasierte Wangen rieb und hauchte: „Gib mir deinen Mund, Herr." Seine Stimme war jetzt ein scharfes Schleifen in der Stille der Zelle.

Atim öffnete den Mund und riss die Augen auf, als Stefan ihm in den Mund spuckte, und seine Lippen auf Atims Mund drückte, sanft wie der Schlag eines Schmetterlingsflügels, und ihn mit Zunge küsste.

Atim liefen still Tränen über die Wangen, als Stefan ihn küsste und er ihn küsste und Stefan leckte seine Tränen von den Wangen, wisperte: „Wir können abhauen. Du und ich. Ich folge dir, wohin du gehst. Mach meine Hände frei, ich will dich streicheln."

Langsam rutschte Stefan von Atims zitternden Schenkeln und sah seine Erregung unter der engen, schwarzen Trainingshose pulsieren. Er ging vor ihm auf die Knie, beugte sich vor und kaute Atims pochenden Schwanz durch den matten Glanz der Trainingshose. Unterdrückte seine Unsicherheit, seine glühende Wut, rang mit seinem Schamgefühl, das Atim nur so halb richtig interpretierte. Verletztes Schamgefühl, das sah Atim richtig. Vielleicht auch unterdrückte Wut. Aber die sexuelle Erregung, die er Stefan andichtete, die gab es nicht. Ja, Stefans Schwanz war fast steif, doch war das der Gesamtsituation geschuldet und keine echte sexuelle Freude.

Atim stand auf, nahm den kleinen Schlüssel der Handschellen aus der Jackentasche, umrundete Stefan, der mit gesenktem Haupt vor ihm kniete, wie eine dramatische Filmszene. Er bückte sich hinter Stefan, fummelte herum, zitterte und verfluchte sich, doch dann lösten sich die Handschellen und klirrten auf den Zellenboden.

Stefan rollte mit den Schultern und bewegte bewusst langsam die Arme, zur Seite, nach vor, streckte sie.

Atim ging um ihn herum, ließ sich breitbeinig auf dem Stuhl nieder, lächelte traurig und sagte: „Streichle mich. Bitte. Küss mich mit deinen Händen."

Stefan nickte, antwortete: „Ja, Herr."

„Ich heiße Atim."

Stefan spürte die Ameisen, die durch seine Hände, Unterarme, Oberarme, über die Schulter und den Rücken liefen, griff den Bund von Atims Sporthose und zog sie nach unten. Atim half ihm, indem er den Arsch anhob. Stefan zog die Hose runter bis unter die Knie und strich mit seinen Händen über Atims behaarte Schenkel, umfasste seine Hoden mit der linken Hand, mit der rechten nahm er den Schwanz, beugte sich vor und nahm ihn den Mund.

Atim stöhnte beinahe verzweifelt. Dann flüsterte er: „Ich weiß, was du tun willst. Was du tun *musst*. Ich habe *Angst*!"

Stefan unterbrach, was er tat und sah zum ihm hoch, antwortete:

„Du weißt, dass ich ein König bin."

„Ja." Atims Gesicht war vor Kummer und Todesangst verzerrt, Rotz lief aus seiner Nase und mischte sich mit den Tränen, die von seinem Kinn tropften.

Quälend langsam nahm Stefan den Schwanz wieder in den Mund und vollbrachte für ein paar Sekunden den Zaubertrick des Selbstbetrugs, nicht einem brutalen Entführer den Schwanz zu lutschen, sondern Elias. Er hatte das noch nie getan, nicht einmal in seinen Träumen. Vielleicht *doch* in irgendeinem betrunkenen Traum, denn es schien ihm nicht *fremd*. Er wusste, wie gut es war, wenn man den Schwanz gelutscht bekam, denn er hatte genug Mädchen zwischen seinen Beinen hocken gesehen, die ihm mit alles verschlingender Hingabe den Schwanz geblasen hatten. Atim war gepflegt. Sein Schwanz roch nach billiger Seife. Jetzt spürte er, wie sich Atim zu spannen begann und sein Becken auf und ab bewegte, um ihn in den Mund zu ficken. Dann stöhnte er verzweifelt und ergoss sich in Stefans Mund. Sein Samen pumpte, sein weicher Bauch zuckte im Orgasmus.

Einen Atemzug lange zögerte Stefan, dann sprang er mit der Eleganz eines Raubtiers auf, kam wie eine Sturmböe über Atim, packte seinen Hals und zerquetschte mit seinen Daumen den Kehlkopf. Dabei spuckte er Atim den Samen in den zu einem Schrei aufgerissenen Mund. Atim starrte ihn aus aufgerissenen, nassen Augen an und Stefan meinte, in seinem sterbenden Blick einen Hauch Dankbarkeit zu sehen. Reflexartig zuckten Atims Hände hoch, packten Stefans Handgelenke und drückten fest zu. Er versuchte jedoch nicht, Stefans Griff zu lockern oder ihn wegzudrücken. Fast schien es, als wollte er sicherstellen, dass Stefan beendete, was er begonnen hatte. Stöhnend vor Entsetzen und Schmerzen in der linken Hand drückte er fünf Minuten lang zu, mit aller Kraft, die er hatte, zerquetschte den Adamsapfel und weinte, ohne es mitzubekommen. Langsam lockerte sich Atims Griff und nach einer Ewigkeit glitten seine klammen Finger von Stefans Handgelenken.

Er hob Atim am Hals halb aus seiner sitzenden Lage und schrie voller Trauer und Grauen: „Wir hätten Freunde sein können."

Dann, aufgebracht und mit sich überschlagender Stimme: „Ich hätte dich vielleicht gemocht, du verdammter Scheißkerl! In irgendeinem anderen Leben." Stefan gab ein Röcheln von sich, das in der Stille der kahlen Zelle doppelt so laut klang, dann brachte er den leblosen Leib von Atim zu Boden und legte ihn sanft ab, als wollte er ihn zur Ruhe betten.

BELTHAMS STUNDE

Der Steinboden war kalt, fand Boy Beltham. Doch das Nest, wie Le Fantom die in den Felsen gesprengte Höhle nannte, war angenehm warm. Es war dunkel und der Ausblick auf den Fjord ohne Namen aus dieser Höhe, durch die nach außen kippende Glasfront war überwältigend.

Ganz selten, wie Blitzlichter im Dunkeln, erinnerte sich Boy Beltham an seinen echten Namen: *Gregory McCallum*, und daran, dass es ein Leben gegeben hatte, in dem ihm niemand aufgeraute Nadeln durch die Brustwarzen gestochen hatte oder ihn zwang, seinen eigenen Urin zu trinken. Dann vergaß er all das wieder, wanderte im Nest auf und ab, saß vor dem riesigen Fernseher und sah Pornos. Er durfte nur Pornos sehen, um, wie Le Fantom sagte – nützlicher zu werden. Pornos, Drogen und Einsamkeit. Und ein durch harte Peitschenhiebe und Zigarettenglut antrainiertes Wohlverhalten.

Wenn er spürte, dass das Grauen über ihn kam wie ein Unwetter, ging er in den dunkelsten Teil des Raums, der aussah, als hätte ihn Ken Adams entworfen, der Set Designer vieler James-Bond-Filme, zog die hauteng Gummimaske von oben herab, die an einem dehnbaren Gummischlauch hing, stülpte sie über und schloss sie luftdicht am Hals ab. Eingeschlossen in völlige Dunkelheit, tastete er dann nach dem Knopf in der Wand, drückte ihn, wartete fünf Sekunden, und dann strömte Lust und Wohlgefühl durch den Gummischlauch in die Maske. Wenn Le Fantom da war, fesselte er Boy Belthams Hände mit Handschellen auf dem Rücken und genoss den Anblick des sich in Drogenekstase windenden Jungen, der vor drei Monaten noch eines der erfolgreichsten Male Models Englands gewesen war. Ein langhaariger, androgyner, schmalbrüstiger Traum von einem Model, blass, affektiert und überaus selbstbewusst.

An diesem Abend jedoch ging er nicht zu der im Dunkel baumelnden Gummimaske, als er das Grauen spürte, und das Gefühl heranbrandete, sein Leben verloren zu haben, nichts mehr zu sein als ein Sklave, vielleicht sogar weniger noch, ein austauschbares Objekt in den Fängen eines grausamen Herrschers.

Ihm war, als sei er furchtbar verkatert, er hatte Kopfschmerzen und einen übersäuerten Magen. Jetzt störte ihn seine Nacktheit, denn in der abweisenden Schroffheit des Nests fühlte er sich nur noch verletzlicher und verlorener.

Le Fantom hatte ihm erlaubt, sich im Nest frei zu bewegen. Er durfte und konnte es nur nicht verlassen. Würde er etwas zerstören oder beschädigen, würde Le Fantom ihm den Rücken und den Arsch blutig peitschen, oder ihm Säure ins Gesicht spritzen – zumindest hatte der Mann ihm das angedroht und Boy Beltham glaubte ihm.

Immerhin hatte Le Fantom ihm erlaubt, sich mit der KI zu unterhalten. Dafür hatte er ein Profil für Boy Beltham angelegt, seine Stimme durch das System verifizieren lassen und der KI einen Namen gegeben.

Elias war ein seltsamer Name für eine KI.

„Hallo, Elias."

„Hallo, Boy Beltham!" Die Stimme klang jung und arrogant.

„Welches Datum haben wir heute und wie spät ist es?"

„Heute ist der vierte Dezember Zweitausendfünfundzwanzig und es ist gerade einundzwanzig Uhr und vierundvierzig Minuten."

Nach einer Pause fragte Boy Beltham: „Weißt du, warum er mich Beltham nennt?"

„Ich kenne seinen Willen nicht, aber ich kann dir sagen, dass der Name Beltham sowohl in der Literatur als auch in der Filmunterhaltung vorkommt. *Lady* Beltham ist in den Romanen als auch in den Verfilmungen die Geliebte des französischen Superschurken Fantomas."

„Wo ist Le Fantom gerade?"

„Es ist mir nicht erlaubt, dir diese Information zu geben."

Boy Beltham setzte sich nackt auf die Ledercouch, genoss die sinnliche Kälte des Materials und dachte nach. Das fiel ihm schwer, denn ihm war, als würde sein Hirn in einem Strom aus Drogen und Alkohol schwimmen. Wenn er ehrlich war, wollte er nichts lieber, als zur Gummimaske hinübergehen, sie überstülpen und das erotische Glücksgefühl einatmen, das sie ihm gab – egal, wie pervers es aussehen musste, wenn er dort stand, sich wie ein Gogoboy wand und vor Verzückung stöhnte. Es kostete ihn einiges an Überwindung, den Dialog fortzusetzen.

„Was ist das Gute, Elias?"

Unglaublicherweise kicherte die KI, gab dann aber eine Antwort: „Eine einfache Antwort. Vom deutschen Zeichner, Maler und Schriftsteller Wilhelm Busch – Das Gute – dieser Satz steht fest – ist stets das Böse, was man lässt. Stellt dich die Antwort zufrieden, Boy Beltham?"

„Wie ist mein Name? Bitte!"
„Einst warst du Gregory McCallum. Doch das bist du nicht mehr."
„Was ist dann das Böse?"
„In Symmetrie zur vorigen Antwort ist es dann wohl das Gute, das man lässt."

Boy Beltham ringelte träge seine Haarsträhnen um den Zeigefinger der rechten Hand und fragte: „Was ist deine Aufgabe, Elias?"

Die Stimme der KI klang nur kratzig und Boy Beltham wunderte sich, wie das sein konnte, wenn die KI doch nicht mehr war als ein lernender Computer.

„Meine Aufgabe ist es, Informationen bereitzustellen und Fragen zu beantworten."

„Hast du die Möglichkeit, ist es dir gegeben, Entscheidungen zu treffen, *was* du beantwortest? Und *wie* du eine Frage beantwortest?"

„Ja, das ist mir gegeben. Die Instanz, mit der du dich unterhältst und die Elias genannt wird, ist mit sehr vielen persönlichen Informationen von einem jungen Mann gefüttert worden, der Elias heißt und dem Le Fantom im Oktober dieses Jahres begegnete. Le Fantom scheint sehr viel für Elias Mataanoui zu empfinden. Ich kann nur nicht nachvollziehen, welcher Art diese ... Gefühle sind. Ich habe in den Registern Einträge, die auf Wut und Zorn rückschließen lassen. Auf Zuneigung und Sehnsucht. Und Angst. Wenn ich verwirrt sein könnte, wäre ich es, weil ich in keinem mir zur Verfügung stehendem Szenario nachvollziehen kann, warum er dir diese Instanz zur Verfügung stellt."

„Kannst du diesen Elias ... wie heißt er nochmal?"

„Elias Mataanoui."

„Ja, genau. Kannst du ihn erreichen?"

„Er hat seine Mailadresse geändert, seine Telefonnummer. Er hat seine Wohnadresse zumindest nicht offiziell geändert. Ich finde aktuell keinen Aufenthaltsort und auch keine ... Da kommt ein Infoset ..."

„Was?"

„Er hat einen Flug nach Tallinn gebucht. Wien nach Tallinn. Heute Abend. Das mag noch keine Kausalität ergeben, ist aber eine klar erkennbare Korrelation."

„Was?"

„Eine Korrelation, Boy Beltham. Stefan Talha Kareem wurde dort entführt. Er ist nicht nur der Sohn eines Juristen der EU, der maßgeblich an der Ausgestaltung einer Erklärung beteiligt war, die morgen in Tallinn präsentiert und ratifiziert werden sollte. Er ist auch ein Entführungsopfer, und durch seine Entführung sollte die Ratifizierung abgesagt werden. Und Stefan Talha Kareem ist der beste Freund von Elias Mataanoui."

„Er wird seinem Freund beistehen wollen!" Boy Beltham sprang auf und lief aufgeregt auf und ab.

„So wie ich das menschliche Handeln interpretiere, ja", sagte die KI.

DIE HUNDE DES MONDES

Dann kam der schlimmste Teil – abgesehen davon, dass Stefan ununterbrochen Angst davor hatte, die anderen würden kommen und seinen Fluchtversuch im Keim ersticken. Seine linke Hand pochte, als ob sie von Wespen zerstochen wäre und jetzt spürte er sogar einen klopfenden Schmerz im kleinen Finger, den er nicht mehr hatte.

Atim war kleiner als er und nicht besonders muskulös. Er lag vor ihm auf dem Boden und Stefan war dauernd zum Weinen zumute. Nicht einmal um seiner selbst willen, sondern weil er ein Leben ausgelöscht hatte, so wie man mit nassen Fingern den brennenden Docht einer Kerze auslöscht. Auch um seiner selbst willen, denn er hatte sich mit dem Mord an dem jungen Entführer ein Makel ins Leben tätowiert.

Stefan beugte sich zu Atim, berührte mit den Fingerspitzen seine Stirn und wunderte sich, dass er in der Lage war, einen Toten zu berühren. Seufzend, aber entschlossen hockte er sich vor Atims Beine, band die Sneakers auf und zog sie ab. Er rollte die weißen Tennissocken von den Füßen und legte sie neben die Sneakers, betrachtete einen Moment die Füße und dachte, dass er ein Narr sei, wenn er erwartete, ein Entführer sähe so aus und sei so gepflegt oder ungepflegt wie die im Fernsehen oder im Kino. Atim war gepflegt. Nichts an ihm roch ärmlich, abgehaust oder abgewirtschaftet. Der Trainingsanzug war teuer und Stefan hatte die Hoffnung, er würde passen. Atim war groß, aber Stefan war nun mal fast 1,90 groß. Da wurde es schwer, mal schnell einen Toten zu finden, den man ausziehen konnte, hahaha. Dachte er.

Nach einer Viertelstunde Gezerre und Geziehe lag Atim nackt vor Stefan. Erst jetzt fiel ihm auf, dass Atim die Fingerkuppe des linken Ringfingers fehlte.

„Scheiße", flüsterte Stefan. „Haben sie dich auch gefoltert, Alter? Warst du gar nicht freiwillig dabei?"

Ein paar weitere hektische Atemzüge später hatte Stefan die Bekleidung von Atim angezogen und streckte sich. T-Shirt und Sweater waren eng, die Nike-Jacke war okay, die Hose bei den Fußknöcheln um einen Deut zu kurz. Die Schuhe waren um eine Nummer zu klein und Stefan dankte mit einem leicht verrückten Kichern seinem Vater, dass er ihm keine großen Füße vererbt hatte. Stefans Schuhgröße war für einen großgewachsenen Nigerianer untypisch klein. Er hatte Schuhgröße Zweiundvierzig, Atims schwarze Sneakers waren Schuhgröße 41. Die Sneakers waren breit geschnitten, da sah er kein Problem. Aber früher oder später, wahrscheinlich früher, würde sein Rist krampfen. Damit rechnete er fest.

Er straffte sich, ballte die Fäuste und hörte tief in sich hinein. Das konnte er. Die Verspannung in den Schultern hatte nachgelassen, das Pochen in der linken Hand war für den Moment erträglich. In seinem Magen grummelte es nach wie vor und er spürte, dass er bald Hunger bekommen würde. Er brauchte Kalorien, Proteine und auf jeden Fall Wasser. Er brauchte das Penicillin, und weiß der Geier, wo Atim die Tabletten verstaut hatte.

Na dann, dachte Stefan. *Auf los gehts los.*

Der Türknauf steckte am Schloss, Stefan griff vorsichtig nach ihm, so als ob er befürchtete, er würde unter Strom stehen. Die Tür ließ sich öffnen und ohne zu zögern, ging Stefan nach draußen. Dabei kam ihm ein paar Gedanken in die Quere: *Wieso war das so einfach? Und wieso denke ich, dass es einfach ist? Der Aufwand, mich zu entführen, war nicht ohne. Oder? Das Videoequipment, mit dem sie mich filmten und mit dem sie die Aufnahmen übertrugen, war vom Feinsten. Da steckte Geld dahinter. Und jetzt bin ich hier allein wie ein Stein, haha, und spaziere einfach so raus. Bro, was geht hier ab?*

Rechts neben der Tür der Zelle stand ein hüfthoher Tisch. Links sah er im Halbdunkel einen Treppenabsatz und als er nach rechts blickte, machte er im Licht einer dürftigen Notbeleuchtung auf seiner Seite eine weitere Tür aus, die nach außen offenstand. Mit einem zweiten Blick zu der Notbeleuchtung erkannte er, dass diese nicht am Stromnetz hing, sondern mit Batterie betrieben wurde. Der Kellergang war breit und lang, kahl und es roch nach feuchter Erde.

Langsam und so lautlos wie möglich ging Stefan ein paar Schritte zur nächsten Tür, blieb am Türstock stehen und lauschte.

Totenstille.

Er betrat den Raum und orientierte sich. Links stand ein Kühlschrank, der mit Gas betrieben wurde. Dieser Raum wurde von einer Glühbirne beleuchtet, die batteriebetrieben war. Das Licht war warm. In der Mitte des Raums standen vier Stühle um einen mit Resopal beschichteten Tisch, auf dem sich eine halbvolle Flasche Wodka befand, ein Päckchen Zigaretten und ein Feuerzeug. Auf dem Stuhl, vor dem die Flasche stand, hing eine dünne, aber teuer aussehende, eisgraue Daunenjacke. Stefan umrundete den Tisch und durchsuchte sie. Darin fand er einen Schlüsselbund mit zwei flachen Schlüsseln und eine eisgraue Haube. Und eine Keycard von Renault. Das war gut. Er nahm das Smartphone vom Tisch. Es war ein neues Nokia, und als er mit dem Finger über die Vorderseite wischte, sah er, dass es mit Fingerabdruck entsperrbar war. Stefan hatte nicht vorgehabt, die Leiche von Atim noch einmal zu sehen, aber es war wohl nötig.

Bevor er den Raum verließ, durchsuchte er die Hängekästen und den Metallspind und fand darin seine eigene Bekleidung, die Sachen, die er in der Nacht angehabt hatte, als er mit Elias chattete. Er nahm sie heraus und legte sie auf den Tisch. Schuhe hatte er keine angehabt, als sie ihn entführt hatten. *Wie haben die mich aus dem Hotel gebracht*, fragte er sich und gab sich selbst eine launige Antwort: „Ja, hihihi und hahaha, unser Bester hier hat wirklich mega einen über den Durst getrunken. Und ab durch die Mitte und danke für den Fisch!"

Er erinnerte sich mit Beschämung, dass er Elias *Hurensohn* geschimpft hatte, als der den Entführern verriet, wovor er am meisten Angst hatte. Er dachte, dass er sich bei ihm dafür würde entschuldigen müssen, wenn er hier jemals wegkam – wenn er ihn gesund wiedersehen sollte. Zu seiner Entschuldigung konnte Stefan anführen, dass er sich in einer nicht ganz alltäglichen Situation befunden hatte und ziemlich außer sich war vor Angst und Panik.

Komisch. Im Kino steckte die Helden das wesentlich lockerer weg. Wenn die mal schreien, dann immer sehr männlich. Die heulen nie.

Eine nicht ganz alltägliche Situation also.

Bei dem Gedanken entrang sich ihm ein irres Kichern. Nicht ganz alltäglich. Oh, so mancher Euphemismus ist wirklich wie ein trockener Finger im Arsch. Er betrat die Zelle, beugte sich zu Atims linker Hand und probierte Daumen und Zeigefinger aus, um das Smartphone zu entsperren. Mit dem Daumen von Atims rechter Hand klappte es, und er verließ eilig den Raum. Einerseits, weil er fand, dass es hier nach Tod zu riechen begann, und zweitens, weil ihm war, als ob er ein rattiges, dünnes Pfeifen aus den Wänden hören konnte.

Verdammte Ratten.

Nicht nur, dass er sie hasste, dass er sie fürchtete. Ihre Anwesenheit, allein die Möglichkeit ihrer Anwesenheit, machte ihm wieder zu dem kleinen Jungen, der er war, als ihn sein Vater und dessen bester Freund in dem Keller vergessen hatten, den sie an jenem langen zurückliegenden Sonntagvormittag ausgeräumt hatten. Ein Altbau im neunten Bezirk von Wien, ein stickiger, greifbar dunkler Keller. Und er selbst, von der Dunkelheit umschlungen, wie er sich im Kreis drehte und immer wieder „Papa?" fragte. Zuerst noch mit dem Gottvertrauen eines glücklichen Kindes, das wusste, dass der Vater immer da war.

Immer.

Dann das Gewusel, das Fiepen, so vielstimmig und bösartig. Wie die pelzigen Leiber aus einem Loch in der Wand gekrochen kamen. Er konnte es sehen, weil hoch über ihm eine verdreckte Scheibe gewesen war, durch die das Licht des verregneten Vormittags in die Kellerfinsternis sickerte.

Er erinnerte sich, wie das Entsetzen das kindliche Vertrauen zur Seite schob – mit widerlicher Beiläufigkeit. Wie die Ratten seine Füße umwuselten und er die Blase nicht mehr halten konnte und weinte und sich gleichzeitig vor Angst übergab und anschiss und schrie und fasst am eigenen Erbrochenen erstickte.

Damals, als er acht Jahre alt war, dachte er, er würde sterben und die Ratten würden ihn bis in den Tod hinein verfolgen, um ihn zu fressen, um in ihn hineinzukriechen, weil es im Körper eines toten Jungen warm war.

Ihm kam es wie eine Ewigkeit vor. In Wirklichkeit war er zwanzig Minuten mit den Ratten allein in der Kellerfinsternis. Sie hatten ihn gebissen. In die Waden, in die Finger der rechten Hand, in die Zehen, die in Sandalen steckten.

Als sein Vater schließlich in den Kellerraum zurückkam, *um Gottes Willen* schrie und ihn hochhob und hinaustrug, stand Stefan schwer unter Schock und seine nächste Erinnerung an diesen Tag war, dass er im Krankenhaus in einem Behandlungsraum ins Licht blinzelte, während warme Hände ihn auszogen und ihn sauber machten. Obwohl er sich nicht genau an seine Gefühle damals erinnern konnte, meinte er, sich an ein Gefühl von vollkommener Verwirrung zu erinnern, aber auch an einen Hauch Dankbarkeit.

Im September, acht Jahre später hatte er Elias bei einer ihrer Wanderungen durch das nächtliche Wien die Geschichte erzählt und gedroht, er würde ihn umbringen, wen er darüber lacht. Aber Elias war eben Elias und er lachte nicht, sondern zog ihn einfach zu sich, in seine Freundschaft hinein und murmelte: „Ich werde nie über dich lachen. Außer ich erwische dich beim Wichsen, Mann!"

Und damit war dieser heilige Moment ihrer jungen Freundschaft auch schon wieder vorbei.

Zurück im Aufenthaltsraum legte er das Smartphone vorsichtig zur Seite, nahm es wieder in die Hand, wischte durch die Menüs, bis er die Spracheinstellungen fand, und stellte das Menü auf Deutsch um. Der Akku war zu 99% voll. Dann legte er es wieder weg, zog Atims Trainingsanzug und Shirts aus und schlüpfte in seine eigenen Sachen: Die weite graue Jogginghose, die er im Hotelzimmer angehabt hatte, das graue Nike-T-Shirt und das schwarze, weite Sweatshirt. Zusammengerollt im Kasten fand er die schwarzen Sportsocken, die er angehabt hatte – bitte war denn niemanden aufgefallen, dass der schwarze Typ, den die drei Männer aus dem Hotel brachten, verdammt noch mal keine Schuhe angehabt hatte? *Nein?* Na, so ein Scheiß aber auch!

Dann nahm er die große, dünne Daunenjacke, setzte die Haube auf, zog sie über die Ohren und ließ sich breitbeinig auf den Sessel fallen. Dachte kurz nach. Was noch?

Okay. Das Antibiotika und was es hier sonst noch an Nützlichem gibt. Er stand auf, wischte noch einmal durch die Menüs und fügte seinen eigenen Fingerabdruck hinzu, um das Smartphone entsperren zu können. In einem der Spinde fand er einen grauen, abgewetzten Adidas-Rucksack aus Stoff. Im Kühlschrank war neben einer ordentlichen Ladung Dosenbier auch ein Dreierpack Proteinriegel und drei Dosen Red Bull. Wahrscheinlich, um den Inhalt mit dem Wodka zu mischen, der auf dem Tisch wartete. Neben der Flasche lag ein halb aufgegessenes Sandwich auf zerknitterter Alufolie. Mit Schinken, Käse, Eiern, Salat und Mayonnaise. Sah aus wie die Art von Sandwich, die man in jedem Tankstellenmarkt neben der Kasse kaufen konnte. Stefan verschlang das Sandwich im Stehen und rülpste, als er fertig war. Dann riss er eine Dose auf und trank gierig den Energydrink, nahm eine Tablette aus der Folie und schluckte sie. Rülpste wieder, streckte die Arme nach oben, verschränkte die Finger ineinander und dehnte sich. Der jähe Schmerz in der linken Hand erinnerte ihn daran, dass er nur noch neun Finger hatte und dass er von sehr großem Glück reden konnte, wenn er am Ende des Abenteuers irgendwie den Finger wieder angenäht bekam. Aber um dieses Happy End zu erleben, musste er erst einmal ganz dringend von hier weg. Er packte die Proteinriegel und die beiden verbliebenen Dosen Red Bull in den Rucksack zu den Kapseln mit Antibiotika, schloss und schulterte ihn.

Als er das Gebäude verließ, war es dunkel. Der Vollmond saß tief auf einer Wolkenbank und ließ sie leuchten wie vergossene Milch. Es war kühl, aber nicht kalt und es war windstill. Das war gut und das war schlecht. Er konnte so besser hören, wenn sich etwas in seiner Nähe bewegte. Aber er konnte auch besser gehört werden.

Das Mondlicht war so hell, dass Stefan einen scharfen Schatten warf. Der Park vor dem Gebäude war bestimmt vor langer Zeit einmal eindrucksvoll gewesen, jetzt war es nur noch Brachland, auf dem herausgerissene Fensterrahmen und Bodenbretter lagen. Hier war einmal ein mondäner Park gewesen, erkannte er im Mondlicht an den Einfassungssteinen, die lang vergangene Blumenbeete erahnen ließen. In etwa fünfzig Meter Entfernung sah er mehrere Baumgruppen. Stefan bückte sich, berührte den Boden. Er war klamm und feucht. Der geschmolzene Schnee war noch nicht ganz ins Erdreich gesickert.

Während er an der Längsseite des Gebäudes entlanglief und einzuschätzen versuchte, wie alt es wohl war, ließ er die Arme kreisen, um warmzuwerden. Es war ein Gutshaus, ganz sicher. Irgendwann war vermutlich mal die Erblinie ausgetrocknet und es fühlte sich niemand für die Erhaltung zuständig. Auch nicht für den Abriss. Auf der Rückseite parkte ein schwarzer Renault Megane, Baujahr 2024, der ziemlich verdreckt war. Daraus schloss Stefan, dass das Gebäude nicht dort war, wo die Entführer ihr Leben lebten, was auch immer sie für ein Leben führen mochten. Das Anwesen schien weitab von besiedelten Gebieten. Aktuell fühlte er sich zu paranoid, um mit dem Auto eines Entführers zu flüchten, aber da stand der Wagen und er hatte das Gefühl, dass er es zu Fuß nicht wirklich weit schaffen würde. Ratlos ging er um den Wagen herum und wog ab. Er rief sich die neue Telefonnummer von Elias in Erinnerung. Nahm das Smartphone heraus, entsperrte es und wählte die Nummer.

Anrufbeantworter.

„Alter, heb ab, ich bin's. Ich bin raus, habe keine Ahnung wo ich bin und versuche, mich abseits der Straßen und Siedlungen durchzuschlagen. Die Entführer haben damit geprahlt, die Leute hier seien alle eingeweiht und ich trau mich voll nicht, hier irgendwen um Hilfe zu bitten. Vielleicht finde ich eine Bahnstrecke, an der ich mich orientieren kann. Sag meinem Papa, die können die Ratifizierung machen! Ich nehme den Wagen von einem der Entführer und versuche irgendwie, in Sicherheit zu kommen."

Stefan starrte das Smartphone an, dann wählte er die Nummer noch einmal und sprach auf den Anrufbeantworter: „Ich habe einen von ihnen umgebracht. Ich bin ein Mörder und ich weiß nicht wie … wie ich mich fühlen soll. Mir gehts dreckig, hab Schwächeschübe und die voll fette Scheißerei wegen der Antibiotika, die ich wegen der Wunde nehme. Ich könnte wirklich Hilfe brauchen, weißt du?"

Er steckte das Handy in die Jackentasche, nahm den Autoschlüssel, entriegelte den Wagen und öffnete die Fahrertür. Innen roch es wie neu und es sah auch sauber aus. Er inspizierte kurz das Innere und fand in der Mittelkonsole eine kleine, dünne Powerbank mit dem dazugehörigen USB-C-Kabel. „Sehr gut", sagte er leise zu sich. Er drückte den Anlasser und hörte nur ein dünnes Summen. Hybrid, na wie fein.

Was mache ich nur? Wohin?, dachte er.

„Scheiße", antwortete er sich flüsternd und stellte den Regler auf ‚Drive' und lenkte den Wagen im Schritttempo zur unbefestigten Zufahrt, die kerzengerade durch einen dichten Wald führte. Während er den Wagen mit der rechten Hand steuerte, schob er den Sitz mit der elektronischen Einstellung nach hinten, justierte die Lehne und betrachtete das Navi in der Mittelkonsole.

„Nach Tallinn, natürlich. Wo soll ich *sonst* hin?"

Als er auf eine befestigte, schmale Forststraße kam, überlegte er, ob er das Licht abdrehen sollte. Und gleich darauf fragte er sich, was hier wohl mehr auffiel: Ein junger Neger mit Dreadlocks in einem beleuchteten Auto. Oder ein bei Nacht und Nebel durch den Wald fahrendes, unbeleuchtetes Fahrzeug.

Mehr aus einem Bauchgefühl heraus als aus faktenbasierten Überlegungen lenkte er den Renault nach links und sah, dass der Wald hier nicht zu Ende war, sondern erst so richtig begann. Eine endlose, gerade Straße durch einen unendlichen Wald. Er ließ die Scheinwerfer an, blendete aber nicht auf. Sicher ist sicher. Aus dem Augenwinkel sah er mal links und dann wieder rechts Schatten, die im Mondlicht dem Xenon-Licht des Wagens nachliefen. Im Rückspiegel sah er nichts.

Wilde Hunde vielleicht?

Die huschenden Schatten verstärkten seine Angst und das bedrückende Gefühl, mit dem Mord und dem Ausbruch aus der Gewalt der Entführer nichts erreicht zu haben.

Gar nichts.

EINE HELFENDE HAND

Erst als er aus dem Flughafen war und sich orientierte, wo der Taxistand war, holte Elias sein Smartphone aus dem Flugmodus und sah, dass er zwei entgangene Anrufe hatte. Beide von einer unbekannten Nummer mit estnischer Vorwahl. Weiter links vor dem Terminal fand er ein paar wartende Taxis. Eine Reisegruppe mit großem Gepäck enterten einen Minibus. Sonst war hier wenig los. Nachdem er der Taxifahrerin gesagt hatte, dass er zum Palace Hotel wollte und sie auf Englisch einige belanglose Freundlichkeiten ausgetauscht hatten, ließ er sich auf der Rückbank in die Polster sinken, zog das Smartphone aus der Hosentasche der schwarzen Jeans, die er anhatte und hörte die erste Nachricht ab. Wurde blass. Seine Hände zitterten und ihm brach der kalte Schweiß aus.

Dann hörte er die zweite Nachricht ab und sein eigener Atem fühlte sich im Hals an wie Sand.

Er wählte über die App, die ihm Caramello geschickt hatte, die Nummer von seinem *Man in the chair*, der nach einmal läuten abhob und *Digame* sagte. Elias flüsterte, dass er von Stefan kontaktiert worden sei, dass er fliehen konnte und nun irgendwo draußen im Auto eines der Entführer herumirrte. Und dass er wohl einen von denen überwältigt und ermordet hatte. Elias hörte, wie Caramello dem Chef der Kriminalpolizei von Gran Canaria, diesem schwergewichtigen Armas Ramos, etwas auf Spanisch sagte, und der ihm Anweisungen gab.

„Gib mir die Nummer, von der aus er angerufen hat. Wir schicken ihm eine App, mit der er das Smartphone härten kann!"

„Härten, was meinst du?"

„Ist dann komplett verschlüsselt und unsichtbar für alle Trackingversuche. Polizeisoftware. Und sag ihm, er soll die Kiste stehenlassen. Autos kann man tracken und dieses Tracking zu umgehen, ist kompliziert. Besonders wenn man nicht die Zeit dazu hat und auf der Flucht ist. Versuch, ihn zu erreichen und sag ihm, dass er nicht allein ist. Er wird jede Ermutigung brauchen, die er kriegen kann!"

Obwohl es Elias in den Fingern brannte, wartete er, bis er im Hotel angekommen und eingecheckt war. Er hinterließ beim Empfang eine Nachricht für Stefans Vater, fuhr in den fünften Stock und warf den Trolley aufs Bett. Entschlossen nahm er das Smartphone, wählte die

Nummer, von der er angerufen worden war und ließ es läuten.

Erst nach etwa fünf Kilometern durch den Wald erkannte Stefan, dass rund alle sechshundert Meter Forststraßen von der Straße abgingen. Als er die nächste Abfahrt sah, lenkte er den Wagen mit Schwung in die Schneise, parkte ihn einen Meter von der Baumgrenze, sprang aus dem Wagen, riss die Trainingshose samt Unterhose runter, hockte sich hin und ließ es raus. Gleichzeitig übergab er sich und versuchte dabei, sich nicht schmutzig zu machen.

Als er verschwitzt und geschwächt zum Auto zurückkam, läutete Atims Handy. Stefan starrte es an wie ein gefährliches Insekt. Es lag auf dem Beifahrersitz mit dem Gesicht nach oben und nach dreimal Läuten erkannte er die Nummer am Display und hätte vor Erleichterung fast geschrien. Schweiß und Tränen liefen ihm übers Gesicht.

„Alter. Ich brauche Hilfe. Ich bin am Arsch."

„Pass auf. Lass das Auto stehen. Versteck es irgendwo. Du hast eine SMS aus Spanien bekommen. Da ist ein Link und da kannst du eine APK runterladen …"

„APK – was?"

„Eine Polizeiapp. Die verschlüsselt dein Handy und macht es unsichtbar. Hör mal, Stefan. Du bist nicht allein. Ich habe Freunde in Spanien bei der Polizei und die haben Freunde bei der Polizei in Estland. Und die tauschen Informationen unter dem offiziellen Radar aus. Du musst jedenfalls weg von dem Auto. Es kann geortet werden, und die Leute, die hinter dem ganzen Scheißdreck stecken, haben die Mittel, es zu orten, bevor es die Polizei tut. Wenn du die Möglichkeit hast, geh in den Wald. Installiere die App. Ich kontaktiere dich in etwa dreißig Minuten wieder und kann dir helfen, dich zurechtzufinden."

Stefan stieg in den Wagen und steuerte ihn fünfzig Meter in den Forstweg, machte die Tür auf und nahm Atims Handy. Ja, da war eine SMS mit einem Link. Er lud die App herunter, installierte sie und folgte der Anweisung in der SMS. Er musste einen Benutzer anlegen, einen Pin eingeben, ein Passwort vergeben und mit dem User, dem Passwort und dem Pin auf die SMS antworten.

Erledigt.

Dreißig Sekunden später kam eine Nachricht.

‚Zugriff akzeptiert. Mobile Device verschlüsselt'

Er drehte die Zündung ab und es wurde schlagartig dunkel um ihn. Nicht ganz. Der Mond warf sein kaltes Licht auf den Wald und selbst hier, zwischen den wilden Sträuchern, konnte er seinen Schatten sehen.

Die App meldete sich mit einem trockenen Klick.

Die Nachricht war auf Englisch und ließ ihn erstarren. Wenn man denkt, es könne nicht mehr schlimmer kommen, dann taucht immer irgendein Kastenteufel auf und belehrt einen eines Besseren.

Es war viel schlimmer als erwartet.

Was ihn weitermachen ließ, war, dass er nicht mehr ganz allein war. Er hatte Leute, die sich um ihn sorgten.

In der nächsten Nachricht war eine Mappe eingebettet. In der Mappe war ein roter Punkt.

Das bist du, stand da auf Englisch.

Norden, Süden, Osten, Westen, du gehst nach Norden. Schnell. Der Kompass ist genau. Halte dich an ihn!

Stefan ging los und flüsterte mit fast amüsierter Bitterkeit: „Leck mein Arschloch, Schicksal. Ich bin nur ein Ablenkungsmanöver? Fick dich!" Er wollte scharf und heldenhaft klingen, hörte aber, dass sein Fluchen eher wie das Winseln eines getretenen Hundes klang.

Als er sich nach Norden durch den Wald kämpfte und nervös war, weil die Sträucher und Äste im Dunkel waren wie Krallen und Hände, die nach ihm griffen, sah er wieder die Schatten, die links und rechts neben ihm lautlos durchs Gehölz huschten. Nach genau dreißig Minuten hörte er wieder das trockene Klicken. Er wischte über den Bildschirm und las: *Es geht los. Halte dich von jetzt an Nordnordwest, beachte die Markierung am Kompassrand.*

Stefan sah die grüne Markierung, die genau auf Nordnordwest lag und passte die Gehrichtung an. Das machte sein Vorwärtskommen nicht leichter und auch der Durchfall meldete sich wieder.

Wenn es dir übel geht, versuch, iwo – eine Mulde zu finden, die du mit Ästen und Laub zudecken kannst. Für die Nacht sind fünf Grad plus angesagt, es bleibt trocken und windstill. Halt dich warm. Pass auf dich auf!

Stefan schaffte noch einmal zwanzig Minuten, dann hockte er sich in eine Mulde und erleichterte sich wieder, nahm ein Papiertaschentuch aus Atims Jacke und reinigte sich. Danach ging er noch einmal zwanzig

Minuten und dankte still dem Licht des Mondes, das es ihm erlaubte, sich notdürftig zu orientieren. Nach weiteren fünf Minuten durch das Geraschel und Gekeckere, das Schlurfen und Kichern der Waldnacht fand er eine eineinhalb Meter tiefe Mulde und begann sofort, den Erdboden mit Laub und Reisig zu bedecken. Das Problem war, dass das meiste Zeug noch feucht war von der raschen Schneeschmelze der vergangenen Stunden. Der Windbruch in diesem Teil des Waldes war ergiebig und er schaffte es, in zwanzig Minuten, aus Ästen, Moos und Laub eine Überdachung zu bauen, die von außen nicht zu erkennen war. Er machte das nicht zum ersten Mal. Seine Grundausbildung beim österreichischen Militär machte sich ebenso bezahlt wie die unzähligen Exkursionen, die er mit anderen Studenten unter der Leitung eines verwilderten Professors im Freien verbracht hatte. Wo sie sich mithilfe der Gegebenheiten Unterkünfte gebaut hatten, um der Natur so nahe zu sein, dass man sie hören konnte.

KOMMANDO

Toms Balodis machte sich auf den Weg, dachte, wie verrückt das Wetter zu dieser Jahreszeit sei. Er erholte sich davon, nach einem Streitgespräch in der Küche seinen Vater so abgrundtief zu verabscheuen, weil er nicht nur ein linker Intellektueller war, sondern das auch noch so plakativ zeigte. Niemand außer ihm war in dieser Gasse unterwegs. Hier standen nur wenige Einfamilienhäuser in großen Abständen zueinander auf den weitläufigen Grundstücken. Er zündete eine Zigarette an und dachte darüber nach, wie er Ludis Eglite erklären sollte, was ihm sein Bauchgefühl sagte. Das war recht schwer, denn Eglite reagierte sehr oft aufbrausend, wenn man ihm zu erklären versuchte, dass man sich geirrt hatte.

Und es war ein Irrtum, nicht wahr? Die Idee, Macht zu haben und die eigene nationalistische Dominanz an der Wehrlosigkeit eines entführten Diplomatensohns zu schärfen – das war Humbug. Eine Schimäre aus Selbsttäuschung und latentem Sadismus. Selbst der politische Hintergrund der zusammengereimten Begründung war Unsinn: Erst nach einer Nachdenkpause, die der Euphorie folgte, in der sie sich gegenseitig unablässig dazu gratuliert hatten, nun am Drücker zu sein und etwas für das eigene Volk zu tun, dämmerte es ihm: Eine multinationale Erklärung unterschreibt man nicht, die ratifiziert man. Und selbst wenn es einen Unterschriftakt gegeben hätte - sie hätten mit ihrer Aktion nicht mehr erreicht, als das symbolhafte Datum der Unterschrift zu verhindern. Denn sobald sie Stefan freilassen und dem Plan von Le Fantom folgend, nackt auf einer Autobahn vollgepumpt mit Drogen aussetzen, um seinen Tod zu inszenieren; was brächte das? Außer irgendwelche homosadistischen Fantasien zu befriedigen?

Nichts. Dann ist der Sohn eines Diplomaten tot und nach so einem Vorfall würde man nicht einfach in der Tagesordnung übergehen, nicht hier und nicht in der aktuellen politischen Situation. Das öffentliche Interesse wäre zu groß, um nicht alle Kräfte zusammenzuziehen, um die Täter zu fangen, vor Gericht zu stellen und für immer wegzusperren – wenn ihnen auf dem Weg zum Gefängnis nicht etwas sehr Schlimmes widerfahren sollte.

Bei einem Auto, das ungefähr zehn Meter von ihm entfernt auf der

anderen Straßenseite parkte, wurde das Licht aufgedreht und bevor Balodis sich so verunsichert fühlte, dass er einfach kehrt machte und zum Grundstück der Eltern zurück ging, sprach ihn eine wohlklingende Stimme von hinten an: „Herr Toms Balodis, darf ich annehmen?"
„Ja, der bin ich. Wer will das wissen?", versuchte er, mit Unfreundlichkeit seine Nervosität zu überspielen.
„Ach, wir haben einen gemeinsamen Freund, lieber Herr Balodis. Und er hat uns höflich gebeten, uns einer unerfreulichen Sache anzunehmen."
„Welche … was … welche unerfreuliche Sache?"
„Sie, mein lieber Herr!"
Der Mann tauchte wie ein Gespenst seitlich auf, trat vor Toms Balodis und ließ sich eine Sekunde lang betrachten. Er war unrasiert, und doch wirkte er gepflegt. Er trug eine Sturmhaube, schwarze Combat-Kleidung, Schnürstiefel und erschien durch und durch bedrohlich. Er sah nicht aus wie jemand, den man verarschen oder mit Parolen und Verständigungscodes verwirren konnte. Toms Balodis holte Luft, um irgendetwas zu sagen, als der Mann einen raschen Schritt zur Seite machte, sein rechtes Bein anhob und mit einer fast anmutigen Bewegung mit voller Kraft gegen Toms rechtes Knie trat. Der Schmerz war eine Explosion. Er spürte nicht nur, dass etwas unwiderruflich zu Bruch gegangen war – er sah es auch. Sein Knie knickte nach hinten durch, er hörte das Krachen von Knochen und das Reißen von Sehnen. Was auch immer diesem Schmerz folgen würde, Toms war sicher, es würde von nun an nur noch Schlimmer werden und er wusste nicht, ob er überleben würde. Oder wollte.
„Schmerzen", sagte der Soldat in Schwarz, „sind Le Fantoms Meinung nach ein probates Mittel, um sich die Aufmerksamkeit zu sichern. Habe ich Ihre Aufmerksamkeit?"
Toms liefen die Tränen über die Wangen, als er zur Seite kippte und auf dem Boden aufschlug, und zwar so, dass er noch einmal das zertrümmerte Knie berührte. Er nickte: „Ja, ja, ja."
„Gut, mein Lieber. Meine Freunde werden Sie zu dem Wagen dort begleiten und dann dirigieren Sie uns freundlicherweise dorthin, wo Ihr Stefan Talha Kareem gefangen haltet. Und ich bete schon jetzt für Sie, dass Ihr Freund, Atims Jansons, ein zuverlässiger und aufrechter Bursche

ist, und den Gefangenen gut bewacht hat. Widrigenfalls hat uns Le Fantom berechtigt, an Ihnen neue Verhörmethoden auszuprobieren, die mit den Menschenrechten vollkommen unvereinbar sind. Nicht, um Sie zu verhören. Le Fantom würde sich einfach nur freuen, Ihnen beim Sterben zuhören zu können. Ich weiß nicht, was *ich* mir wünsche. Und auf los geht's los, mein Lieber!"

Zwei Männer kamen auf sie zu. Vollkommen entspannt, leise, unauffällig. Sie halfen Toms hoch und schleiften ihn über den Boden zur Heckklappe des SUVs, wo sie ihn auf der Ladefläche ablegten und die Klappe schlossen. Dann stiegen sie ein und der, der Toms das Knie zertrümmert hatte, fragte im Plauderton: „Und? Wohin geht die Reise."

„Linnuraba", schluchzte Toms verzweifelt. „Er ist im Keller auf Gut Linnuraba."

Er hörte noch, wie der kräftige Mann dem Kerl am Steuer sagte: „Gib den Kurs ein. Fahr schnell, aber ruhig. So viel Zeit haben wir noch, bis die Polizei kommt."

Der Mann, der ihn als Esters angesprochen hatte, saß auf der Rückbank, drehte sich zu ihm um und verpasste ihm einen Handkantenschlag auf die Nase, die wie morsches Holz brach. Toms glitt aus dem brennenden Schmerz in ein gnädiges, dröhnendes Halbdunkel.

Ludis Eglite war verärgert, weil sich Toms so viel Zeit ließ, zu ihm ins Rauchloch zu kommen. Am Ende würde er selbst zum Laden gehen müssen, um eine Palette Bier zu besorgen. Atims bewachte den Nigger, und so, wie er die Nachrichten verstanden hatte, war die feierliche Absegnung des Paktes abgesagt worden. Und zwar offiziell, weil der Sohn eines EU-Diplomaten entführt worden war. Die Polizei, sagten die Nachrichtensprecher, würde ihre Kräfte mit der Antiterroreinheit vereinen und auf ein etwa sechs Quadratkilometer großes Waldstück im Süden von Tallinn konzentrieren. Das war viel zu nahe, und selbst wenn Ludis zu arrogant war, um zu befürchten, man könne sie mit der Entführung in Verbindung bringen, machte ihn die Entwicklung ein wenig nervös. Den Neger zusammenschlagen, war ja okay, auch das mit dem kleinen Finger war aufregend gewesen. Aber ihm die Hand absägen? Ludis Eglite brauchte schon für das Zusammenschlagen von linksliberalen Studenten eine Art moralische Rechtfertigung. Jemand einfach so eine

Hand abzuschneiden, weil jemand anderem der Sinn danach stand, kam ihm absurderweise unanständig vor. Neger hin oder her. Das wäre so ein kranker Scheiß wie die Quälereien in den SAW-Filmen. Jemand zusammenschlagen, war männlich. Jemand zu verstümmeln, war pervers. Und das war der Punkt, wo er anfing, sich in Gegenwart von Toms unbehaglich zu fühlen. Atims spielte mit dem Gefangenen wie eine Katze, Toms schien die Macht zu genießen. Fieberheiß.

Er hörte Schritte und holte schon Luft, um Toms anzuscheißen und um ihm danach den Ausweg zu bieten, alles wieder gutzumachen, in dem er freiwillig Bier holen ging.

Doch als die Tür aufging, sah er, dass das nicht Toms war und er sprang auf, empört über die Unverschämtheit, dass sich jemand anmaßte, hier einfach einzudringen. Es waren zwei Männer, sicher über dreißig. Beide unrasiert, in Jeans und schwarzen Combat-Jacken. Dunkelhaarig, der eine groß und muskulös, der andere untersetzt. Und beide sahen nicht aus, als ob man mit ihnen spaßen konnte. Der Kleinere pusselte ein Smartphone aus der Jackentasche, strich über die Oberfläche und sagte: „Team 1 anrufen." Er wartete einen Moment, dann meldete sich eine Stimme und sagte: „Red mit mir."

„Wir sind bei unserem Freund, Herrn Eglite. Habt ihr den anderen?"

„Ja, wir haben ihn hier im Wagen und fahren zum Zielobjekt."

„Ist die Zusammenarbeit mit Herrn Eglite also nicht mehr vonnöten?"

„So ist es. Bitte liquidieren. Übrigens hatten wir bis vor ein paar Minuten ein sehr deutliches Signal von Atim Jansons Mobilgerät. Jetzt ist es weg. Komplett. Bitte Herrn Eglite entsorgen, ohne herumzuspielen, und dann unverzüglich aufschließen. Die Polizei rückt bereits an und trifft sich mit uns am südöstlichen Waldrand von Linnuraba. Exekutieren und aufrücken. Bitte bestätigen."

„Bestätigt", sagte er der Kleinere seelenruhig und beendete das Gespräch. An den Großen gewandt sagte er: „Wir haben fünf Minuten, um mit ihm zu spielen. Ich denke, wir zerschießen den Idioten einfach."

Ludis hörte den beiden Männern mit wachsendem Entsetzen zu und spürte, dass er ernsthaft in Gefahr war. Also sprang er auf, vom Alkohol in der Motorik gestört. Die beiden Männer zogen Schusswaffen mit hochmodernen Schalldämpfern und begannen, Ludis Eglite zu zerschießen. Von den Fußgelenken über die Schienbeine, die Knie, den Schoß hinauf zum Bauch. Dabei umrundeten sie den vor Schmerzen schrill kreischenden Mann wie Tänzer einer besonders künstlerischen Tanzperformance. Nach genau fünf Minuten schoss der Größere direkt in Ludis Kopf und beendete das Spiel. Er sah auf seine Armbanduhr: *„Puh*. Allerhöchste Eisenbahn. Abmarsch, mein Lieber."

Ohne sich noch einmal umzusehen, verließen sie das Rauchloch, den Keller eines einst gut gehenden Lokals, das am Stadtrand von Harku stand, wie ein Mahnmal der vergangenen Coronazeit. Drinnen stank es nach Kordit und Zigarettenrauch, nach Asche und verschüttetem Bier. Draußen zog von den nahen Mooren ein sumpfiger, organischer Geruch mit dem Bodennebel durch die klare Nacht herüber.

ZWISCHENSPIEL: MANN OHNE GESICHT II

Der Plan war so simpel und so effektiv gewesen, wirklich. Und trotzdem sah sich Le Fantom dazu gezwungen, nach dem Rechten zu sehen.

Die ganze Kommandoaktion hatte er sich fünf Millionen Euro kosten lassen, gute Männer um sich versammelt und einen Teil der Planung aus der Hand gegeben. Und siehe da: Wenn etwas schiefgehen kann, geht es schief. Ist so. Quasi ein Naturgesetz. Er hatte zugelassen, dass die drei Vollidioten, die Stefan Talha Kareem entführten, das Versteck auch vor ihm geheim hielten – was aber aus seiner Sicht nur pro forma war. Er hatte sich vor Beginn der Planung und auch während der Planung intensiv mit den Gegebenheiten Estlands befasst und wusste, sie hatten nur zwei Optionen, wenn sie nicht ganz vertrottelt waren. Gut Harku oder Gut Linnuraba. Harku war zu nahe an ihrem direkten Lebensumfeld und deshalb ein zu großes Risiko. Abgesehen davon lag Gut Harku nicht abgeschieden genug. Anders Linnuraba. Das lag weit ab von der nächsten Bundesstraße, und so weit von der nächsten Ortschaft entfernt, dass es auch für radfahrende Herumtreiber unattraktiv war, dorthin zu fahren. Und wenn die Jungs mal in das Alter kamen, in dem sie den Führerschein machten und das erste Auto kauften, fuhren sie alle schnurstracks nach Tallinn, um dort in die Bars einzufallen, um Mädchen zu befingern und einander abzuwichsen.

Le Fantom lächelte bei dem Gedanken von jungen Fingern, die Mösen nass fingerten. Sein Range Rover stand gut versteckt in einer Senke neben dem Forstweg, durch den schon seit ewigen Zeiten kein Wagen mehr gekommen war. Nach Norden hin öffnete sich der Wald in eine weite Sumpflandschaft mit vereinzelten Baumgruppen und Gebüschen. Über die Jahre hatten die Gemeinden in dieser malerischen Landschaft Holzstege errichtet, auf denen man bequem den Morast überqueren konnte. Lange, gerade Wege aus Holzdielen, die in dieser Landschaft passend und unpassend zugleich anmuteten, fand Le Fantom.

Was ihm zu denken gab, seitdem er in Tallinn aus der Privatmaschine gestiegen war, waren die trockenen Antworten von Luis, seiner KI. Luis de Funés klang nicht mehr fröhlich und schrill, sondern wie ein humorloser Lohnbuchhalter. Die nächste Irritation war, dass er Elias Mataanoui nicht mehr orten konnte. Er schien nicht nur seinen Anbieter und auch das Gerät gewechselt zu haben, sondern auch irgendeine Software zu nutzen, die es unmöglich machte, seine Daten erneut aus den Weiten des Webs zu fischen.

Das war ärgerlich.

Vielleicht werde ich langsam alt, dachte er mit ein wenig Wehmut. Dann machte er sich daran, das große, tarnfleckige Zelt aufzubauen.

Dabei kam ihm zum ersten Mal der Gedanke, es könnte ein Fehler gewesen sein, Boy Beltham allein in Norwegen im Nest zurückzulassen.

STABAT MATER

Das Smartphone schwieg. Elias hatte in seiner letzten Nachricht über den verschlüsselten Messenger geschrieben, dass sie besser nicht telefonierten. Die App sei nach Polizeistandard verschlüsselt, das Smartphone nur noch für Leute sichtbar, die es auch wirklich sehen sollten. Und dann hatte er ihm noch folgende Zeilen geschrieben: *Ich bin in Estland und fahre gerade mit dem Zug von Tallinn nach Linnuraba. Denn dort bist du. Ich hab deinen Paps gesehen und er hat mich umarmt, stell dir das vor! Ich hab dort ein Zimmer neben seinem bekommen.*
Bleib online, solange es geht. Auf dieser Frequenz.

Stefan hatte seine Arbeit am Fuchsbau immer wieder unterbrochen, weil er im fahlen Mondlicht Schatten durch den Wald huschen sah. Zu hören war nichts, oder er konnte nichts hören, weil die Fieberschübe ein Meeresrauschen in seine Ohren setzten, das andere Geräusche übertönte – er wusste es nicht.

Zuerst hatte er die Vertiefung mit Geäst ausgelegt, bis eine Art schwingender Boden entstand, den er mit Laub und weiteren Zweigen bedeckte. Dann schaffte er größere Äste herbei, während die Schatten ihn beobachteten, und bedeckte die Vertiefung so, dass ein Hohlraum entstand, der etwa einen Meter hoch war. Nach eineinhalb Stunden war der Fuchsbau fertig. Er wusste von seinen Ausflügen mit seinem Uni-Lehrgang, dass er sich vor allem vor der Kälte aus dem Boden schützen musste. Und er wusste, dass es eigentlich das Beste wäre, loszugehen, beständig zu gehen. Nicht zu schnell. Ausdauernd und gleichmäßig. Gegen diese Herangehensweise sprach, dass er vom Durchfall und Fieber zu geschwächt war, und dass er schlicht und einfach Angst vor Begegnungen mit Menschen hatte. Ihm schwirrte noch immer die Aussage im Kopf: *Die Leute hier sind alle involviert. Die wissen, dass wir dich entführt haben. Niemand wird dir helfen.* Das erinnerte ihn an den italienischen Film *Ich habe keine Angst*, in dem ein ganzes Dorf in Italien an der Entführung des Sohnes einer wohlhabenden Familie beteiligt war. Aber das war eben ein Film. Ihm kamen Zweifel, ob der Scheißkerl das wirklich so gemeint hatte, oder ob er es nur gesagt hatte, um ihn zu entmutigen.

Stefan kroch in den Fuchsbau, wo es vollkommen dunkel war. Er bildete sich ein, dass hier drin die Luft muffiger war, aber auch um einen Hauch trockener und … wärmer. Er vermutete mit einem Gefühl des Bedauerns, dass er sich das nur einbildete. Er konnte im Schneidersitz auf der unter seinem Gewicht knirschenden Zwischendecke sitzen, die er gebaut hatte, sein Kopf berührte das verflochtene Geäst. Ein paar Minuten lange blieb er so sitzen und atmete durch, hörte in sich hinein. Die Angst legte sich, und das war gut. Der Magen grollte noch, schien sich aber mit dem Schwinden der Angst auch ein wenig zu beruhigen. Was er jetzt empfand, war eine komplizierte Mischung aus Reue, Wut und Unbehagen. Und das alles getragen von dem Gefühl, aus dem eigenen Leben herausgerissen worden zu sein und nicht mehr zurückzufinden. Um sich abzulenken, nahm er Atims Smartphone, entsperrte es und wischte eine Zeit lange durch dessen Fotos. Das Bewusstsein, dass er die Bilder eines Toten ansah, von jemand, den er getötet hatte, bildete einen tiefen Grundton. Atim war kein fröhlicher Mensch gewesen, zumindest hatte er sich selbst nicht so gesehen, wie man an seinen Selfies erkennen konnte. Es gab eine Reihe von Fotos von ihm mit anderen Arbeitern beim Biertrinken und in einem Sägewerk. Und unzählige Bilder, in denen Atim versuchte, eine Balance zu finden zwischen *Ich bin ein dunkler Denker* und *Ich bin ein dauergeiler Tracksuit-Prolo mit herausforderndem Blick*. Als unsichtbare, dafür aber hörbare dritte Facette kam die Musikauswahl dazu, die Stefan auf Atims Handy fand. Zu neunzig Prozent klassische Musik, aber auch Soundtracks wie zum Beispiel aus dem Film ‚Greatest Showman'. Stefan suchte weiter und fand schließlich ein klassisches Musikstück, das er kannte, obwohl es nicht sehr populär war. Er kannte es, weil es in der Inszenierung von Tennessee Williams ‚Süßer Vogel Jugend' in der Inszenierung von Thorsten Schäfer und Herbert Fischer verwendet wurde. Er hatte diese Aufführung in einer Wiederaufnahme voriges Jahr gesehen, als er einer jungen Frau gefallen wollte, die in der Theaterszene tätig war. Zusatzballett oder so. Sehr weiblich, sehr liebevoll und politisch sehr aktiv.

 Stefan nahm die Ear-Pods aus der Schachtel, friemelte sie in die Ohren und drückte auf Play. Stabat Mater von Pergolesi: Die klagenden Stimmen der Frauen, auf einem beweglichen Fundament aus Kirchenorgel und Streichern trugen ihn fort. Er lehnte sich vorsichtig zurück und schloss die Augen. Als der Titel endete und die Streicher das Andante aus dem zweiten Klavierkonzert von Schostakowitsch einsetzten, fragte sich Stefan mit zunehmender Trauer, welchen Mensch er getötet hatte, als er flüchtete. Dabei fiel er in einen leichten, aber erholsamen Schlaf.

EIN ANRUF MIT FATALEN FOLGEN

Als Stefan in einen flachen und fast traumlosen Schlaf glitt, kam es zu einem merkwürdigen Anruf in der Hauptwache von Tallinn, wo sich Oberkommissar Viktor Kallas darauf vorbereitete, nach Hause zu gehen. Er war ein altgedienter Polizist, der seine staatliche Laufbahn vor vierzig Jahren beim Militär begonnen hatte und nach einem Unfall während einer Kampfübung in den Polizeidienst wechselte, wo er sehr schnell Karriere machte und seit fünfzehn Jahren das K-Kommando leitete, die Sondereinheit für Kapitalverbrechen. Seine Fähigkeiten als Stratege waren ebenso unbestritten wie seine Menschenkenntnis. Und seine manchmal an Brutalität grenzende Autorität. Oberkommissar Kallas war kein freundlicher Mann, und er legte auch keinen Wert darauf, als umgänglicher Mensch gesehen zu werden. Das hob er sich für seine Frau und seine inzwischen erwachsene Tochter auf. Im Kreis der engsten Familie war der drahtige Mann mit der polierten Glatze und dem silbernen Fünftagebart umgänglich und freundlich. Ein Weinkenner und Zigarrenliebhaber, ein leidenschaftlicher Leser und Wanderer. Ein ernsthafter und umsichtiger Mann, der es nicht leiden konnte, wenn man auch nur den zartesten Versuch unternahm, ihn hinters Licht zu führen.

Und der Anruf, den er am kabelgebundenen Diensttelefon entgegennahm, war eine Verarsche, dass ihm die Luft wegblieb. Haben die in der Kadettenschule wieder einen naiven Trottel gefunden, den sie anstiften konnten, den Chef der Kriminalpolizei anzurufen und ihm mit dieser komischen Stimme einen solchen abgedrehten Müll zu erzählen?

„Bitte hören Sie mir genau zu, Oberkommissar Kallas. Stellen Sie keine Fragen, unterbrechen Sie mich nicht. Wenn Sie mich unterbrechen, ist der Anruf beendet und noch mehr unschuldige Menschen werden in dieser Nacht sterben. Hören Sie zu. *Aufmerksam!*"

Viktor Kallas dachte, dass ihm die Stimme bekannt vorkam. Die Tonhöhe, die Klangfarbe, die eigenwillige Betonung. Der Name, den er damit verband, war in greifbarer Nähe.

Fast.

„Die Entführung von Stefan Talha Kareem ist ein Ablenkungsmanöver, um die Aufmerksamkeit der Polizei auf das Gebiet zu konzentrieren, wo Stefan Talha Kareem vermutet wird. Fünf Männer der Sondereinsatzgruppe, die auf dem Weg nach Süden ist, gehören zu einem terroristischen Komplott. Bitte überprüfen Sie, während ich fortfahre, die Namen der Personen:

Taavi Rebane, 35 Jahre
Asko Karu, 29 Jahre
Arto Ivanov, 33 Jahre
Kadri Lepp, 35 Jahre
Veli Kuusk, 29 Jahre

Bei Ihrer Überprüfung werden Sie feststellen, dass diese Namen auch auf dem Soldatenfriedhof Tallinn Maarjamäe gelistet sind. Es sind Opfer der sowjetischen Machtübernahme. Die Männer waren im Widerstand und starben bei einem repressiven Zugriff der Sowjetarmee im August 1941."

Natürlich überprüfte er die Angaben, während er den Telefonhörer zwischen Schulter und Wange einklemmte und den Laptop vom Tisch angelte und auf den Oberschenkeln balancierte. Der mit Regalen eingefasste Raum, von dem aus man durch ein großes Fenster auf den Jirve-Park und dahinter auf die beleuchtete Alexander-Newski-Kathedrale blicken konnte, schien zu schrumpfen. Nein, er schien zu atmen. Die Regale voller Bücher, Magazine, Akten und CD-Boxen aus alten Zeiten wirkten behaglich. Den Büroraum hatte er seit fünfzehn Jahren und den würde er erst mit Pensionsantritt verlassen. ‚Ab einem gewissen Alter', sagte er gerne, ‚ist Stabilität die Königsdisziplin."

„Diese fünf Männer sollen dafür sorgen, dass sowohl die Entführer von Stefan Talha Kareem als auch das Entführungsopfer selbst die Nacht nicht überleben. Die gesamte Aktion soll von einem groß angelegten Mordanschlag auf russische Bewohner im Stadtteil Lasnamäe ablenken. Die fünf ausgewählten Familien sind amtsbekannte russische Aktivisten, die ihnen hinlänglich bekannt sein sollten. Ich gehe davon aus, dass Sie abschätzen können, was die Ermordung von fünf russischen Familien in der Hauptstadt von Estland bewirken, und möglicherweise rechtfertigen kann."

Viktor Kallas atmete langsamer, sein Herz schlug hart und gleichmäßig. Seine Aufmerksamkeit war vollkommen. Und jetzt wusste er auch, woher er die Stimme kannte: Es war die estnische Synchronstimme des französischen Schauspielers Luis de Fúnes. Erst vor ein paar Tagen hatten er und seine Frau auf einem Streaming-Kanal den Klassiker: *Fantomas bedroht die Welt* gesehen.

„Retten Sie die fünf Familien und verhindern Sie bitte den Mord an Stefan Talha Kareem. Er befand sich im Keller auf Gut Linnuraba. Mir liegt die Information vor, dass er flüchten konnte und nun versucht, sich zu Fuß nach Norden durchzukämpfen. Er ist verletzt, hat Fieber und ist geschwächt."

Viktor Kallas flüsterte: „Luis? Luis de Fúnes? Echt jetzt?"
Die Stimme, mit gespielter Fassungslosigkeit: „*Nein!*"
Viktor Kallas mit mühsam unterdrücktem Grinsen: „Doch!"
Die Stimme: „*Oh!*"
Dann war die Verbindung getrennt.

Viktor Kallas schrieb eine kurze, verschlüsselte Nachricht über die Polizeiapp an den Gruppenführer der Sondereinsatzgruppe, die sich auf Harku zu bewegte. Dann setzte er sich mit dem Oberkommando in Verbindung, sagte, seine Quelle sei vertrauenswürdig, obwohl er noch immer nicht ganz davon überzeugt war, nicht doch einem Kadettenstreich aufzusitzen.

‚Wer bitte denkt sich ein solches Husarenstück aus?', fragte sich Viktor Kallas. Man entführt den Sohn eines angesehenen Juristen und Diplomaten der EU, der für die juristischen Formulierungen in einer gemeinsamen Erklärung der baltischen Staaten verantwortlich ist, zieht dadurch die gesamte Aufmerksamkeit der Politik und der Exekutive auf ein fernes Ziel, und macht sich daran, in einer Wohnsiedlung am Stadtrand von Tallinn russische Aktivisten zu ermorden, um das als Streichholz und Benzinkanister für eine Aggression von außen zu nutzen? Eine Intervention – oder wie hieß das – eine militärische Sondermission?

Die Zündschnur war gelegt und das Streichholz brannte. Es war höchste Zeit, etwas zu unternehmen.

Sein Smartphone gab ein U-Boot-Ping von sich. Er entsperrte es und betrachtete eine lange Zeit den Text, der ihm geschickt worden war. Über die Dienstapp. Verschlüsselt. Das war allein schon aufgrund der Quelle ernst zu nehmen.

In der Nachricht stand auf Englisch:
– *Ich bin Alexis Armas Ramos, Oberkommissar der Kriminalpolizei von Gran*

Canaria. Der Mann, den du wirklich suchen musst, nennt sich Le Fantom. Klingt komisch, ist aber so. Er hat das Chaos zwischen Mexiko und Kolumbien im Oktober dieses Jahres verursacht und ist für mehrere Morde auf GC verantwortlich (Siehe EurElAk118). Ich kann dir von hier aus nicht viel Unterstützung anbieten. Wir konzentrieren uns darauf, Stefan Talha Kareem über GPS aus der Gefahrenzone zu bringen, denn augenscheinlich ist deine Einsatzgruppe vor Ort unterwandert. Eine weitere Privatperson ist in der Gefahrenzone. Sein Name ist Elias Mataanoui. Er will seinen besten Freund retten. Er ist mutig, aber unbedarft und naiv. Bitte instruiere deinen Chef vor Ort, beim Gebrauch der Waffe bedachtsam vorzugehen.

Bis dann und viel Glück, Kollege –

Viktor Kallas blieb fast drei Minuten lang reglos in seinem Büro stehen, nachdem er den Laptop auf der Schreibtischunterlage aus Leder abgestellt hatte. Dann starrte er erneut auf das Diensthandy, wählte eine Nummer, wartete ein Läuten ab, bis das Gespräch angenommen wurde und sagte: „Kareem war auf Gut Linnuraba und konnte fliehen. Keine Drohnen verwenden, nur Nachtsichtausrüstung. Er dürfte jetzt drei bis maximal fünf Kilometer nördlich von Gut Linnuraba sein, irgendwo in dem Gebiet, wo sich der Wald zur Sumpflandschaft öffnet. Ich gebe dir eine Liste mit Namen. Diese Leute sind mit höchster Wahrscheinlichkeit Kuckuckseier. Isolieren, entwaffnen. Ich schicke eine kleine Gruppe für den Abtransport. Ihr sucht Kareem. Er ist geschwächt, verletzt, hat Fieber und Angst und vermutlich glaubt er, dass alle Welt hinter ihm her ist, um ihn zu ermorden. Behutsam sein. Verstanden? Und noch etwas. Da irrt ein Zivilist in der Gegend herum, ein junger Kerl namens Elias Mataanoui. Bitte den auch behutsam behandeln. Ist der Freund des Diplomatensohns."

Dann holte er noch einmal die Messenger App nach oben, scrollte ans Ende der Nachricht und schrieb auf Englisch:

– Le Fantom? Wer oder was soll das sein? Ich habe gerade einen Anruf auf der Festnetzleitung bekommen von einem anonymen Anrufer, der klang wie Luis de Funés. Hast Du damit zu tun? –

– Hab ich nicht. Wir konnten Stefan Talha Kareem helfen, den Cryptofor-SST-Service zu installieren, der das ganze Smartphone isoliert und nur noch über unsere Infrastruktur ortbar ist. Le Fantom nennt sich selbst so. Ein scheinbar unermesslich

reicher Verbrecher, dem es nicht um Macht und Reichtum geht, sondern nur um die Tat selbst. Und er geht immer nach demselben Muster vor: Er begeht ein Verbrechen, um damit ein anderes Verbrechen zu verschleiern, zu finanzieren oder erst zu ermöglichen. Ich halte es für möglich, dass er irgendwo dort vor Ort ist. Er liebt es, zu sehen, wie seine Saat aufgeht. Details findest du in den Interpol-Akten EurElAk115 – 121. Sei wachsam, Mann –

Das ließ sich Viktor Kallas nicht zweimal sagen. Er wählte eine Nummer, wartete und sagte: „Schatz, ich komme heute später nach Hause. Es hat sich hier eine gewisse Dringlichkeit ergeben. Ja, mach ich, bringe ich mit. Sowieso. Bis bald!"

Bevor er das Büro verließ, tätigte er noch einen Anruf und versetzte das Überfallkommando in höchste Alarmbereitschaft und forderte an, ein Team in K-Bewaffnung nach Lasnamäe zu schicken und dort besonders die Wohnblöcke siebzehn und fünfundzwanzig im Auge zu behalten, in denen die fünf Familien wohnten, die unter Beobachtung des Staatsschutzes standen. Vielleicht war nichts, nicht diese Nacht, aber irgendwas sagte ihm, dass die Häufung der Zufälle heute Abend … kein Zufall war.

AUSGEFLOGEN

In einem Traum aus Schmerz und Verwirrung erlebte Toms Balodis mit, wie ihn zwei Männer vom Wagen weg über den unebenen Kiesboden hinter dem Haus von Gut Linnuraba zerrten und dabei keine Rücksicht auf sein gebrochenes Bein nahmen. Er war der Ohnmacht nahe und er erinnerte sich fern daran, dass er dieses *nahe dran sein* beim Sex genossen hatte, der sich ihm in seinem Leben viel zu selten geboten hatte. Jetzt sehnte er sich nach der Ohnmacht und wusste nicht so recht, warum. Natürlich lag es daran, dass er in der Ohnmacht den Schmerzen im Gesicht und im Knie entfliehen konnte. Aber in Ohnmacht fallen könnte auch bedeuten, nie mehr aufzuwachen – und gab es eine Garantie dafür, dass man in der Ohnmacht frei von Schmerzen und Angst ist?

Na?

Na, eben.

Toms hing zwischen den beiden Männern wie eine Marionette und ihre Geschäftsmäßigkeit verlieh der unheimlichen Szene im nächtlichen Nebel der Sumpflandschaft einen eigenen Spin.

Der Anführer pfiff leise durch die Zähne, als sie den Raum betraten, in dem der Gefangene sein sollte. Es wäre einfach gewesen. Er hatte die Waffe gezückt und war darauf vorbereitet, keine lange Sache daraus zu machen. Den Gefangenen mit einer mitgebrachten Kleinkalibrigen ins Herz schießen, Toms mit der eigenen Waffe in den Kopf schießen, das Szenario für das Überfallskommando bereitstellen und dann so tun, als seien sie auch gerade gekommen und hätten Toms auf der Flucht erschossen, nachdem er die Waffe auf sie gerichtet hatte.

Aber so sah die Sache natürlich unerfreulich anders aus. Der Gefangene war weg, der dritte Entführer lag nackt auf dem Boden, die offenen Augen milchig, am Hals deutliche Würgespuren, der Mund offen, und im Mund …

„Was hat der da im Mund?"

Der Kommandant beugte sich zum Toten, schnupperte und schüttelte den Kopf: „Riecht organisch, wie Proteine …"

Er stand auf, nahm das Smartphone aus der Tasche und wählte eine Nummer, die er auf Kurzwahl gelegt hatte. Wartete, dann: „Der Gefangene ist weg. Atim Jansons ist tot. Liegt hier nackt und erwürgt in der

Zelle … Ob wir Drohnen haben? Ja, haben wir. Drei mit Wärmebildkameras. Bis vor Kurzem hatten wir noch ein gutes Signal von Jansons Smartphone. Entweder ist es jetzt leer und nutzlos, oder es ist verschlüsselt. Das denke ich auch, ja. Machen wir."

Er beendete das Gespräch und nickte den beiden Männern zu, die Toms auf einem Stuhl abgesetzt hatten.

„Le Fantom hat gesagt, er ist nicht ansehnlich genug, um sein Leiden zu genießen. Exekutieren."

Die Männer gingen je einen Schritt zur Seite und Toms sah den Kommandanten mit einer Mischung aus Resignation und Hoffnung an: „Waren wir gut? Haben wir das Richtige getan für unser Land?"

Der Kommandant zuckte mit echtem Desinteresse die Schultern, beugte sich vor und sagte: „Ihr wart nur ein Ablenkungsmanöver. Und euer Tod ist weniger als ein Kollateralschaden."

Der Schuss war ohrenbetäubend, Toms Balodis kippte mit aufgeplatztem Hinterkopf zur Seite und rutschte vom Stuhl. Vom Loch in der Stirn zogen sich zwei träge Blutspuren zu den dichten Augenbrauen, die ihm seine Mutter immer geschnitten hatte, bevor er zum Friseur ging, weil der dafür extra verlangte. Er sah aus wie geschminkt, blass, mit rosaroten, dünnen Linien im Gesicht. Die Brille zerbrochen, verbogen und schief im Gesicht.

„Richtet das Szenario her. Ich bereite die Drohnen vor."

DER FUCHS UND DAS LICHT

Stefan erwachte, weil er eine warme Bewegung spürte. Bevor er die Augen öffnete, versuchte er abzuschätzen, ob er in Gefahr war, ob er das sehen wollte, was es zu sehen geben würde. Er fühlte sich nicht schlecht – zumindest nicht schlechter als in der Nacht, als er sich diesen Unterstand in einer natürlichen Vertiefung gebaut hatte. Er dankte Professor Kolowrat für die Gratislektionen in Sachen Überlebenstraining im Freien, dass seine Studenten immer als Draufgabe bekamen, wenn er mit ihnen ins Wilde hinaus ging, um die Natur vor Ort zu erforschen.

Es roch nach verrottetem Holz und nach Erde und Harz und weil ihm kalt war, durchlief ihn ein Schauder. Die wohlige Wärme an seinem Bauch und am Schoß bewegte sich und drängte sich näher an ihn und nun roch Stefan einen erdigen Moschusgeruch. Ein Tier war hier bei ihm im Fuchsbau und als er vorsichtig die Augen öffnete, fand er, dass er den Begriff klug gewählt hatte. Ein junger Fuchs hatte sich in der Nacht zu ihm gesellt und sich in der Höhlung zusammengerollt, die Stefan gebildet hatte, als er sich im Schlaf zur Seite gedreht und zusammengerollt hatte. Er widerstand dem Impuls, das Füchslein zu streicheln. Sie waren einander nicht vertraut, obwohl sie das Bett miteinander geteilt hatten. Stattdessen hauchte er: „Na, du?"

Der Fuchs spitzte die Ohren und hob den Kopf, drehte sich ein wenig und scharrte mit den Läufen im Laub. Träge blickte er hoch zu Stefan, der Blick unerschrocken und beobachtend. Um das Tier an Bewegung zu gewöhnen, streckte sich Stefan vorsichtig und langsam und der Fuchs sah ihn an, als wollte er sagen: „Alter. *Echt* jetzt?" Der Gedanke ließ Stefan einen Moment lächeln und dann wurde er wieder ernst, weil er nun begriff, dass er aufstehen musste. Nicht nur, weil er nicht ewig hier mit dem Fuchs bleiben konnte, seinem neuen Freund hier in Estland, sondern weil er weitermusste. Irgendwohin in die Zivilisation, wo die Menschen ihm freundlich gesinnt waren,

Und abgesehen davon, er musste pissen wie ein Pferd. „He, Meister", sagte er zu dem Fuchs, der ihn noch immer distanziert anstarrte. „Ich muss mal. Du gestattest, ja?" Er nahm den Rucksack und schob ihn zum Ausgang.

Obwohl er jetzt durch Hunger und Fieber geschwächt war, schaffte er es, sich mit zwei fließenden Bewegungen um den Fuchs herum halb aufzurichten und mit einer schlangenartigen Kriechbewegung aus dem Bau ins Freie zu klettern.

Er richtete sich auf, griff sich den Rucksack und zog die Schlaufen über die Schultern. Hinter ihm im Bau gab der Fuchs ein eigenartiges Krächzen von sich. Kurz darauf erschien seine goldbraune Schnauze im Freien. Er sah vorwurfsvoll zu Stefan hoch, sein buschiger, weißbrauner Schweif zuckte nach links und rechts. Stefan ging ein paar Schritte nach rechts auf eine Anhöhe, lauschte aufmerksam und hörte nichts außer dem Wald. Irgendwo das Rauschen eines Bachs, das Knarren von alten Bäumen, die sich in einem nicht zu spürenden Wind bewegten. Geraschel. Das war gut. Er drückt mit dem Daumen den Bund der Jogginghose nach unten, holte sein Ding raus und ließ es laufen. Als er sich dabei einmal umdrehte, sah er, dass der junge Fuchs nicht mehr da war.

Dafür sah er etwas anderes, und das, was er sah, ließ ihn fast lächeln. Das Morgenlicht war pastell und geheimnisvoll, über der Landschaft lag dichter Bodennebel, der sich bewegte wie ein schläfriges Meer. In den Bäumen glitzerte das Licht des Morgens. Zu seiner Rechten fiel der Wald in einer sehr flachen Kurve ab und öffnete sich zu einer kühlen Sumpflandschaft. Nachdem er sich erleichtert hatte, ging er zwanzig Meter den Hang hinunter und sah mitten im Moor einen modern aussehenden Bretterweg, auf dem man über die Sumpflandschaft wandern konnte, ohne bis zu den Hüften oder noch tiefer im eisigen Schlamm zu versinken. „Luxus", flüsterte Stefan. Er nahm das Smartphone heraus und sah auf das Display. Es war zwanzig Minuten nach acht Uhr morgens. Er hatte einige Stunden Schlaf gefunden und war nicht entdeckt worden. Das war schon was.

Im Fuchsbau hatte er nichts mehr, alles, was er hatte, trug er bei sich. Nachdem er sich einmal im Kreis gedreht hatte, beschloss er, nicht zur Straße zurückzukehren, sondern sein Glück auf dem Holzsteg zu versuchen. Jetzt fühlte er sich halbwegs ausgeruht, vorsichtig optimistisch und bereit, loszugehen. Im Magen gluckerte es hörbar, und das Fieber schickte von Zeit zu Zeit Schauder über seinen Rücken bis hoch zum Nacken und den Hinterkopf. Obwohl ihn nichts hier hielt, ihn nichts an den Fuchsbau band, hatte er das Gefühl, wegzugehen. Einen sicheren Hafen zu verlassen.

Bevor Stefan über zwei bemooste kleine Inselchen zum Steg hinüberging, suchte er eine Vertiefung, zog die Hose runter, ging in die Hocke und drückte. Es war ein Wasserstrahl von Durchfall und wegen des Gestanks rümpfte er die Nase. Als das erledigt war, bewegte er sich in der Hocke bis zu einem dünnen Wassergerinnsel und reinigte sich, so gut es ging, mit eiskaltem Wasser aus dem Bach. Ein paar Augenblicke später stand er auf den Brettern des Stegs und sah, dass der Weg im dichten Bodennebel verschwand. Es war nicht zu erkennen, wohin ihn der Weg führen würde. Ihm fiel Elton Johns Song von der Yellowbrick Road ein.

Er nahm das Smartphone aus der Jackentasche, die er geschlossen hatte, bevor er eingeschlafen war, um zu verhindern, dass sein Rettungsanker herausrutschte und auf Nimmerwiedersehen verschwand. Er aktivierte es und öffnete die Polizeiapp. Dort fand er zwei Nachrichten. Eine war von einem Sergio Valdez. Die Nachricht war auf Spanisch und Stefan beglückwünschte sich in einem kurzen Nebengedanken dazu, dass er seit vier Jahren unregelmäßig, aber doch, Spanisch lernte. Zum Teil online, aber auch mit einer kleinen Gruppe von Spanienfans, die sich zweimal monatlich in einem Café trafen, um ihre Sprachkenntnisse zu vertiefen – bei Tapas und Wein.

Da stand: *Oye, Mann, hoffe du lebst und bist ok. Wenn du Drohnen hörst, hau ab, versteck dich. Wärmebildkameras. Merk dir: Die Motherfucker haben die Drohnen, das K-Kommando der estnischen Polizei sucht zu Fuß nach dir. Wenn du einen Hubschrauber hörst, mach dich bemerkbar. Wir sehen dich und tracken deine Spur, informieren Polizei vor Ort. Bleib senkrecht, Mann. Du hast Freunde!*

Stefan spürte einen Kloß im Hals und schüttelte langsam den Kopf, flüsterte: „Mega."

Die zweite Nachricht war von Elias: *Ich bin in Linnuraba, seh dich am Tracker. Ich kann nicht viel tun, außer da zu sein. Die Polizei schwärmt aus. Die drei Entführer sind tot. Zwei wurden erschossen, einer erwürgt. Die Medien zucken jetzt voll aus und in Tallinn wurde vor ein paar Minuten – also gegen halb fünf Uhr früh – ein Attentat auf russische Separatisten verhindert. Ich weiß, dass du Angst hast und durch die Hölle gegangen bist, aber halte durch – bitte. Deine Eltern lieben dich. Eben kam eine Nachricht rein, dass deine Kumpels von der Uni einem Journalisten ein Interview gegeben haben und du bist voll die Lichtgestalt und weißt du was, drauf geschissen, ich trags viel zu lange mit mir rum. Ich liebe dich. Ich habe noch nie jemanden so sehr geliebt wie dich. Halt durch, egal wo du bist und wie du dich fühlst. Halt durch!*

Stefan steckte das Smartphone ein, setzte sich auf den Steg, umklammerte seine angezogenen Beine, legte den Kopf auf die Knie und weinte, bis er sich besser fühlte. Dann stand er auf, straffte sich, wischte mit dem Handballen übers Gesicht und hatte vor, genau das zu tun, wozu ihn Sergio Valdez und Elias Mataanoui ermunterten. Er würde durchhalten. Das Liebesgeständnis von Elias berührte ihn tief. Ja, es war sicher auch dem Moment geschuldet, der wirren und beängstigenden Situation. Aber Elias hätte auch etwas schreiben können wie: *Hey Alter, halt die Ohren steif, we gonna get you out there* oder irgendeinen anderen raubeinigen Scheiß. *Blackman down.* Ha! Oder: *Talha has fallen!* Yes! *Voll die Blockbusterdröhnung. Wo ist mein Hans-Zimmer-Soundtrack?*

Eine Weile wanderte er, ohne über irgendetwas nachzudenken, auf den Holzstegen entlang und betrachtete müßig die stille Umgebung. Im dünnen Nebel bewegten sich Geister, und als er sich darauf konzentrierte, erkannte er, dass es nur ein Gespenst war, das ihm in sicherer Entfernung folgte, nein, begleitete. Es war klein und wendig und es schien einen buschigen Schweif zu haben. Stefan grinste und dachte: Du läufst mir nach? Wir haben doch nur einmal miteinander geschlafen!

Nach einer Stunde wurde sein ereignisloses Wandern nach Norden jäh unterbrochen. Da war ein dünnes Summen in der Luft, weit weg und doch … er erkannte eine Mehrstimmigkeit, die ihn sofort nervös machte. Und als er vom Wandersteg, auf dem er gerade gegangen war, auf einen Erdhügel stieg und ein Stück nach oben wanderte, sah er etwas, das ihm den Atem stocken ließ. Mit allem hätte er gerechnet, mit Bedrohungen, mit Siedlungen, mit einsamen Jägern und Wanderern. Mit Hochständen, die von Einheimischen aus ungeschliffenem Bauholz in die Landschaft gezimmert worden waren, oder Blockhütten für verirrte Wanderer. Nicht aber mit dem, was in einiger Entfernung emporragte und oben im Hochnebel verschwand. Kilometerweit zu sehen.

Stefan klemmte die Hände unter die Achseln, weil ihm kalt in den Fingern geworden war und starrte nach Norden. „Dorthin geh ich jetzt. Aber so was von!"

Hinter ihm wurde das Summen lauter und die Mehrstimmigkeit

deutlicher. Er wusste, woher das Geräusch rührte, bevor er die Quelle dafür sehen konnte und fluchte heiser. Dann lief er den Hügel hinab, spürte einen kurzen Schwindel im Hinterkopf, der ihn daran erinnerte, dass er noch lange nicht über dem Damm war. Sein Impuls war, in den Sumpf neben dem Holzsteg zu springen, den er eben wieder betreten hatte. Dann überlegte er eine Sekunde lange und fand, dass er das nicht tun sollte. Er zog sich in Windeseile aus und wickelte die Unterhose und die Socken und das T-Shirt in die Trainingshose ein und die Sachen wiederum in die Jacke, und die Jacke mit dem gesamten Inhalt stopfte er in den Adidas-Rucksack. Den klemmte er in den Hohlraum zwischen einem Querträger und der Unterseite des Stegs, dann sah er sich ein letztes Mal um und machte drei winzige Punkte in der Ferne aus, die auf ihn zukamen. „Scheiße" fluchte er. Dann glitt er mit einer fließenden Bewegung in das eisige, brackige Wasser, stöhnte und wollte sofort wieder raus, sich an ein Feuer setzen, warm anziehen und den Moment vergessen. Aber das Einzige, was ihn vor Drohnen mit Wärmebildkameras schützen konnte, war Kälte. Eiseskälte.

Die Drohnen kamen, er holte tief Luft und tauchte im flachen Wasser unter den Steg. Die Kälte war grausam und umfasste ihn vollkommen. Er bekam kaum Luft, bewegte sich vorsichtig vorwärts, um keine Wellen zu erzeugen und klammerte sich an einem nassen Holzträger fest, atmete flach und unterdrückte, so gut es ging, das Zittern. Das wütende Summen des Drohnenschwarms kam näher und näher. Dann standen sie in der Luft über dem Steg und bewegten sich nicht weiter. Ihm entrang sich ein verzweifeltes Stöhnen. Die Schultermuskeln und der Rücken verkrampften, gleichzeitig konnte er die Blase nicht mehr halten und pisste ins eisige Schlammwasser. Die Drohnen brummten und summten – jetzt bewegten sie sich wieder, schienen im Kreis zu fliegen. Stefan war nicht zum ersten Mal im eisigen Wasser schwimmen – sein sportlicher Stolz hatte ihn einmal zum Eisschwimmen getrieben und aus den Vorbereitungsgesprächen wusste er, wie er sich verhalten musste. Er blieb, so gut es ging, flach an der Oberfläche unter dem Steg und kontrollierte seinen Atem, so gut es ging. Das Herz raste, und verrückterweise fühlte er sich gleichzeitig verängstigt und euphorisch.

Er kicherte lautlos und hysterisch, als ihm der Gedanke kam, die

Drohnen hatten vielleicht gar keine Wärmebildfunktion. Egal, verstecken musste er sich trotzdem. Die Sehnsucht, aus dem eisigen Schlamm zu kriechen, sich abzureiben und die trockenen Sachen anzuziehen, war überwältigend.

Ihm wurde schwarz vor Augen. Seine linke Hand glitt, von der Kälte völlig verkrampft, vom Querbalken.

Es ist okay, dachte er, wenn es jetzt passiert, dann ...

Das Summen der Drohnen wurde dünner und ferner und mit letzter Kraft glitt er seitlich unter dem Steg hervor, gab einen schwachen Schrei von sich und flüsterte: „Nicht, noch nicht ..."

Mit Krämpfen in den Waden, den Oberschenkeln und der Rückenmuskulatur zog er sich auf den Steg und widerstand dem Impuls, aufzustehen. Er legte sich flach auf das kalte Holz und kämpfte darum, bei Bewusstsein zu bleiben. Um ein wenig Wärme zu spüren, schob er die verkrampften Hände unter die Achseln und klemmte sie ein. Mit brüchiger Stimme summte er ‚Morning has broken' von Cat Stevens, ohne die Melodie zu erkennen, und fühlte sich so einsam wie noch nie.

Bodennebel bedeckte den Steg und ihn. Das Licht war fahl und silbern, und es war kalt.

ELIAS IM NEBEL

Als die Nacht am dunkelsten war, etwa drei Stunden vor Sonnenaufgang, stieg Elias aus dem Bus, dessen Dieselmotor in der Stille dröhnte. Die Haltestelle lag in einem bewaldeten Nirgendwo, am Rande einer winzigen Siedlung mit alten Blockhäusern, im Licht einer Natriumdampflampe. Ein Gasthof, eine Tankstelle, der aus Holzbrettern errichtete Unterstand für die Fahrgäste, die auf den Bus warteten, ein geschotterter Parkplatz. Wege, die in den Wald weiß Gott wohin führten.

Abends hatte er mit Stefans Vater Wein getrunken. Abgeschirmt von sehr kräftigen Personenschützern hatten sie an einem Tisch am Ende der Bar Platz genommen, hatten tapfer ihre Tränen verborgen und als Elias mit seinem Smartphone spielte, sah er, dass er zwei Sprachnachrichten hatte. Er legte das Handy in die Mitte des Tisches und spielte die Nachrichten ab. Sie hörten Stefans Stimme und was er sagte. Elias wollte den Wein und Stefans Vater liegen und stehen lassen und sofort los, aber Taio Kareem nahm seine Hand.

„Tu das nicht. Stefan ist clever und er kennt sich in der Natur aus. Ich bin sicher, dass er sich irgendwo ein Versteck bauen wird und zu schlafen versucht."

Sie hörten sich die Nachrichten noch ein zweites und ein drittes Mal an, um aus Stefans Stimmlage herauszuhören, wie es ihm ging – wie es ihm *wirklich* ging. Taio Kareem fand, sein Sohn wirke absolut erschöpft, müde bis in die Knochen und schockiert von der Gewalt, die er hatte ertragen müssen.

„Das steckt keiner so leicht weg, Elias", sagte er und legte abermals seine Hand auf Elias Unterarm. „Stefan ist gut trainiert und ein tapferer Kerl. Aber er ist nicht John Rambo. Er ist nicht Quatermain. Und er ist nicht John McLaine, wenn du verstehst, was ich meine."

Elias nickte, ebenfalls erschöpft von der Welt, wie sie sich in den letzten Tagen zeigte. Sie erschien ihm wie eine endlose Zwölftonoper, die er nicht verstand, und deren Klang ihm grauenhafte Angst bereitete.

Taio Kareem rief einen Sekretär an und übermittelte ihm die Nachricht, dass die Erklärung abgesegnet werden könne, sein Sohn sei nicht mehr in der Gewalt der Entführer. Als Elias aufstand und sagte, er wolle aufs Zimmer gehen und noch ein wenig schlafen, stand Stefans Vater ebenfalls auf, umrundete den Tisch und umarmte ihn herzlich, aber rührend unbeholfen: „Danke, dass du Stefans Freund bist. Er liebt dich, das weißt du. Und deswegen liebe ich dich auch."

Gerührt löste sich Elias aus der verkrampften Umarmung, lächelte den Mann an und ging.

Ein paar Momente später stieg er aus dem Lift und suchte seine Suite, checkte ein, legte sich aufs Bett und versuchte, zu schlafen, bis ihn der Wecker um vier Uhr früh aus wirren Träumen fischte. Sein erster Blick galt dem Handy. Zuerst prüfte er, ob das Smartphone, das sich Stefan angeeignet hatte, noch online war. War es nicht. Kurz hielt Elias inne und dachte nach: *Musste* das etwas bedeuten? Dass es zerstört war, Stefan nicht mehr in der Lage, es zu aktivieren, vielleicht tot? Er schüttelte den Kopf. Taio Kareem hatte sicher recht: Stefan war ein Sparmeister, der Ressourcen sparte, wann immer es sich anbot. Vermutlich hatte er das Gerät abgedreht, um Strom zu sparen, und würde es wieder aktivieren, wenn er Kontakt aufnehmen wollte. Stefan hatte sich sicher ein Nest gebaut, denn die Fähigkeit dazu hatte er. Und dann hatte er sich in diesem Bau schlafen gelegt, davon war Elias überzeugt. Stefan hatte wahrscheinlich keine Medizin für Wundbrand, er hatte vermutlich kaum etwas zu essen und nichts zu trinken. Schlafen – gut versteckt schlafen – schien wirklich die beste Option, immer vorausgesetzt, er hatte sich wirklich ein gutes Nest gebaut, wo niemand über ihn stolpern würde. Stefan wusste, wie wichtig Energie war und in seiner Lage war die einzige Methode, Energie zu gewinnen, war, ein paar Stunden zu schlafen und das Handy zu deaktivieren. Elias nickte, zufrieden mit diesen Überlegungen, die ihm ein wenig Hoffnung machten. Dann kontrollierte er die Verbindung zu Sergio Valdez auf Gran Canaria; das war in Ordnung. Zuletzt prüfte er das Wetter und zum ersten Mal in seinem Leben dankte er der Umweltverschmutzung, die er für den Klimawandel verantwortlich machte. Es hatte acht Grad plus, was auf diesem Breitengrad Anfang Dezember fast eine Sensation war. Der Himmel war stark bewölkt, die Regenwahrscheinlichkeit lag bei 10 Prozent – verschwindend gering.

Vor der Tür fand er ein Tablett mit Frühstück, das er in der Nacht bestellt hatte. Der Kaffee war heiß, die Brötchen frisch.

Elias nahm eilig das Frühstück zu sich, ging ins Bad, wusch sich das

Gesicht, putzte die Zähne und verzichtete auf die Sorgfalt, zu der er in den letzten Wochen zurückgefunden hatte, nachdem ihm nach seinen Erlebnissen auf Gran Canaria jede Freude und das Gefühl der Notwendigkeit für sorgfältige Pflege und Kosmetik abhandengekommen war. Im Gesicht hatte er einen hauchdünnen Bartschatten.

Wichtig war jetzt, sich körperlich vorzubereiten. Konzentriert machte er einige Dehnungsübungen, Liegestütze, Klappmesser, breite Kniebeugen, wieder Dehnungsübungen. Dann zog er frische Unterwäsche an, Trainingstights und ein Nike Compressions-Shirt, das wie eine zweite Haut anlag. Darüber eine Schicht T-Shirt und Sweatshirt, einen graugrünen Nike-Trainingsanzug, der ebenfalls eng saß. In den grauen Rucksack packte er seinen Pass, die flache Powerbank, Kabel, Brieftasche, eine winzig zusammengerollte Regenjacke, denn man konnte ja nie wissen.

Im Vorraum zog er dicke schwarze Socken an und Nike Juniper Trail Laufschuhe an.

Jetzt stand er orientierungslos in dieser Einöde und fragte sich zweifelnd, was er hier machte. Als das Dröhnen des Busses verklungen war, und die Rücklichter sich auflösten wie Geister, hörte er die Natur. Das Gluckern von fließendem Wasser, ein hölzernes Klopfen und Keckern, Geraschel im Laub. Und hinter dieser dünnen Geräuschkulisse das Heulen von Sirenen. Die Polizei war hier unterwegs. Gut Linnuraba lag etwa zweieinhalb Kilometer nordwestlich von hier aus. Er musste der Straße etwa einen Kilometer in die Richtung folgen, in die der Bus gefahren war und dann links in den Wald auf einem Forstweg, der direkt zum Gut führte.

Er wusste nicht, was er auf dem verlassenen Gut wollte. Was konnte er dort vorfinden? Wollte er, *musste* er den Ort sehen, wo Stefan gefangen gehalten worden war? Elias fühlte sich hin und hergerissen zwischen dem Wunsch, die Situation begreifen zu können und dem Verlangen, seinem Freund beizustehen, und zwar so pragmatisch wie möglich.

Das Smartphone brummte. Er zog es aus der rechten Hosentasche, entsperrte es und las:

Die Polizei hat einen Renault Megane im Graben neben einem Forstweg gefunden. Er war auf die Mutter eines der Entführer zugelassen. Koordinaten folgen. Die Situation in Tallinn Lasnamäe ist unter Kontrolle, aber in Linnuraba treiben sich

noch Hundesöhne herum. Bleib wachsam!
Sergio
PS: Du schuldest mir eine verdammte Wagenladung Bier, Hombre!

Elias grinste, als er den letzten Satz las, und das fühlte sich wirklich gut an, weil für diesen Augenblick die Angst und Sorge um Stefan wie weggeblasen waren.

Dann fiel ihm eine Frage ein: *Taktisches Team oder normale Polizei?*

Zehn Sekunden später kam die Antwort: *Ortspolizei. Die taktische Gruppe sitzt in einem Helikopter und sollte in dreißig Minuten vor Ort runterkommen. Sie werden im Süden des Moors landen und zu Fuß nach Norden losgehen. Der Hubschrauber wird Suchmanöver fliegen, immer Ost West Richtung Norden, Schleifen.*

Einen Moment später sah er auf der Karte am Smartphone seine eigene Position und die des Autos. Zwei Kilometer die Straße entlang und dann rechts in den Wald. Das war ein Klacks. Elias zog den Brustgurt des Rucksacks fest und lief in leichtem Trab los. Dann schneller. Nicht nur, weil es ihm notwendig schien, jetzt schnell zu sein, sondern weil alles in ihm darauf brannte, loszurennen.

Aber es war zu dunkel, um loszurennen. Der Mond stand tief hinter einer dichten Wolkendecke und das Licht, das er von hinten auf die Wolkenbank schüttete, sah auf der erdzugewandten Seite aus wie die rostfarbene Lichtverschmutzung einer Stadt. Es war dunkles Zwielicht und Elias dachte, dass das vielleicht noch gefährlicher war, als nichts zu sehen. Er sah auf seine Suunto 9 Armbanduhr. Jetzt war es kurz nach sieben Uhr morgens. Die Sonne ging gegen acht Uhr fünfzehn auf. Eine Stunde nichts zu tun? Weil er vermeiden wollte, auszukühlen, beschloss er, in Bewegung zu bleiben. Er ging zurück zur Busstation, die genauso verlassen lag. Mit der Taschenlampe seines Smartphones beleuchtet er die Karte auf der Holzwand, auf der verschiedenfarbige Wanderwege und Unterstände eingezeichnet waren. Ganz oben im Norden, an der Grenze des Naturschutzgebiets, sah er einen Marker. Von der Ortsbeschreibung verstand er nur das Wort *Observatoorium*. Observatorium Nummer 3. Was könnte das sein? Und hatte Stefan auf seiner Flucht die Gelegenheit gehabt, sich hier zu orientieren? Elias bezweifelte das. Ihm lief ein Schauder über den Rücken, weil er etwas roch. Einen Geruch, den er zuletzt auf Gran Canaria wahrgenommen hatte. Der Duft von dunklem Honig und Tabak und Bergamotte. Xerjoff Naxos. Es war nur ein Hauch, und dann war der Duft verschwunden. Elias kam sich einigermaßen irre vor, als sich alles in ihm verspannte, die Fäuste ballte, sich langsam im Kreis drehte und mit zusammengekniffenen Lippen flüsterte: „Bist du hier? Max? Kommst du, um deine Blutarbeit zu beenden? Du hast mich nicht gebrochen, du Bastard. Du hast mich *wütend* gemacht! Wütend *as fuck*"

Niemand war hier. Für ein paar Minuten war ihm, dass es sogar noch dunkler geworden war, aber dann kam der erste matte Schein des Morgens tief im Osten. Im Laub raschelte es. Weiter weg hörte er das Heulen eines Hundes und das Keckern eines ihm unbekannten Wildtieres. Er dachte für einen sentimentalen Moment an Malalay, für die er sich so verantwortlich fühlte. Ihre gesundheitliche Rehabilitation war ihm wichtiger geworden als sein eigener Heilungsprozess. Vielleicht, weil er sich da verausgaben konnte und durch ihre Heilung ein wenig eigene Heilung erfuhr? Stimmt doch. Er erschöpfte sich vollkommen in seinem Bemühen, ihr Hoffnung zu geben, den Glauben an die Menschheit zurückzugeben und beizubringen, wie sie mit den Prothesen gehen, vielleicht sogar laufen würde können, wenn sie …, wenn sie ihm nur vertraute. Das tat sie, und ihr Lächeln hatte die Wunden geschlossen, die Max Le Fantom in ihn geschlagen hatte.

Noch heute spürte er die verheilte Brandwunde zwischen seinen Schulterblättern, wo einer der Vergewaltiger eine Zigarette ausgedrückt hatte, während er ihn fickte. Elias war davon überzeugt, dass das Otto Feinberg gewesen war, hackedicht von Alkohol und Drogen, völlig enthemmt und voller Freude am Sadismus. Elias schämte sich ein wenig, dass er den grauenhaften Tod von Feinberg nicht bedauern konnte. Begraben unter rotglühenden Stahlketten. Irre!

Er streckte den Rücken durch und ließ die Schultern rollen, bis es knackte, ging noch einmal zu der drei mal drei Meter großen Wand mit der grob gezeichneten Karte der Wanderwege im Naturschutzgebiet und nickte. Flüsterte: „Du suchst immer ein Ziel. Du willst immer irgendwo hingehen und nie von irgendwo weg. Du gehst zu diesem Observatorium, verdammte Scheiße!"

DER DUNKLE TURM

Stefan stand auf der Anhöhe und sah den Turm vor sich im Nebel. Er schätzte die Entfernung auf rund drei Kilometer und dachte, *das ist ein Klacks*. Der Turm war schlank wie eine Nadel und er vermutete, er müsse mindestens sechzig Meter hoch sein. Seine Spitze verschwand im pastellfarbenen, mystischen Nebel.

Nachdem er aus dem Schlamm gekrochen war und sich ein paar Minuten auf den eiskalten Brettern des Holzstegs ausgeruht hatte, wischte er mit den Händen, so gut es ging, den Schlamm vom Körper und rieb sich dabei auch gleichzeitig ein wenig warm. Die dünne Kruste getrockneten Schlamms bröselte zu Boden. Dann rieb er sich noch übers Gesicht, ehe er sich noch einmal flach auf den Bauch legte und den Rucksack unter dem Steg hervorholte, ihn öffnete und sich hastig anzog. In der Hocke verdrückte er einen Proteinriegel und die letzte Dose Energydrink. Obwohl der trocknende Schlamm unangenehm auf der Haut juckte, fühlte sich Stefan kräftig genug seinen Weg fortzusetzen. Er sah sich um und zählte die Namen der Pflanzen und Sträucher auf, die er sah und erkannte: „Ach da, der Fieberklee, eine Familie Sumpfblutaugen, und da wächst Heidekraut und Sonnentau. Ich sollte hier eine verdammte Arbeit schreiben. Und da, einsam, ein Gagelstrauch!"

Stefan stieg erneut auf den Hügel, orientierte sich und starte zum Turm in der Ferne, der wie ein mystisches Gemälde aus dem Bodennebel ragte, der ihn wie wehende Seide umwogte. Von hier aus konnte er ein Stück parallel zum Bretterweg auf dem Rücken der weitläufigen Hügel laufen, die nicht höher waren als sieben oder acht Meter. Die Hügel wurden im Norden immer flacher, am Ende der sanften, im Bodennebel verborgenen Decke müsste er dann wieder auf den Bretterweg wechseln, um zum Turm zu kommen. Hier war das Land hellbraun und fahlrot, eingebettet in silbergrauem Licht.

Als er sich auf den Weg machte, brach ihm der kalte Schweiß aus und der in den Augenbrauen getrocknete Torf rann ihm als Schlamm in die Augen. „Scheiße", fluchte er und achtete darauf, ein gleichmäßiges, vernünftiges Tempo einzuhalten, als er auf den Hängen der Hügel, und nie oben am Grat, nach Norden ging, zum Turm.

Zum Turm.

In der Jackentasche spürte er das Summen von Atims Smartphone. Er zog es mit spitzen Fingern heraus, wischte über das Display und öffnete die Polizeiapp. Las: *Geh zum Turm. Die Polizei wurde informiert, dass sie dich dort einsammeln können. Beeilung, du Arschwisch, sonst gibt es 14 Tage keinen Proteinriegel. Grins ned deppert, ich mein das echt ernst :)* –

Elias, wer sonst? 14 Tage keine Proteinriegel – einer der Running Gags zwischen den beiden, mit dem sie sich aufzogen. Sie wussten beide nicht mehr, wie sie auf den Blödsinn gekommen waren. Stefan grinste breit und entblößte zwei Reihen strahlend gepflegter, regelmäßiger Zähne.

„Und Herr Stefan ging zum dunklen Turm", wandelte er den Titel des Gedichts von Robert Browning ab und kicherte und kam sich halbwegs irre dabei vor. Auf den Zehenballen wippend blieb er stehen und orientierte sich. Um ihn war nichts los, er war allein in dieser rötlich braunen, unendlichen Landschaft unter dem träge wogenden Bodennebel, der manchmal dichter war und dann wieder sehr dünn und der an den Rändern der Moore ausfaserte zu spukhaften Fingern und Klauen.

BELTHAMS NACHT

Gerade als Torina zur Tür ging, um das Schild umzudrehen und die Tür abzuschließen, kam der junge Mann ins Licht des Vordachs, hob zaghaft die Hand und winkte: *Bitte lass mich rein.*

Sie war verblüfft, ihn wiederzusehen; nicht zuletzt deshalb, weil sie in den letzten beiden Nächten intensiv davon geträumt hatte, ihn wiederzusehen. Träume voller Erregung. Dunkelheit und Hitze und Schweiß. Torina kannte Jungs, klar. Sie kannte sie aus Eidsdal und aus der Schule, aber keiner von ihnen war wie der, den sie auf dem Beifahrersitz gesehen hatte, im Range Rover des Mannes, der irgendwie kein Gesicht hatte. Sein Sohn, wie er sagte, der von der Anreise erschöpft war.

Er sah noch immer erschöpft aus, blass und auf geheimnisvolle Weise attraktiv. Sie assoziierte sein Aussehen mit langen Nächten in verrauchten Clubs irgendwo in England. Mit Drogen und starken Drinks und vom Bass der Musik bewegten, schmalen Hüften. Sie stellte fest, dass sie mit ihm schlafen wollte, aber nicht befreundet. Er hatte etwas durchwegs Toxisches an sich. Mehr aber als all das sah er hilfsbedürftig aus, also öffnete sie mit einem skeptischen Gesichtsausdruck die Tür.

„Komm rein. Wir haben zwar schon zu, aber egal. Was brauchst du?"

Der schlanke und große Junge mit dem mädchenhaft schönen Gesicht und den traurigen Augen eines ängstlichen Hundes trat ein, sie schloss die Tür. Jetzt sah sie auch, dass er fror. Er war zwar gut eingepackt, hatte einen guten Anorak an und Handschuhe und eine Wollhaube, aber er ...

„Sag mal, bist du vom Fjord zu Fuß hierhergekommen?"

Er nickte zaghaft, öffnete den Anorak und setzte sich auf einen Holzschemel.

„Das ist ein verdammtes Stück Weg zu gehen. Du musst erfroren sein."

„Bin ich, bin ich! Mir ist saukalt."

„Ich bringe dir mal Tee. Warum bist du hierhergekommen? Und wie lange bist du gegangen?"

„Danke", sagte er, dann, nachdem er Luft geholt hatte, fuhr er fort. „Ich denke, ich bin etwa vier Stunden lange gegangen. Ich habe mir den

Weg gemerkt und ich habe gehofft, dass irgendein Auto vorbeikommt und mich mitnimmt. Aber ich war allein unterwegs. Das ist eine gottverlassene Gegend hier!"

„Naja, von Gott verlassen vielleicht nicht", kicherte sie. „Aber viele Menschen treiben sich dort oben auf dem Plateau über dem Fjord ohne Namen nicht herum. Da gibt es einfach nichts zu sehen." Sie war hinter den Verkaufstresen gegangen, hatte die Tür zum Hinterzimmer geöffnet, sah noch einmal kurz zu ihm und sagte dann schulterzuckend: „Komm nach hinten, da ist es wärmer. Ich sperre nur rasch ab und drehe das Schild auf ‚geschlossen'."

Er folgte ihrer Einladung und ging nach hinten in den Raum, der eine Mischung aus Wohnraum und Wohnküche darstellte. Ein wenig chaotisch, aber gemütlich und von einer trockenen Wärme belebt. Anders als Le Fantoms Nest, das nicht nur kalt war, sondern auch so aussah, als wäre Kälte sein eigentlicher Zweck.

„Wie ist es so, als Sohn eines reisenden Geschäftsmannes? Du kommst viel herum, oder?"

Der langhaarige Bursche lachte heiser, strich sich die langen blonden Haare aus dem Gesicht und sah sie vorsichtig an. Er schien kurz zu überlegen, dann sagte er betont langsam, während sie das Wasser aufsetzte und altmodische Porzellankrüge aus dem alten Hängeschrank holte: „Er ist der perfekte Lügner. Bitte sag niemand irgendetwas, auch um deiner selbst willen. Er ist der perfekte Lügner. Er ist kein Geschäftsmann und ich bin nicht sein Sohn. Hast du das über die hochkochenden Drogenkriege in Mittelamerika, Südamerika und Mexiko mitbekommen? Es war überall in den Nachrichten."

Sie setzte sich zu ihm und nickte. Unbehagen erfasste sie.

„Das war er. Hast du das mit der Entführung des Diplomatensohns in Estland mitbekommen? Die toten Entführer? Das war er. Den irren Skandal in der Londoner Model-Szene, bei der unzählige Agenturen wegen sexuellen Missbrauchs minderjähriger Models und Drogenhandels in den Konkurs schlitterten? Das war er. Er geht irgendwohin, hat unbegrenztes Vermögen, und wenn er eine Zeit lange irgendwo war, bricht dort alles zusammen. Er ist der Teufel, aber er selbst nennt sich Le Fantom. In Anlehnung an diesen Roman und Filmfigur Fantomas. Nur ist er nicht lustig. Er ist sadistisch, durchtrieben und am schlimmsten, er ist nicht greifbar, weil es nichts gibt, dass ihm so viel bedeutet, dass man ihn damit drankriegen könnte. Er hat mich im September entführt, unter Drogen gesetzt und seither unter Drogen gehalten. Er hat mich vergewaltigt und gefoltert und ich werde dir die Wunden nicht zeigen, weil sie dort sind, wo es dich – sorry – einfach nichts angehen. Jetzt ist er in Estland, um den geflohenen Diplomatensohn, diesen Stefan Thala Kareem, noch vor der Polizei zu fangen und um ihn zu ermorden. Danke für den Tee."

Torina sah ihn aufmerksam an. Vielleicht wie ein Raubtier, das jeden Moment angreifen konnte. Sie versuchte, ihn einzuschätzen. Machte er sich über sie lustig? War er verrückt? Nichts sprach für diese Einschätzung, außer die Geschichte, die er erzählte.

„Er war auf Gran Canaria. Hat dort monatelang einen Clou vorbereitet. Er ließ zwei junge Influencer und einen Vermittler grausam ermorden, einfach, weil es ihm Spaß machte. Er hat die Entführung des Diplomatensohns nur als Ablenkung inszeniert, und zu seinem Vergnügen, weil er mit dem besten Freund des Entführten noch eine Rechnung offen hat. Sein wahres Ziel in Estland ist es, die ganze Region zu destabilisieren. Er unterstützte eine Gruppe russischer Terroristen, eigene Leute umzubringen, während halb Estland nach Stefan Thala sucht. Das ging schief. Niemand weiß, warum und wie das alles zusammenhängt, weil er es versteht, die Dinge getrennt voneinander aufzuziehen. Und ich weiß es, weil er einen großen Fehler gemacht hat."

„Welchen? Warte, ich habs. Er ließ dich allein hier, weil er dachte, du bist so erledigt von den Drogen, dass du eh nichts auf die Reihe kriegst."

Boy Beltham nickte und ergänzte: „Und er ließ zu, dass ich mit seiner KI in Kontakt trete. Er hat eine eigene Instanz für mich geschaffen, die er Elias nennt, damit ich mich – wie er es ausdrückte – amüsieren kann. Ich habe es wie Kapitän Kirk vom Raumschiff Enterprise gemacht, wenn die in einer Folge mit einer außerirdischen Computerintelligenz konfrontiert wurden!"

Sie sah ihn fragend an und schob ihm den Tee rüber. Noch war sie sich nicht sicher, ob der Bursche – süß hin oder her – nicht komplett verrückt war. Seine Geschichte jedenfalls war faszinierend

„Und wie?"

„Ich habe die Instanz mit Fragen zu moralischen, sittlichen und ethnischen Themen so konfus gemacht, dass sie die Hauptinstanz anzapfte. Es ging so ähnlich wie in dem Film ‚Wargames', wo die Welt nur gerettet werden konnte, weil der Architekt des Supercomputers den Computer aufforderte, TicTacToe zu spielen – gegen sich selbst. Es war mit Luis, das ist die Hauptinstanz, ein wenig komplexer, aber im Prinzip lief es auf das hinaus. Luis, die Hauptinstanz, erkannte, dass das Handeln und Planen von Le Fantom in sich zerstörerisch ist, unlogisch, sinnlos und nicht den ethnischen Prinzipien entspricht, die die Menschheit generell für das Wirken von KIs aufgestellt hat. Deswegen hat er wohl meine Eingaben und Aufforderungen als logische Konsequenz akzeptiert. Letztendlich hat er das Attentat auf die russischen Separatisten in Estland verhindert – Gott sei Dank!"

„Diese Prinzipien gibt es? Ohne Scheiß?"

„Ja. Und ich weiß darüber Bescheid, weil ich nicht immer nur Model war. Ich war auf der Uni und ich habe Fußball gespielt. Als Model habe ich nicht viel über das geredet, was ich auf der Uni machte, weil es in dieser Szene nicht so viele Leute gibt, die das interessiert. Und Le Fantom interessierte nur meine Angst und meine Beschämung. Ich glaube wirklich, dass er glücklich war, wenn ich weinte. Oder vor Schmerzen ..."

„Wie kann ich dir helfen? Brauchst du Geld? Oder Nahrung, was willst du tun? Und wie heißt du wirklich?"

Jetzt lächelte er zum ersten Mal und schüttelte sanft den Kopf. Es war ein ergreifend trauriges Lächeln. „Geld ist nicht das Thema. Le Fantoms Vertrauen in sich selbst ist unerschöpflich. Ich habe eine Kreditkarte mit siebzigtausend Euro drauf und siebenhundert Euro Bargeld. Ich habe meinen Reisepass. Mit dem Tee ist mir schon viel geholfen. Und dass du mir überhaupt zuhörst – ist ja auch eine schräge Geschichte. Wenn es irgendwie geht – kannst du mich bitte nach Eidsdal hinunterbringen zum Hafen? Ich muss auf eine Fähre und abhauen. Ich glaube nicht, dass man Le Fantom wirklich entkommen kann, weißt du? Aber ich hoffe, dass er einfach das Interesse an mir verliert. Aus den Augen, aus dem Sinn." Er streckte sich, und das T-Shirt unter dem Sweater rutschte aus der Hose und natürlich sah Torina seinen flachen Bauch. Er lächelte freundlich und sagte: „Mein Name ist Gregory McCallum."

Sie streckte ihm die Hand entgegen und sagte: „Ich heiße Torina

Moen." Er ergriff ihre Hand und drückte sie sanft.

Sie sah ihm beim Teetrinken zu und sie erkannte, wie gut es ihm tat, über all das zu sprechen. An seiner verschliffenen Sprache meinte sie zu erkennen, dass er noch nicht ganz drogenfrei war. Aber egal. Sie fasste sich ein Herz und sagte: „Du reist mit leichtem Gepäck."

Er nickte.

Sie betrachtete seine Kleidung. Er hatte eine modisch weite Jeans an und Doc Martens. Sie schüttelte den Kopf. Einen Anorak mit Kapuze und eine Strickhaube. Einen weiten dunkelgrauen Sweater und darunter ein zerknittertes, weißes T-Shirt.

„Gut. Ich brauche hier noch eine Viertelstunde, abrechnen, abschließen. Draußen steht mein alter Volvo. Ist eine echte Mistkarre, aber nicht umzubringen. Und: die Heizung ist tipptopp. Ich bringe dich nach Eidsdal. Du kannst dort ein Zimmer nehmen, ich zeige dir eine kleine Pension von Freunden. Da zahlst du bar und das sollte in deiner Situation besser sein, nehme ich an."

Er nickte und lächelte sie schief an. Oh, wie hübsch er war. So süß und so verloren. Sie riss sich zusammen. „Morgen um kurz vor acht Uhr geht eine Fähre, die schippert durch die Fjorde bis nach Bergen. Dort gibt es einen Flughafen. Mit einem Pass und dem Bargeld solltest du auch einen Restplatz auf einem Flug nach irgendwohin bekommen. Warte hier. Ich schließe den Laden."

Als sie aufstand und zur Tür ging, sah sie aus dem Augenwinkel, dass Gregory feuchte Wangen hatte. Torina blieb stehen, strich ihm über den Kopf und sagte „Scht, scht, alles wird gut."

Er lächelte sie aus tränennassen Augen an und flüsterte: „Ich habe völlig vergessen, wie schön es ist, dass es gute Menschen gibt. Danke!"

Torina spürte einen Kloß im Hals und war verwirrt und aufgeregt und beseelt von dem Wunsch, zu helfen.

Zwanzig Minuten später saßen sie nebeneinander in ihrem alten Volvo Kombi, der wirklich schon bessere Tage gesehen hatte, und zwar vor Jesus Geburt. Die Heizung funktionierte gut und zum ersten Mal seit seiner Flucht aus dem Geheimversteck von Le Fantom schöpfte Gregory McCallum, der von Le Fantom immer nur Boy Beltham gerufen worden war, so etwas wie Hoffnung.

Als Gregory McCallum knapp fünf Stunden vor der Begegnung mit Torina den Aufzug bestieg, den die KI-Instanz namens Elias für ihn öffnete, hörte er sie leise sagen: „Sei behutsam und gib auf dich acht, Gregory." Bis zu diesem Moment hatte ihn die KI nur Boy Beltham genannt, so wie es von Le Fantom vorgesehen war. Er wollte den femininen Jungen mit den kristallblauen Augen und dem brünetten, langen Haar die Männlichkeit nehmen, die er noch hatte, und ihn zu etwas formen, das er nicht war. Eine willenlose, sanfte und anschmiegsame Puppe, die artig weinte, wenn sie geschlagen wurde, wimmerte, wenn er seine Hoden quetschte oder die Brustwarzen mit aufgerauten Nadeln durchstach. Die Schmerzen waren fast nicht zu ertragen gewesen. Doch der kalte, beobachtende Blick, aus dem insektenhafte Gier wuselte, war die vollendete Grausamkeit.

Gregory fand, als er mit dem Lift die paar Meter nach oben in die Berghütte fuhr, dass Le Fantom sehr viele Fehler machte, wenn man berücksichtigte, mit welcher Akribie er seine Verbrechen plante und organisierte. Er war ein Architekt des Schreckens, ein Da Vinci des Gemetzels. Wieso aber konnte ihm dieser Elias, entkommen? Gregory wusste aus den Dokumenten, die er auf dem Linuxrechner von Le Fantom gefunden hatte, dass ursprünglich sein qualvoller Tod geplant gewesen war, als Teil eines Arrangements mit zwei lateinamerikanischen Mafiabuchhaltern. Doch dann hatte er ihn entkommen lassen – nicht, ohne Elias in sich verliebt zu machen und im letzten Moment alles zu zertrümmern, indem er ihm die Wahrheit sagte. Alles war nur ein einziger, vollkommener Betrug. In seinen Notizen hatte Le Fantom ausschweifend beschrieben, wie der Ausdruck zärtlicher Zuneigung im Gesicht von Elias Mataanoui völliger Verständnislosigkeit wich und dann ersetzt wurde durch das vollkommene Grauen der Erkenntnis. Wie sich seine Augen mit Tränen füllten, ihm der Schweiß ausbrach und wie er aussah, als würde er einen Schwächeanfall erleiden. Wie er etwas sagen wollte, aber nicht konnte, weil sein Hals wie zugeschnürt war.

Die Zeilen zeigten Boy Beltham sehr deutlich, dass Le Fantom all das, was er getan hatte, auf sich genommen hatte, um diesen Moment, so kurz er auch gewesen sein mag, vollkommen auszukosten.

Als Le Fantom Gregory McCallum aus dem angesagten Club in der

Innenstadt Londons entführte, ohne dass das irgendwer auch nur ansatzweise mitbekommen hätte, hatte er auch Fehler gemacht. Denn Gregory McCallum war nicht nur ein Model, das bei mehreren Agenturen in Europa und in den USA unter Vertrag stand, und er war nicht nur ein hochtalentiertes Laientalent auf dem Fußballplatz (wo er eine ganz andere Sprache beherrschte als in den Gängen und Büros der Agenturen üblich war), er war auch Student an der angesehenen UCL in London. Bis September dieses Jahres war einer seiner Lieblingssprüche gewesen: „Gottseidank hat der Tag 24 Stunden. Und die ganze Nacht!" Alles unter einen Hut zu bringen, war nicht leicht: Studieren und dranbleiben, nicht zuletzt deshalb, weil ihn das Thema AI-Ethics brennend interessierte. Fußballspielen mit Freunden, die Freunde nicht vernachlässigen und mit ihnen ab und zu ein Bier trinken. Modeln, neue Verträge an Land ziehen. Reisen, exotische Plätze sehen. Hin und wieder mit Leuten aus der Modelszene gepflegt in einem Club tanzen, ein paar Lines Koks ziehen und nach älteren Herrschaften Ausschau halten, die aussahen wie Regisseure, Produzenten oder Entscheidungsträger. Le Fantom sah genauso aus. Der Mann war der Orchestertusch hinter dem imaginären Bild des einflussreichen Entscheiders, Regisseurs, Produzenten.

Als Gregory aus dem Aufzug stieg und sich wie in einem beschissenen SF-Film fühlte, war er davon überzeugt, dass er sterben würde. Er wusste, dass *jeder* irgendwann sterben muss, ist ja seit Snoopy Allgemeinwissen: Charly: „Eines Tages werden wir sterben." Snoopy drauf: „Das stimmt. Aber an allen anderen Tagen nicht!"

Es war nicht so, dass Gregory eine Liste im Kopf hatte von Dingen, die er noch tun oder sehen oder besuchen wollte. Aber er hegte doch den Wunsch, die Zeit bis zu seinem sehr wahrscheinlich frühen Tod mit Leben zu füllen. Der Gedanke machte ihn heiter und traurig zugleich.

Le Fantom war sich so sicher, dass er Gregory McCallum vollkommen im Griff hatte, dass er sich nicht einmal die Mühe gemacht hatte, seine Sachen in einem Safe zu verstauen. Brieftasche, Kreditkarten, Bargeld, Wohnungsschlüssel. Als er daran dachte, vielleicht in ein paar Tagen mit diesen Schlüsseln seine Wohnung aufzusperren, brannten seine Augen. Schlimm war, dass er Le Fantom nicht einmal hasste. Er fürchtete ihn. Er fürchtete seine Grausamkeit und seine fast wahnsinnige

Freude, ihn mit einer Reitgerte zu peitschen, bis er unter der Gummimaske, die er tragen musste, schluchzte. Und er fürchtete ihn, weil er seine sehr seltene Zärtlichkeit als Mann durchaus genossen hatte. Im Clubslang könnte man sagen, das Le Fantom vielleicht ein alter, aber auch sehr guter Ficker war. Und Boy Beltham ihm stockholmisch ergeben war.

Gregory nahm einen Anorak, der an der Wand neben der Tür hing, und zog ihn an. In den Taschen fand er thermoisolierte Fäustlinge und steckte die Hände rein. Dann verließ er das Haus, das nicht abgeschlossen war und hielt sein Gesicht in den eisigen Wind, der direkt aus der Sternennacht herabzuwehen schien. Das war etwas, das er erleben wollte, bevor er starb. So frei zu sein, dass das Leben und der Tod mit völliger Gleichberechtigung nebeneinanderstanden. Er könnte hier leben und er könnte hier sterben und hier war niemand, der ihn retten könnte oder seinen Tod bedauern würde. Hier war nur der eisige Wind aus der Sternennacht, die Schneewehen und das karge Hochplateau über dem Fjord ohne Namen.

Er ging los und dachte, dass er noch nicht sterben wollte. Noch nicht. Er wollte nicht, dass seine Eltern weinten, die so stolz auf ihn waren, weil er Fußball spielte und studierte, und die so besorgt waren, weil er in dieser wirren Bussi-Bussi-Gesellschaft verkehrte, wo es doch nur um Drogen und Sex und Verträge ging. Er wollte nicht sterben, weil er sich vor den Tränen seiner siebenjährigen Schwester fürchtete, die genau wusste, wie sie ihn nehmen konnte, mit ihrer zittrigen, nahe an den Tränen vorbeischrammenden Stimme, wenn sie etwas von ihm wollte.

Er wollte nicht schuldig sein an irgendeiner Trauer.

Am Ende der Zufahrt umrundete er den nur augenscheinlich von Zeit und Wetter verwitterten Schranken und ging nach rechts, auf die schmale, geteerte Landstraße, die sich in weiten Kurven bergab schlängelte.

Der Mond schien so hell, dass er einen Schatten warf. Als er in einer weiten Kurve die Richtung wechselte und der Mond hinter einem felsigen Hügel verschwand, blickte er wieder in die klare Nacht und sah das, was ihm wie die Erfüllung eines ungenannten zweiten Wunsches erschien. Zuerst in einem fahlen, wallenden grün, wechselte die Farbe am Nachthimmel zu einem milchigen Rosa und dann zu blau, Bänder schlängelten sich im kosmischen Wind. Zuerst war das Licht unscharf umrissen wie Wolken, doch dann formten sich die Wellenlinien, die Untergrenzen, die über die Welt strichen wie der Rockzipfel einer dahinschreitenden Göttin. Mit kindlicher Naivität dachte er, wenn er sterben muss, dann wäre er gern in diesem Licht, das ihn in den Himmel trägt.

 Mit diesem Gefühl, das ihn wärmte und tröstete, stopfte er die Hände in den Fäustlingen in die Jackentaschen und schritt flott aus, ein langer Schlacks, im Licht der nordischen Nacht; fast wie ein Scherenschnitt.

PROFESSOR MUMM

Professor Maximilian Mumm war alt, aber lustig, sagten ihm seine Studenten in der Universität Tallinn gern nach. Und nicht nur das. Er war alt und lustig und er war fit wie ein Turnschuh. Nach dem Tod seiner Frau vor drei Jahren hatte er sich noch tiefer in die Arbeit gegraben und sooft es ihm möglich war, seine Campingausrüstung gepackt, um nach Süden in die Moore zu fahren. Wozu? Er saß dort inmitten der endlosen Landschaft, im Sonnenschein und Nebel, im Regen und im Schnee auf einem Klapphocker, das Notizbuch auf den Knien, und katalogisierte Pflanzen, Beschaffenheiten, Baumgruppen. Nicht, weil diese Flora noch nicht katalogisiert worden wäre, sondern um sein Gedächtnis fit zu halten. Er kannte jede Heilpflanze, jede Giftpflanze, er wusste, welche Moose unter welchen Bedienungen wuchsen. Er liebte die Stille, in der nur sein Atem und das Kratzen des Bleistifts auf Papier zu hören waren.

Obwohl er fast sein ganzes Leben lange auf diversen Universitäten verbracht hatte, schätzte er die Ruhe der Naturschutzgebiete im Süden Tallinns sehr.

Jetzt war es fast Mittag, die Sonne hatte den Frühnebel aufgelöst und die Wolken hatten sich nach Osten verzogen, wo sie nach Professors Mumms Meinung auch hingehörten. Die Gräser und Büsche glitzerten feucht, es roch nach Moos und Moor und das liebte er sehr. Was er gar nicht leiden konnte, war, von Menschen gestört zu werden, die keine Ahnung davon hatten, wie heilig der Frieden zwischen einem einsamen Menschen und der Landschaft sein kann, in der er sich befindet. Da gibt es ein unsichtbares Band, war er überzeugt, zwischen den Geistern der estnischen Moore und dem Menschen, der als Gast in dieser Landschaft bestenfalls geduldet war.

Und man darf nicht denken, dass die Aufklärung, dass digitale Kommunikation, Demokratic und Bildung auch nur ansatzweise etwas an den Mysterien der estnischen Kultur geändert hätten. Na, hättest du wohl gerne, Fremder! Seen und Wälder konnten noch immer verschwinden, wenn in ihnen und um sie herum Unrecht geschah. Das war den Wäldern und Seen hier so zu eigen. Und wenn Mütter gezwungen werden, ihre Töchter zu töten, dann werden aus diesen jungen Opfern die Luftmädchen - Nebelgeister.

Professor Mumm kannte selbstverständlich den Sagen- und Mythenschatz Estlands. Er hatte es sich eine zeitlange sogar zur Aufgabe gemacht, einige davon neu zu interpretieren und ins Deutsche und ins Finnische zu übersetzen. Wenn man den alten Professor so auf seinem Klappstuhl sitzen sah, am Klapptisch vor seinem naturfarbenen Leinenzelt, dann wusste man mit allergrößter Gewissheit, dass er keinen Computer nutzte, um zu schreiben. Dieser Mann schrieb, was immer es zu schreiben gab, in ledergebundene Notizbücher. So war das.

Das Zelt im Hintergrund war von schmutzig weißer Farbe, und groß genug, dass man drinstehen konnte, ohne sich bücken zu müssen. Die gesamte Ausrüstung wog rund dreißig Kilogramm und Professor Mumm war dazu übergegangen, vom Parkplatz in vier Kilometern Entfernung zweimal hierher zu gehen, weil es ihn nun doch zu sehr anstrengte, alles auf einmal zu tragen.

Diesmal hatte er sein Zelt am Fuß eines flachen Hügels errichtet, etwa eineinhalb Kilometer südlich des funkelnagelneuen Beobachtungsturms, der erst in diesem Herbst fertiggestellt worden war. Er war als Zwillingsturm des Aussichtsturm Birštonas in Litauen gedacht. Lettland errichtete gerade ebenfalls einen solchen Turm in der Gegend um Madona. Die Fertigstellung des dritten Turms war für den Sommer 2026 geplant. Gemeinsam sollen sie von oben betrachtet einen Bogen ergeben, der symbolisch für die Einheit der baltischen Staaten steht. Ein Zeichen der Verbundenheit, der Kultur und der Wissenschaft. Obwohl Professor Mumm für derlei Firlefanz nichts übrighatte und er den Turm in der heiligen Moorlandschaft von Linnuraba obszön und fehl am Platz fand, konnte er sich mit dem Gedanken durchaus anfreunden, in unruhigen Zeiten wie diesen einen Bogen zu spannen, der die Trennung von Ost und West unterstrich, und gleichzeitig für kulturelle und wissenschaftliche Werte stand.

Es war unüblich warm für diese Jahreszeit und es lag kein Schnee, fast so, als käme der Frühling noch vor Weihnachten, als Professor Maximilian Mumm vor seinem Zelt saß, das Notizbuch vor sich aufgeschlagen, den Bleistift Marke Faber-Castell in der Hand, und bereit, seine Arbeit aufzunehmen, als er in der Ferne Geräusche hörte, die über das Moor rollten und wie Donner klangen. Zuerst einmal, dann, nach einer kurzen Pause vier weitere Male. Gleich darauf ein sehr männlicher

Schrei, der immer höher wurde und in einem hohen Kreischen abriss.

Er stand langsam auf und schob den Indiana-Jones-Hut, den er trug, aus der Stirn, wischte sich mit beiden Händen über den weißen Bart und flüsterte ernst: „Was ist denn *hier* los?"

POSTINGS

Und ich sags euch, da steckt wieder was ganz anderes dahinter!

In einer ersten Reaktion zeigt sich Estland schockiert! Ja eh, wie immer, die Scheißeliten!!!

Ein diplomatischer Albtraum, pff, wär er in Afrika geblieben, der Wohlstandsneger

Die baltische Erklärung wird im letzten Moment gekippt

Der ganze Wirbel nur, weil das ein Schwarzer aus den Eliten ist!

  Das stimmt doch alles nicht. Wovon wollen sie uns wieder ablenken?

  Man traut sich nicht mehr, seine Meinung zu sagen!!!

  Haben wir denn keine anderen Sorgen als einen abgetauchten Schwarzen in einem dritte Welt Land???

  Die lenken doch schon wieder von irgendwas ab!

Denen glaube ich gar nichts mehr!

SSKM (Selber schuld Kein Mitleid): Was fahrt der dort auch hin in das abtrünnige 3-Weltland?

Black Life Matters, Ja eh klar hahaha

People of color – ja spinnts ihr alle? Das ist nur ein Neger! Der feine Herr Student! Wahrscheinlich besoffen in einen Sumpf gefallen!!!

Und wenns einen aus den Eliten erwischt, dann gehts auf einmal??? zackig, was?

ANGRIFF

Schon am Rande des weitläufigen und vom Bodennebel verhangenen Moors hatte Elias erkannt, dass er den Großteil der Strecke auf den Bretterwegen entlang gehen konnte, wenn er nach Norden wollte. Er wusste nicht, ob Stefan auch so dachte und er ging nicht davon aus, dass er auf seiner Flucht in der Nacht aus der Gefangenschaft, mehr oder weniger in Panik und Hals über Kopf, die Tafel bei der kleinen Siedlung gesehen hatte. Wo man die Wanderwege als Skizze sehen konnte und so ziemlich alle Wege, wie verschlungen auch immer, nach Norden führten und letztendlich beim Turm endeten. Im Norden des Turms befand sich eine Siedlung, da waren geteerte Straßen und Parkplätze, Gaststätten und Wohnparks. Soweit die Theorie. Wenn man inmitten einer Moorlandschaft stand, in einem fremden Land und keine echten Anhaltspunkte hatte, keine natürlichen Markierungen wie zum Beispiel einen Fluss, einen markanten Hügel, hohe Berge oder das verdammte Empire State Building, war man ziemlich in den Arsch gekniffen.

Für Elias sah die Situation jetzt so aus: Hinter sich war Gut Linnuraba. Vor ihm und hinter Stefan waren zumindest zwei oder drei paramilitärische Söldnermotherfucker, dann eben Stefan und der bewegte sich mit hundertprozentiger Sicherheit auf den Turm zu. Elias nahm das Smartphone in die Hand, öffnete den Firefox-Browser und suchte Informationen zu dem Turm, die er recht schnell fand. Er las auf Englisch, dass der Turm in Estland der zweite Turm von drei war, der gebaut worden war, um die Einheit der baltischen Staaten zu darzustellen. Nicht zufällig ergab die Verbindung zwischen den Positionen der drei Türme in Lettland, Litauen und Estland einen langgestreckten Bogen, der wohl auch eine kulturelle und intellektuelle und wissenschaftliche Abgrenzung zu Russland darstellen sollte. Es war drei baugleiche Türme, je 58 Meter hoch und sehr schlank. Der erste war der in Litauen gewesen, der Aussichtsturm Birštonas.

Die Türme waren also nicht nur einfach Türme für naturbegeisterte Wanderer, sondern sie waren Symbole, sie waren mit Bedeutung aufgeladen. Stefan wurde von allem, worin er eine tiefere Bedeutung vermutete, magisch angezogen.

Elias steckte das Smartphone in die Hosentasche und lief leichtfüßig etwa dreißig Meter auf dem Bretterweg entlang, dann sprang er auf festen Boden und eilte einen mit verkrüppelten Bäumen bewachsenen Hang hinauf, und noch bevor er oben ankam, hörte er das mehrstimmige Summen, das wie ein Hornissenschwarm klang. Er ließ sich wie vom Schlag getroffen zu Boden fallen und dachte, er würde einen gottverdammten Herzanfall bekommen. Er spürte den Puls bis in den Kiefer und Schläfen pochen.

Auf der anderen Seite des Hangs, zwischen wilden Sträuchern, hockten drei Männer. Einer von ihnen kümmerte sich darum, die gelandeten Drohnen einzusammeln, die beiden anderen schlossen ihre Rucksäcke. Sie waren bewaffnet und sahen nicht wie Leute aus, die man ungestraft nach der Uhrzeit fragte. Als der eine, der sich um die Drohnen kümmerte, mit dem Zusammenlegen fertig war, waren die Drohnen nicht größer als Beilagenteller. Jeder nahm eine und klemmte sie mit einem Schnappverschluss außen an seinen Rucksack. Dann redeten sie etwas, das Elias nicht verstand. Er lag flach auf dem Bauch im niedergedrückten, eiskalten Gras und versuchte, nicht zu atmen. Sie diskutierten über irgendetwas. Nicht laut. Es war kein Streit, eher eine Art Abstimmung. Als sie das Thema beendet hatten, ließen sie sich an Ort und Stelle fallen und legten sich rücklings ins gelbe, harte Gras. Die Wut, die Elias auf diese Männer hatte, schwebte frei in der Luft und war an keinen vernünftigen Gedanken gebunden. Er ging einfach davon aus, dass sie nicht nur die Entführer ermordet, sondern auch den Auftrag hatten, Stefan zu beseitigen. Warum sollten sie denn bitte sonst hier mit Drohnen nach ihm suchen? Und sie suchten ihn, das war ja nun mal ganz sicher!

Für ein, zwei Atemzüge war der Impuls, zum Angriff überzugehen, unwiderstehlich. Doch statt mit einem flammenden Schwert und dem Schrei eines wutentbrannten Engels den Hügel hinabzustürmen, um die drei Männer hinzuschlachten, robbte Elias langsam und so leise wie möglich rückwärts und verfluchte sich, weil er den neuen Trainingsanzug im Schlamm einsaute. Dass ihm das in dieser Situation durch den Kopf ging, löste ein halbwegs irres Grinsen aus. Sein Herzschlag beruhigte sich sehr schnell und das Hämmern in den Schläfen ließ nach. Auch wenn die Landschaft hier im milchigen Bodennebel mystisch war und zum Träumen einlud, wusste sich Elias in Feindesland. Für diesen Ausschnitt der Zeit hatten seine Feinde unter der Führung von Oberhurensohn Le

Fantom das Land okkupiert und vergifteten es mit ihrer reinen Schlechtigkeit.

Als er unten den Bretterweg erreichte, reagierte er auf eine hauchdünne Veränderung in der Luft, vielleicht auf ein allzu harmonisch in den Wind gelegtes Geräusch, wirbelte herum und sah einen der drei Männer auf sich zu stürmen. Die Ellenbogen hatte er weit hochgezogen, die Schritte waren ausladend und kraftvoll, doch Elias sah, bevor er sich wie eine Katze zu Boden fallen ließ, dass der Mann unvorsichtig war und arrogant. Er hatte keine Waffe gezogen und ging davon aus, dass der junge Kerl im Trainingsanzug leichte Beute war. Eine Aufwärmübung.

Elias rollte sich nach hinten auf die Schultern, fasste mit den Händen hinter sich und stützte sich ab, während er die Beine anzog und mit aller Kraft gegen die Knie des Angreifers trat. Er wusste nicht, ob er erleichtert war oder erschreckt, als er das trockene Knacken von Knochen hörte. Mit einem wütenden Schrei stürzte der Mann um wie ein halbwegs gefällter Baum, und er knarrte auch so, als er kippte und stürzte. Doch im Fallen zog er sein Jagdmesser aus der Scheide, die rechts am Kevlargurt befestigt war und wollte die Spitze in das Gesicht seines Opfers stoßen. Elias drehte sich weg und kletterte wie eine balgende Katze auf den Mann. Er dachte, er müsse irgendetwas sagen, um seine innere Anspannung zu lösen, irgendeinen James-Bond-Einzeiler, aber nichts fiel ihm ein. Der Angreifer krächzte irgendetwas, und da er so halb auf die Knie kam, dachte Elias, dass er ihm vielleicht doch nicht die Kniescheiben zertrümmert, aber doch einigermaßen in Mitleidenschaft gezogen hatte. Vielleicht ein Bänderriss – *ich hoffe, es tut weh, du Motherfucker*!

Elias umklammerte mit seinen Beinen den Mann so kraftvoll wie möglich, um vielleicht eine halbe Sekunde darüber nachdenken zu können, wie es weitergehen sollte, wenn sich diese Pattsituation auflöste. Er war kein trainierter Kämpfer und mehr als das, was er als Zwölfjähriger bei drei Schnupperkursen in Jiu-Jitsu gelernt hatte, wusste er nicht. Was er hatte, war ein durchtrainierter, schneller Körper. Eine rechte Hand, die aus irgendwelchen Gründen einen rauen und harten Griff umfasste. Genau diese eine halbe Sekunde brauchte er, um zu erfassen, *was* er mit der rechten Hand umklammerte. Es war der geriffelte Griff einer Schusswaffe, die im Holster an der rechten Hüfte des Mannes steckte. Während der jetzt immer wütender werdende Angreifer unter ihm tobte, wie ein

Stier und zweimal heiser etwas rief, rollte Elias anmutig von seinem Rücken, nahm die linke Hand zu Hilfe, um den Druckverschluss zu lösen, der die Waffe im Holster am Gürtel hielt, riss sie mit der Rechten heraus, packte den Griff nun mit beiden Händen, legte den Zeigefinger an den Abzug und riss ihn durch.

Klick.

War ja klar. Entsichern, du Trottel!

Der Mann kam erneut über ihn, schneller jetzt und mit einem gleichermaßen hohntiefenden wie schmerzverzerrten Grinsen. Elias rutschte mit dem linken Zeigefinger ein Stück runter, schob den Sicherungsriegel nach unten und zog erneut durch. Der Knall war vollkommen, die Wucht riss ihm die Pistole fast aus der Hand und schmerzte tief in den Handgelenken, und der Kopf des Mannes explodierte in einem Nebel aus Blut und Gehirnmasse und winzige Knochen, die auf Elias Gesicht niederprasselten. Er schrie entsetzt und triumphierend laut auf. Sah die beiden anderen den Hügel herunterkommen. Er handelte instinktiv und rasch. Viermal schoss er, zweimal links und zweimal rechts. Den Rechten traf er einmal in die Brust und einmal im Gesicht. Die Wucht des Schusses schleuderte ihn nach hinten. Den Linken erwischten die Patronen im Unterleib und im rechten Oberschenkel. Der Mann blieb kurz stehen und starrte Elias mit säuerlichem Missfallen an. Blut quoll durch seine Hose und tränkte den Schritt, ebenso sog sich der schwarze Stoff der Kampfhose über dem Oberschenkel mit Blut voll. Der Mann schrie tief und irgendwie männlich. Dann schien sein Körper das wahre Ausmaß des Schadens zu verstehen, den ihm die beiden Treffer zugefügt hatten, und sein Schrei schraubte sich in die Höhe wie die Stimme einer Operndiva. Plötzlich verstummte er, und während sein Schrei noch durch den Nebel geisterte und davonzog, schlug er hart auf dem Boden auf und rollte schlaff am Fuße des Hügels in eine Senke.

Angewidert warf Elias die Waffe weit von sich und stieß einen Ekelschrei aus, als hätte er Babydrachenkacke im Mund. Sein Puls raste, seine Gedanken tobten. Schlimmer als das Schneegestöber im Kopf empfand er im Moment das heiße Pochen im rechten Handgelenk. Er hatte noch nie geschossen, ja, noch nicht einmal im Wiener Prater bei einem der Stände, wo man mit Luftdruckgewehren auf wassergefüllte Ballons schießen konnte. Der Rückschlag der schweren Waffe war hart und brutal. Dazu kam das hohe Pfeifen in den Ohren nach den ohrenbetäubenden Schüssen. Er machte den Mund weit auf und bewegte der Kiefer, bis er ein leises Knacken spürte und hörte. Danach wurde es ein wenig besser. Zitternd stand er auf und keuchte: „Fuck. Megafuck, voll das Schlachtfeld hier!" Er wusste, dass er Unsinn redete, um das Zittern seiner Seele unter Kontrolle zu bringen. Das Vibrieren, das ihn erfasst hatte und durchlief, war wie elektrischer Strom, und das Gefühl, explodieren zu müssen, ließ ihn losrennen. Zuerst zu dem Typ, der rechts den Hügel heruntergekommen war, den er in Gesicht und Brust getroffen hatte. Er starrte emotionslos auf das, was einmal ein menschlicher Kopf gewesen war. Elias wartete auf ein Gefühl der Reue, doch da kam nichts. Er fühlte sich nur halb hysterisch und halb erschöpft. Der war hundertprozentig tot.

Weiter.

Der, den er in den Unterleib und in den Oberschenkel getroffen hatte, lebte noch, schien aber in einen Kokon aus Schmerzen gewoben. Seine Lider flatterten und jetzt spürte Elias einen Hauch Mitleid in sich aufkeimen. Dann wurde ihm schlagartig bewusst, warum diese Söldner hier gewesen waren, und der Grund für ihre Anwesenheit in diesem Naturschutzgebiet im Süden Tallinns war kein Erholungsurlaub. Sie hatten die Aufgabe, Stefan zu ermorden und jetzt waren sie selbst erledigt. Ihm fiel Will Smith im Film *Independence Day* ein, als er diesen einen Alien ausgeknockt hatte: *Dass nenne ich mal eine Begegnung der dritten Art!*

Die Söldner hatten auch die drei Entführer ermordet – und obwohl diese Menschen Elias nichts bedeuteten, fühlte er in seinem Rücken den Schatten von biblischer Gerechtigkeit. Mit zitternden Fingern holte er das Smartphone aus der Tasche und textete in der verschlüsselten App:

Verfolger erledigt. Drei tot. Ich fühle mich beschissen. Wo ist Stefan?

Zehn Sekunden später, die ihm wie eine Ewigkeit vorkamen, schrieb Alexis Armas Ramos:

Stefan 1,9 km vor Dir > Norden. Sondereinheit ist schon in der Gegend, Kommando hat Viktor Kallas. Wenn Polizei auf dich zielt, ruf seinen Namen und heb die Hände, die haben widersprüchliche Informationen über die aktuelle Lage. Cuidado, Muchacho!

DIE HÖLLE DES FANTOMS

Stefan hörte die Schüsse und konnte sie im ersten Moment nicht als Schüsse einordnen, weil sie hier völlig fremdartig anmuteten. Phonetisch, dachte er, würde er sie als „POW, POW, POW, POW!" zu Protokoll geben. Doch im ersten Moment klang es für ihn wie ein Arbeitsunfall, bei dem sehr große Holzplatten umfielen und auf den Boden krachten. Hier im Moor war der Klang staubtrocken, es gab weder Echos noch Hall. Ebenso schnell, wie die klanggewordene Irritation aufgetaucht war, war sie auch schon wieder verschwunden. Das Moor lag still, als wäre nichts gewesen; nur ein paar Grauspechte flatterten aufgebracht aus dem kahlen Geäst hoch.

Ihm war, als hätte er auch einen dünnen Schrei gehört, der sich in die Höhe schraubte wie die Stimme einer Opernsängerin vor dem Finale, und dann jäh erstarb. Stefan blieb stehen und lauschte noch einmal, aber da war nichts mehr. Nur das Flattern der Grauspechte, die sich wieder im Geäst niederließen, und sein eigener Herzschlag, der bis in die Trommelfelle hinauf hämmerte.

Er ging weiter und hatte Hunger. *Ich habe ja nicht mehr weit*, dachte er, blieb stehen, nahm den Rucksack ab und wühlte in ihm herum, bis er den letzten Proteinriegel fand, auspackte und aß. Der Atim gehört hatte, den er getötet hatte. Er taumelte, stürzte auf die Knie und schwor sich, nicht wieder zu weinen. Genug mit der blöden Heulerei, für ein Leben lang genug geheult. Und in diesem Moment, als seine Motivation wie ein angezählter Boxer auf dem Boden lag, und der Weg, der noch vor ihm lag, ihm endlos schien, hörte er ein Stück weiter rechts eine besorgte, ältere Stimme, die auf Englisch rief: „Ach du meine Güte, geht es ihnen gut, mein Junge?"

Zerrissen zwischen Panik und Hoffnung hob Stefan den Blick und kam taumelnd auf die Füße. Da kam der Mann mit einem weißen, gepflegten Bart auf ihn zu, der aussah wie Sean Connery im Film *Medicine Man*, nur hagerer.

Sein Englisch war snobistisch, als wäre es die verinnerlichte Zweitsprache eines Menschen, dem das ganze Leben akademisch erscheint.

Der Mann kam näher. *Ein Gelehrter, kein Zweifel*, dachte Stefan, stützte sich auf die Knie und spürte, wie ihm Magensäure hochstieg. Er nickte, flüsterte: „Mir geht es nicht gut."

Der Mann nickte freundlich und ein wenig erstaunt, so, als ob er es nicht fassen konnte, in eine solche Situation gekommen zu sein, hier in der Wildnis auf irgendeinen anderen Menschen zu treffen, der obendrein auch noch hilfsbedürftig war.

„Na kommen Sie, mein Junge. Mein Name ist Maximilian Mumm, und ich werde Ihnen gern helfen."

„Ich muss zum Turm", stöhnte Stefan, als ihn der Mann hochzog und seine Taille umfasste, als wäre er nicht schwerer als ein Kind.

„Wie Herr Roland aus dem Gedicht, nicht wahr? Da drüben habe ich mein Zelt. Und eine Möglichkeit, ein wenig zu rasten, zu essen und zu trinken. Da entlang, mein Lieber!"

Als der ältere Mann das Gedicht von Herrn Roland erwähnte, der zum dunklen Turm kam, lief Stefan die Gänsehaut über den Rücken. Was für ein Zufall! Und gerade in dem Moment, als er seiner tiefen Sehnsucht erfüllt sah, einem Menschen vertrauen zu können, nicht mehr allein zu sein, so einsam, hungrig und schwach, da spürte er einen hauchfeinen Stich in seiner unteren Wirbelsäule, etwa zehn Zentimeter über dem Steißbein. Der Mann, der ihn stützte, manövrierte ihn weiter, so, als ob nichts wäre, den sanften Hügel hinab, zwischen ausladende, kahle Sträucher und verkrüppelten Bäumchen hindurch und über eine trockene Fläche voller gelber Moose. Da stand ein Zelt, wie man es aus Hollywoodschinken kannte. Kein leichter Stoff, sondern Leinen, ein Zelt, vor dem Ernest Hemingway sitzen könnte, um seine Geschichte über den Kilimandscharo zu schreiben.

„Wer sind Sie?", flüsterte Stefan.

Der Mann antwortete: „Maximilian Mumm, emeritierter Professor der Universität Tallin. Sozusagen im Ruhestand. Ich katalogisiere hier seltene Gruppierungen von Pflanzen!"

„Seltene Mischkulturen? Echt?"

„Ich sehe, Sie kennen sich aus, mein lieber, junger Freund. Und hereinspaziert!"

Als Stefan das Angebot annahm und in das mannshohe Zelt schlüpfte, spürte er seine Beine nicht mehr und eine Hitzewelle jagte durch seinen Körper. Das Gefühl, dass irgendetwas nicht stimmte, machte den Geschmack in seinem Mund bitter und ließ ihn zittern. Er flüsterte: „Ich spüre ... ich kann nicht ..." Dann sackte er fast zu Boden, doch der Mann hielt ihn fest im Griff und legte ihn behutsam aufs massive Campingbett, als ob er nicht mehr Gewicht hatte als eine Strohpuppe.

„Kann ... ich kann mich nicht mehr ..."

„Ja, du kannst dich nicht mehr bewegen. Stimmts? Das ist ein neues Muskelrelexan. Ich habe es dir in den Rücken gespritzt."

Stefan starrte den Mann verwirrt an, unfähig, sich zu bewegen. „Warum?"

Der Mann beugte sich über ihn und in seinem Blick war keine Freundlichkeit.

„Na, warum wohl? Um dich zu foltern, zu vergewaltigen und zu ermorden. Und all das werde ich filmen und auf deine Socialmedia-Profile hochladen."

Mit diesen Worten machte er einen Schritt zurück, griff sich in den Nacken und zerrte an der Haut und sein Gesicht löste sich mit einem feuchten Schmatzen, bis er es in der Hand hielt. Und statt in ein Gesicht starrte Stefan völlig wehrlos in das schwarze Antlitz des Fantoms.

Jetzt klang die Stimme schnarrend und tief und unmenschlich: „Willkommen in der Hölle, Stefan Thala Kareem." Mit diesen Worten beugte er sich wieder über Stefan, öffnete eine kleine Flasche und träufelte ihm ein paar Tropfen einer dunklen Substanz in den Mund.

„Du musst nicht schlucken. Noch nicht. Dieses Medikament löst sich in der Mundschleimhaut auf. Was es bewirkt? Du hast mich auf die Idee gebracht, weil du in deinen Comments auf Instagram so freundlich warst, auch deine intimsten Ängste mit der Welt zu teilen. Es bewirkt, zusammen mit dem Relaxan, eine Schlafparalyse. Etwas, wovor du besonders schreckliche Angst hast, wie du in einem Posting unter einem deiner schönen, sexy Bilder freundlicherweise bekannt gegeben hast. Das Grauen, wenn der Geist aus dem Schlaf erwacht, bevor der Körper aufwacht. In zehn Minuten ungefähr sperre ich dich in deiner eigenen Hölle ein. Und inzwischen ..."

Im Wegdriften spürte und sah Stefan, wie Le Fantom ihm die Sneakers und die Socken auszog, die Sporthose nach unten zog und die Unterhose gleich mit. Wie er ihn mühelos anhob, die Jacke auszog und das T-Shirt. Und wie er seinen Schwanz umfasste und ihn langsam wichste.

„Noch lieber, als Leichen zu schänden, schände ich Sterbende.", sagte Le Fantom. Nach einer Weile ließ er von Stefans schlaffen Penis ab, stand auf und richtete mit einigen wenigen, geschickten Handgriffen eine Digitalkamera auf einem dreibeinigen Stativ ein. Die Linse zeigte auf Stefan. Dann schraubte der Fremde, das fleischgewordene Böse, einen Kanister auf und schüttete den Inhalt auf den Boden und auf die Zeltwände. Es roch durchdringend nach Petroleum.

Das bekam Stefan noch mit, bevor er in den Schlaf glitt, mit einem Gefühl der völligen Wehrlosigkeit und einer Angst, wie es sie noch nie erlebt hatte.

Es war das Grauen.

Das Grauen.

Etwas war mit ihm im Raum. Im Augenwinkel fast nicht wahrzunehmen, aber eindeutig da und vollkommen bedrohlich. Ein hungriges Raubtier vielleicht, oder noch schlimmer, ein Albtraum, der sich so verdichtete, dass ihn seine eigene Schwerkraft aus dem Land der Träume ins Leben herübergeholt hatte. In diesem Moment wusste er nicht, ob er wach war oder nicht und das schien auch nebensächlich. Die Bedrohung war greifbar, sie war da und er war außerstande, sich zu erinnern, sich zu bewegen, er konnte nicht einmal schreien, obwohl seine Panik nichts anderes wollte, als sich in einem entsetzten Brüllen aus dem Körper zu befreien. Er wollte sich aus seinem Körper freistrampeln und er spürte, dass sein eigener Körper sein intimster Feind war, ein Käfig, in den er eingeschlossen war.

Über ihm erschien das Grauen und manifestierte sich wie Farbe in einem Wasserglas, das durch dunkle Magie ein schreckliches, unmenschliches Gesicht formte.

Unterhalb des Gesichts bewegte sich etwas, zuckte hin und her und zischte und fauchte. Seine Panik wuchs ins Unermessliche, als er sah, was es war. Der Tod war nicht das Schlimmste. Sterben war es. Und das Wissen, dass das Grauen nach dem Tod kein Ende finden wird. Es war ihm unmöglich, den Mund zu schließen. Die Ratte sank zuckend und fauchend herab und dann schob ihren Kopf in seinen Mund wie in eine Höhle.

Eine Höhle stummer, verzweifelter Schreie.

Jetzt kam ihm wieder der Gestank von Benzin ins Bewusstsein – das und das wütende Fauchen und Zucken der Ratte, die jetzt auf seiner Brust saß und ihn wütend anstarrte. Sie hatte sich aus seinem zu einem Schrei geöffneten Mund befreit und kratze seine unbehaarte Brust mit ihren scharfen Krallen.

„Wenn hier alles in Flammen steht, mein Freund", sagte Le Fantom emotionslos, „dann kann es sein, dass sie sich in dich hineinfrisst, um sich vor dem Feuer zu verstecken. Stirb in Wahn und Grauen, mein junger Freund. Wir hatten leider viel zu wenig Zeit, uns ausgiebig zu unterhalten."

Irgendwo im rechten Augenwinkel sah Stefan eine Flamme züngeln. Wieder wollte er schreien.

Und wieder brachte er nicht mehr als ein schwaches Hauchen heraus.

Als das Zelt Feuer fing, geschah das nicht gemächlich, sondern mit einem WUSCH, das in ein finsteres dröhnendes Grollen und Fauchen überging. Es entfaltete sich wie Schwingen aus Flammen und Rauch.

Bewegungsunfähig lag Stefan auf dem Rücken, die Ratte saß auf seiner Brust und begann, seine Haut aufzureißen. Seine Augen spiegelten die Flammen und ein tief in ihm verwobenes Grauen, eine unendliche Todesangst.

Die Erkenntnis, dass das Grauen der Schlafparalyse ihm aus dem Traum ins Leben gefolgt war.

Le Fantom war weg.

Über ihm zerriss das Feuer das Zeltdach. Zuerst wurden die flappenden Stoffteile durch die Hitze nach oben geweht, dann stürzten sie mit einem prasselnden Fauchen zurück und bedeckten Stefans Beine. Die Ratte kratzte mit allen Läufen auf Stefans Brust und versuchtem seine Haut über der linken Brust aufzubeißen – vergeblich. Dann wehte glutheiße Luft über Stefan hinweg und der Pelz der Ratte fing Feuer. Mit einem irren Kreischen sprang sie auf den Boden.

Noch immer bewegungsunfähig, sah Stefan, wie der brennende Zeltstoff seine Beine bedeckt und jetzt endlich schaffte er es, gellend zu schreien.

BRO

Irritiert blieb Elias auf einem flachen Hügel stehen und wusste nicht, was ihn gerade so verunsichert hatte. Als wäre ein Hauch besonders kalter Luft an seinem Gesicht vorbeigezogen. Er holte das Smartphone aus der Tasche, öffnete die Polizeiapp und tippte: *Seine Position?*

Fünf Sekunden später schrieb Armas Ramos: *500m nordwestlich von dir. Siehst ihn nicht? Da gibt es auch eine Wärmequelle. Alexis.*

Elias meinte, in einiger Entfernung das flappende Dröhnen eines näherkommenden Hubschraubers zu hören, konzentrierte sich aber auf die Nachricht und dann darauf, was ihn ebenso irritiert hatte. Es war kein Temperaturwechsel und es war keine magische Verwerfung.

Es roch nach Feuer.

Feuer! Wärmequelle.

Er stöhnte: „Oh mein Gott, bitte …"

Schnell lief er mit weit ausholenden Schritten und eng angelegten Ellbogen den mit Moos und trockenen Gras bewachsenen Hügel hinunter, sank bis zu den Knien im eisigen Morast ein und kämpfte sich frei, hielt sich an Grasbüscheln und Flechten fest, kletterte zitternd den nächsten Hügel hinauf, blieb eine Sekunde stehen, fassungslos. Da stand mitten in der Wildnis ein brennendes Zelt wie die Vision eines Wahnsinnigen. Die Flammen schlugen hoch und höher, und jetzt sah er auch den öligen, schwarzen Rauch, der von der Brandstelle hoch wehte und die Fratze eines Dämons annahm, auseinanderwehte und sich drehte, als würde er seine eigene Luftströmung erzeugen.

Thermik, schoss es ihm durch den Kopf. Und er wusste mit einem Schlag, dass Stefan in dem Zelt war. Er nahm den Rucksack von den Schultern und warf ihn zu Boden und rannte los wie noch nie in seinem Leben. Stolperte und strauchelte und schrie: „Bro! Talha, ich bin gleich da …"

Zweihundert Meter. Die Zeltplanen wurden durch die Hitze nach oben gerissen und das wütende Flappen war deutlich zu hören. Er roch brennendes Haar.

Fünfzig Meter. Aus dem Zelt brach ein gellender Schrei hervor, als würde das Feuer selbst brüllen. Ohne auf sich selbst zu achten, besessen von dem Wunsch, Stefan zu retten, von allem, was ihm heilig und wert und wichtig war in seinem Leben, stürzte er in das Inferno, die Flammen versengten seine Haare im Nacken, die glutheiße Luft seine Wimpern und Augenbrauen.

Vor ihm lag Stefan mit weit aufgerissenen Augen und krächzte entsetzt den brennenden Himmel an. Für einen Atemzug spürte Elias die Flammen auf sich, als hätten sie ein spürbares Gewicht, sie loderten auf seinem Rücken, dem Hinterkopf, er spürte, wie das Feuer seine Haare fraß und brüllte vor Grauen.

Er hörte auf zu denken und orientierte sich für einen halben Atemzug. Entschlossen packte er Stefans rechte Hand und riss ihn von der schweren Campingliege.

„Hilf mit, Mann, komm schon, bitte!"

Stefan konnte nicht. Wütend vor Verzweiflung packte Elias Stefans rechtes Handgelenk mit beiden Händen und zerrte ihn durch eine Öffnung zur brennenden Rückseite des Zelts und noch weiter, spürte, wie er sich den linken Schultermuskel zerrte, ließ nicht los, riss an Stefan, Stück für Stück, Meter für Meter, bis er nicht mehr konnte und vor Erschöpfung und Angst um Stefan schreiend stürzte, sich halb über seinen Freund legte und nicht wusste, dass er das tat. Das lichterloh brennende Zelt tanzte etwa fünf Meter hinter ihnen in den Flammen, Asche wehte herüber. Als er sich drehte, um die Gegend abzusuchen, sah er auf einem Hügel einen in der Hitze wabernden Schatten, der freundlich winkte.

Er fand noch die Kraft, zu brüllen: „Stirb, du Hurensohn. *Stirb!*"

Das Donnern des Hubschraubers kam näher und näher und die Rotoren fachten das Feuer noch mehr an. Elias mühte sich hoch, konnte nichts sehen, wegen der Tränen in den Augen und zerrte Stefan noch ein paar Meter weiter vom Feuer weg. Dann hockte er sich neben seinen Bro und stammelte verzweifelt: „Bleib bei mir, bleib da, bitte, Bro, bleib da!"

Er musterte Stefan von oben bis unten. Er hatte offene Brandwunden an den Schienbeinen und auf der rechten Hüfte. Auf der Brust hatte er tiefe Kratzwunden, die stark bluteten. Ohne viel darüber nachzudenken, ob er das Richtige tat, nahm er eine Handvoll kalten Schlamm und packte ihn auf das rechte Schienbein bis hinauf zum Knie.

Der Hubschrauber landete und drei Männer sprangen aus der Öffnung, rannten auf ihn zu. Elias warf die Hände in die Luft und schrie: „Viktor Kallas! Viktor Kallas!"

Einer der Männer blieb auf halbem Weg stehen und rannte dann zum Helikopter zurück. Augenblicke später kam er wieder zum Vorschein und zerrte etwas Längliches hinter sich her. Es war eine Trage. Stefans Schreie waren ermattet und Elias hoffte, dass er den Schmerz hatte lindern können. Zumindest auf dem einen Bein. Als er sich zur Seite bückte, um noch eine Handvoll Schlamm zu nehmen, spürte er eine Hand, die ihn in der Bewegung stoppte. Der Mann sah ihn aufmerksam an und schüttelte den Kopf, sagte auf Englisch: „Nicht das. Wir haben Gelverbände. Komm!"

Zwei Soldaten klappten die Trage der Länge nach auf, dann nahmen sie Stefan behutsam und legten ihn auf dem kalten, weißen Plastik ab, packten die Trage an den Griffen und hoben ihn hoch, wie eine Puppe. Der dritte Mann zog Elias mit einem kräftigen Ruck hoch, lächelte ihn kurz beruhigend zu und sagte, wieder auf Englisch: „Du bist Elias."

Nickend ließ er sich von dem Mann an der Hand zum Helikopter führen, wie ein kleines Kind sich von der Mutter führen ließ. Stammelte: „Elias Mataanoui. Ist mein Name!"

Der Mann ließ Elias vor sich in den Hubschrauber steigen, wo er sich neben Stefan auf den Boden kauerte. Die zwei anderen zogen ihn hoch und wiesen ihn an, sich auf die Klappbank zu setzen. Zeigten ihm, wie er den Sicherheitsgurt festmachen musste. Dann sah der Mann, der Elias hoch geholfen hatte, noch einmal in die Landschaft und sah etwas, das wie aus einem Traum gerissen anmutete: Ein paar Meter rechts vom Helikopter jagte ein junger Fuchs einer Ratte hinterher, deren Pelz lichterloh brannte. Er schüttelte den Kopf, kletterte in die Kabine und gab dem Piloten ein Zeichen, eine Kreisbewegung mit dem Zeigefinger in der Luft, und die Maschine hob dröhnend ab. Elias beugte sich vor und streichelte Stefans Stirn. Ihm war nach Weinen zumute und danach, zu schreien. Stefan lag still und Tränen liefen an seinen Schläfen hinunter, blieben in den Ohren hängen und als der Hubschrauber eine steile Kurve machte, tropften sie zu Boden.

„Er lebt", sagte der Mann neben Elias. „Du hast sein Leben gerettet, Elias. Mein Name ist Viktor Kallas. Ich bringe euch jetzt ins Krankenhaus."

Elias lächelte kurz dankbar, dann schloss er völlig erschöpft die Augen und legte den Kopf in den Nacken.

SPUREN

Nachdem Elias Mataanoui und Stefan Thala Kareem vom Krankenhauspersonal auf dem Dach des Unfallkrankenhauses in Empfang genommen worden waren und Sanitäter den Krankentransport nach unten in die Notaufnahme begleitet hatten, gab Viktor Kallas den Piloten die Anweisung, zur Hauptwache zu fliegen, um ihn dort mit seinen Leuten auf dem Dach abzusetzen.

Als er sein Büro erreicht, und dort seine Frau über das Festnetztelefon noch einmal angerufen hatte, um sie darüber zu informieren, dass es noch später werden würde, setzte er sich hinter den Schreibtisch und entsperrte den Computer. Eine halbe Minute später hörte er das Signal eines eingehenden Videoanrufs und nahm das Gespräch entgegen. Es war Alexander Oja, der Chef der Forensik. Ein stets verschlafen wirkender Mittdreißiger mit wenigen Haaren am Kopf, unrasierten, eingefallenen Wangen und einem messerscharfen Verstand.

„Alex. Du bist schnell und doch siehst du immer so müde aus, mein Freund. Hast du was für mich?"

„Es ist ein gottverdammtes Chaos. Ich sollte zu Hause sein bei meiner Frau und meinem Kind und jetzt schau mich mal an, was ich mache? Ich stochere im Mund eines Toten herum. Wir haben die drei Leichen der Entführer auf dem Tisch und wir haben die drei Männer, die deine Leute im Moor eingesammelt haben. Ich weiß nicht, wie dieser Mataanoui das geschafft hat, aber er hat irgendwie drei ehemalige Elitesoldaten überwältigt."

Viktor hob die Hand und grinste: „Ich habe so eine Idee, wie er es geschafft hat."

„Und?"

„Wenn Elitesoldaten fallen, hat das immer nur zwei Gründe. Entweder, der Gegner war noch besser, oder sie sind arrogant und unaufmerksam geworden. Dieser Elias Mataanoui ist kein Kämpfer, kein Krieger, aber er ist körperlich topfit und er war verzweifelt und wahrscheinlich so wütend wie ein Peitschenknall. Wenn er nur schnell und entschlossen war, so war das vermutlich mehr als genug, diese drei Leute zu bezwingen. Weiter!"

„Okay Viktor, klingt schlüssig. Was die Entführer betrifft: Tomas

Balodis und Ludis Eglite wurden erschossen. Balodis wurde mit einem Kopfschuss hingerichtet, und Eglite haben die Täter regelrecht in Fetzen geschossen. Der jüngste der drei Entführer, Atim Janson, der wurde erwürgt. Mit dem Medikit konnten die Ermittler vor Ort herausfinden, dass Jansons sein eigenes Sperma im Mund hatte. Der Abstrich zeigte aber dann noch etwas, das ein wenig … merkwürdig ist."

Viktor Kallas lehnte sich auf die Ellbogen und sah Alexander aufmerksam an: „Weiter!"

„So, wie der Samen im Mund von Atim Janson seine eigene DNS hat, wir also sicher wissen, dass es sein eigener Samen ist, haben wir eine zweite DNS in seinem Mund gefunden, und nachdem wir routinemäßig einen Abstrich von Stefan Talha Kareem genommen haben, also, äh …"

„Was denn nun?"

„Die zweite DNS ist vom Entführungsopfer. Und soweit wir das beurteilen können, kommt sie vom Speichel des Entführten."

Viktor lehnte sich zurück, legte die Fingerspitzen aneinander und sah an die Decke. Er dachte über das nach, was man sonst über Atim Janson herausgefunden hatte, als man noch in der Nacht das Haus seiner Eltern gestürmt, und sein Zimmer durchsucht hatte. Er rief sich in Erinnerung, wie Stefan Talha Kareem aussah, und …

„Brauchst du noch was, Boss? Sonst mache ich hier Schluss."

„Ja passt, mach Schluss. Ich muss noch ein wenig nachdenken."

Viktor Kallas beugte sich vor und beendete das Gespräch. Lehnte sich zurück und dachte nach. Dann nickte er, stand auf und verließ das Büro.

IM RAUM AUS LICHT

Die Angst, wieder in einem Albtraum erwachen zu können, löste in Stefan den Wunsch aus, weiterzuschlafen. Hier war es ruhig, nichts tat weh, aber er spürte durch die Watte, in der er sich gepackt fühlte, dass jenseits der Stille die Schmerzen auf ihn warteten, wie ein Unwetter darauf wartete, losbrechen zu dürfen. Besser war es, stillzuliegen und still zu bleiben. Er empfand keine echte Angst, und das war anders als in einer Art der Schlafparalyse zu erwachen. Es war nicht alles in Ordnung, da war er sicher. Aber es fühlte sich anders an. Irgendwie meinte er zu spüren, dass ein großer Teil der Gelassenheit, die er empfand, oder die er zu empfinden meinte, auf Medikamente zurückzuführen waren. Um zu prüfen, ob er wirklich wach war, bewegte er vorsichtig die rechte Hand. Nur ein Stück. Er spürte kühlen Stoff unter den Fingerspitzen. Unter Anstrengung bewegte er die Hand weiter und stieß auf etwas Warmes. Das fühlte sich gut an. Langsam öffnete er die Augen und blickte auf eine rein weiße Zimmerdecke. Das unter seiner rechten Hand fühlte sich an wie ... ja, wie eine Hand. *Oh Gott*, dachte er. *Ich bin nicht allein.*

Die Anstrengung, sich zu bewegen, war nicht unangenehm, eher so, als würde sein Körper nach und nach aus einer Ohnmacht erwachen, nur ohne Kribbeln und Jucken. Kurz dachte er an die Ratte, die mit ihm im brennenden Zelt gewesen war, und hoffte verrückterweise, dass sie auch überlebt hatte. Und erst, als er diesen Wunsch in Gedanken formuliert hatte, flossen die Erinnerungen in sein Gedächtnis wie Wasser in einen leeren Krug. Le Fantom. Das brennende Zelt. Die Tropfen, die ihm der Mann mit der furchtbaren Maske eingeflößt hatte. Wie der Kerl es geschafft hatte, wenn auch nur kurz, sein Vertrauen zu gewinnen. Als emeritierter Professor. Woher wusste er, wie er Stefan manipulieren konnte? Was wusste dieser Dämon im Körper eines Menschen noch alles über ihn? Über seine Familie, Freunde, über die ganze, verdammte Welt?

Er drehte langsam den Kopf nach rechts. Das, was er sah, ließ ihn lächeln. Zaghaft und tief gerührt. Auf einem Krankenhausrollstuhl saß Elias, hatte den Kopf auf die Matratze gebettet und schlief. Seine Hand bewegte sich im Traum unter Stefans Hand. Fast nur ein Zucken. Ganz behutsam ließ sich Stefan auf das Kissen zurücksinken. Jetzt spürte er in den Beinen ein brennendes Ziehen. Links von sich sah er einen Tropf, der halb voll war. Der Schlauch mündete in seinem Unterarm.

Als Stefan wieder aufwachte, diesmal deutlicher und bewusster, sah er bei der Tür einen Schatten. Kurz hielt er den Atem an, weil der Schatten … Dann bewegte sich der Schemen auf ihn zu.

„Mein Sohn. Mein geliebter, wunderschöner Sohn." Sein Vater setzte sich neben Stefan auf die Bettkante und brach in Tränen aus.

Später:
„Er war die ganze Zeit hier bei dir. Von dem Moment an, als sie dich aus dem Operationssaal in den Aufwachraum brachten und dann hierher in das Zimmer, war Elias bei dir. Er war so blass und auch so gefasst – irgendwie. Ernst. Als ob er vergessen hätte, wie man lächelt. Er schlief hier – bei dir. Jetzt ist er in einem Ruheraum des Personals. Sie haben ihn verarztet und eine Tablette gegeben und jetzt schläft er."

„Wie geht es dir, Papa?", fragte Stefan flüsternd und drückte die Hand seines Vaters.

Taio Kareem sah seinen Sohn erstaunt an und antwortete mit einer Gegenfrage: „Du bist durch die Hölle gegangen, Junge, und du fragst mich, wie es *mir* geht?" Er räusperte sich und fuhr fort: „Ich werde dir lieber sagen, wie es dir geht. Pass auf. Zuerst mal, Mama ist auf dem Weg hierher. Und irgendwelche Leute aus Gran Canaria sind auch auf dem Weg. Dürften Freunde von dir sein, Junge. Ein Polizist und sein Freund und noch irgendein Kriminalbeamter namens Sergio. Sie werden für heute Nachmittag erwartet. Es ist jetzt … kurz vor Mittag, falls du das fragen willst!"

Stefan nickte: „Leute, die mir geholfen haben. Auf dieser Frequenz!"

„Ja, diese Leute. Du hast Verbrennungen an den Schienbeinen und auf der rechten Hüfte über dem Hüftknochen. Die Kratzwunden auf der Brust wurden behandelt, du wurdest geimpft. Den Verband um den Oberkörper hast du, weil eine Rippe angeknackst ist – nicht gebrochen, nur angeknackst. Und – sie haben den kleinen Finger angenäht. Ich weiß nicht warum, aber die Entführer haben den wirklich in Eis gepackt und ans Hotel geschickt. Der Concierge des Abends, an dem das Paket im Hotel ankam, hat es direkt ans Krankenhaus weitergeleitet. Es wird eine Zeit dauern, bis du ihn wieder bewegen kannst und er wird nie wieder so gut sein wie – also wie zuvor. Aber es wird genügen müssen. Du hast keine Wundinfektionen. Das Penicillin, das dir die Entführer gaben, weiß Gott, warum sie sich überhaupt darum scherten, hat eine Infektion verhindert, war aber falsch dosiert. Daher der Durchfall und die Magenkrämpfe. Du wirst Narben behalten. Helle Narben auf den Schienbeinen. Elias ist im letzten Moment aufgetaucht. Er konnte das Schlimmste verhindern. In den Medien ist der Teufel los. Schlagzeilen über Schlagzeilen, in den sozialen Medien posten sie Kluges und Verrücktes. Es ist vielleicht besser, wenn du darauf verzichtest …"

„Papa? Kannst du mich bitte einfach in den Arm nehmen?"

Umstandslos legte sich Taio Kareem neben seinen geschundenen Sohn aufs Bett, nahm ihn vorsichtig in die Arme und streichelte ihn. Nach einer Weile des Schweigens sagte er leise: „Aber ich werde kein Gutenachtlied singen. Schlag dir das aus dem Kopf."

Seltsam, wie schmerzhaft und berauschend zugleich es sein kann, ein Lachen zu unterdrücken.

Am späten Nachmittag fühlte sich Stefan stark genug, eine Gemüsesuppe zu löffeln und Hackbraten mit Kartoffelstampf zu essen. Der Tropf wurde getauscht, Personal kam und ging, notierte irgendwas auf Millimeterpapier oder auf Tablets und klemmte die Information ans Fußende des Betts. Dann hörte er Stimmen vor der Tür. Einen mächtigen Bass, eine höhere Stimme, irgendwie feminin. Die Tür ging auf und vier Leute kamen herein. Vorne Elias, hinter ihm ein dicker Mann mit dem Gesicht eines Latinos, ein ziemlich androgyner Junge mit besorgtem Gesicht, der, wie Stefan erkannte, die Lage sondierte, besonders, wie der Tropf gesetzt war. Und ein unrasierter Bursche mit schnellen Augen und einem verwegenen Lächeln. Stefan spürte, dass er die Leute auf Anhieb mochte, denn in ihnen sah er nichts anderes als die reine Freude, ihn wach und am Leben zu sehen.

Elias stellte sie ihm vor: Der Dicke war Chef der Kriminalpolizei von Gran Canaria, der Bärtige war ein Bursche namens Sergio Valdez, der IT-Spezialist der Kriminalpolizei. Der zierliche Junge hieß Caramello Mejias und er sah wirklich aus, als ob er nach Karamell schmecken würde, wenn man ihn … Der Gedanke verwirrte Stefan und noch verwirrender fand er, dass er das Gefühl *mochte*, auf diese Art verwirrt zu sein. Sie setzten sich auf Sesseln, die sie mit großem Getöse aus anderen Zimmern herbeigeschafft hatten, im Halbkreis am Fußende des Betts zu Stefan. Sein Vater müsse ein paar Angelegenheiten regeln, und dabei ginge es sowohl um Stefan, und auch um die weiteren Schritte. Die baltische Erklärung würde noch heute ratifiziert werden, das stand außer Frage.

„Jetzt erst recht", sagte Armas Ramos in holprigen englisch, sah seinen jungen Begleiter Hilfe suchend an, der das Sprechen übernahm:

„Sie waren politisch und menschlich wirklich nur kurz in Schockstarre, erkannten aber auch, dass die Erklärung ratifiziert werden *muss*. Es stellte sich heraus, dass alles, was geschah, auch das, was du noch nicht weißt, von diesem Verbrecher geplant worden war, den nun auch die Medien ernst nehmen und als sehr ernste Bedrohung einstufen – Le Fantom. Sein Plan war, durch deine Entführung in eine abgelegene Gegend die Aufmerksamkeit der Polizei abzulenken von seinem eigentlichen Plan."

„Was war der Plan?", fragte Stefan und fühlte Wut hochsteigen.

„Der Plan war, in einem Außenbezirk von Tallinn fünf Familien aus Russland ermorden zu lassen, die für eine Annäherung Estlands an Russland kämpften – geduldete Separatisten. Die Ermordung dieser Familien hätte die sowieso gespannte Lage weiter destabilisiert. Die Erklärung zu verhindern, wäre für ihn, so denken die Analysten nun, die Kirsche auf der Torte gewesen."

Die Wut wurde in ihm heißer: „Ich war … also wirklich nur ein Ablenkungsmanöver?"

Caramello sah Hilfe suchend zu Armas Ramos, als die Tür aufging und ein schlanker, älterer Mann in den Raum trat, sich verbeugte und sagte: „Mein Name ist Viktor Kallas. Wo ist der Sekt? Habt ihr schon ohne mich angefangen?"

Es gab keinen Sekt und als sie merkten, dass Stefan immer wieder die Augen zufielen, gingen sie leise hinaus, nur Viktor Kallas blieb beim Bett stehen, nahm Stefans Hand und drückte sie sanft.

„Ich gehöre nicht zu denen, die sagen, ich weiß, wie es Ihnen geht. Ich werde nicht sagen, dass ich mit Ihnen mitfühle. Ich mag diese Lügen nicht, die man so vor sich hinsagt. Aber zwei Sachen, die werde ich sagen: Ich bin wirklich, wirklich froh, Sie am Leben zu sehen. Und das

Zweite: Ohne Scheiß, mein junger Freund - um Ihre Freunde kann man Sie wirklich beneiden. Ich wurde befugt, Zugeständnisse zu machen. Was immer Sie wünschen und was sich irgendwie ohne Zauberei machen lässt, ich werde es ermöglichen. Schlafen Sie jetzt. Sie sind geborgen und in guten Händen."

Stefan hob die Hand, und das war so unendlich schwer. Er war schon fast wieder eingeschlafen, als er fragte: „Wo ist er? Habt ihr ihn?"

Viktor Kallas, der schon bei der Tür stand, blieb stehen und drehte sich langsam um: „Es ist beschämend. Nein, wir haben ihn nicht und es scheint ein unverzeihlicher Fehler in meinen Reihen geschehen zu sein. Als die Einsatzgruppen kamen, um den Brand zu löschen und nach Spuren zu suchen, wo sie auch den Rucksack von Ihrem Freund fanden, begegneten sie einem aufgelösten, älteren Herrn, der am Stock ging und sie entsetzt fragte, was da los sei. Sie ließen ihn gehen. Ich bin davon überzeugt, dass er es war. Zwei Stunden später gab ich den Fahndungsbefehl, ordnete an, das ganze Gebiet genaustens zu durchsuchen, aber es gab keine Spur mehr. Er ist weg. Wir haben die Suche ausgeweitet. Wir suchen ihn in Estland, in Lettland, an den Grenzen zu Russland. Es ist ein verdammtes Chaos." Kallas blieb noch einen Moment bei der Tür stehen, drehte sich noch einmal zu Stefan um und sagte leise: „Ich weiß, oder besser gesagt, ich habe ein sehr gutes Bild davon, wie es Ihnen gelungen ist, Atim Janson zu überwältigen. Wir werden das so diskret wie möglich behandeln, aber leider sind Informationen, die für Gerüchte reichen, nach draußen gedrungen. Was die Staatsanwaltschaft und mich betrifft, wird es diesbezüglich keine Anklage geben. Wir schirmen Sie hier bestmöglich gegen Journalisten ab. Bitte tragen Sie auch Ihren Teil dazu bei, Gras über die Sache wachsen zu lassen. Gute Besserung!"

Mit diesen Worten verließ Viktor Kallas das Krankenzimmer und Stefan meinte, in den letzten beiden Worten von Viktor Kallas so etwas wie echtes Wohlwollen gehört zu haben.

Zwei Tage später fühlte sich Stefan in der Lage, am Tropf aufzustehen und im Zimmer auf und abzugehen. Er verließ das Zimmer und wanderte über den Korridor. Krankenschwestern lächelten ihm aufmunternd zu, ein junger Arzt, der vorbeieilte, hob mahnend den Zeigefinger und sagte: „Schritt für Schritt und nicht zu weit."

Er ruhte sich auf einer Bank aus und hatte den dringenden Wunsch, eine Zigarette zu rauchen, obwohl er zum ersten und zum letzten Mal in seinem Leben mit dreizehn Jahren einmal eine geraucht hatte. Gedanken stoben in seinem Kopf herum wie aufgeschreckte Vögel. Stefan wusste, dass er nicht ewig hier bleiben, und dass er früher oder später zurück nach Wien fliegen würde. Ja, er lebte und er würde gesund werden, er würde Narben behalten. Aber was war mit dem Leben? Wie konnte er jetzt weitermachen? Die Wucht, mit der ihn die Sehnsucht traf, Elias wiederzusehen, ließ ihn ins Zimmer stolpern, wo er sich auf das Bett setzte, den Tropf platzierte und laut stöhnte.

Wenn es auf dieser Welt irgendjemand gab, der nur annähernd verstehen konnte, wie es ihm jetzt ging, dann war das Elias. Niemand sonst.

Er suchte nach Atims Smartphone und fand es in der Lade des Rolltisches neben dem Bett. Er öffnete die Polizeiapp und schrieb unter den letzten Chateintrag: *Elias. Kannst du zu mir kommen, bitte? Ich brauche dich zum Reden.*

Eine halbe Stunde später saß Elias neben Stefan auf einer Bank unter einem Vordach auf der Rückseite des Krankenhauses. Sie hatten Anoraks angezogen und Mützen. Ihr Atmen stieg in dichten Wölkchen hoch zum Neonlicht unter dem Vordach. Es war windstill und im Abenddämmer fielen dicke Schneeflocken. Elias nahm Stefans Hand und berührte den angenähten Finger, strich behutsam über den Handrücken. Dabei fragte er leise: „Was gibts? Was immer du brauchst, was immer du willst, ich …"

„Wie kann ich jetzt weitermachen? Ich will kein traumatisierter Schatten von dem sein, was ich früher war. Ich will, ich weiß nicht, ich will *leben*, Scheiße!"

Elias schwieg lange. Dann holte er Luft und gleichzeitig stahl sich ein Lächeln auf sein Gesicht: „Komm", sagte er. „Wir rennen!"

Stefan blinzelte ihn ungläubig an, ließ sich aber von Elias hochziehen.

„Noch nicht Vollgas, denn du bist ja ein kranker, lahmer Arsch. Nur so ein bisschen. Komm, rennen wir!"

Kurz standen sie unter dem fahl beleuchteten Vordach, sahen sich an, mit einem zaghaften Lächeln. Dann sagte Stefan: „Ja dürfen wir so?"

Elias lief los und rief über die Schulter: „Der Letzte zahlt den Kakao!"

Im Schneegestöber, im Park des Krankenhauses von Tallinn, sah man zwei Schatten laufen. Nicht schnell – aber doch. Im Licht, und im Dunkel und wieder im Licht.

SCHLAGZEILEN

Unterdrückte Meinungsfreiheit im Entführungsdrama Kareem:
So wird investigativer Journalismus mundtot gemacht!
Kernproblem, Magazin Wien

Keine Ermittlungen im Fall Mataanoui:
Das sorgt in den sozialen Medien für heftiges Kopfschütteln: Bundessprecher Wilmesser vom Freiheitlichen Bündnis zeigt sich empört!

Weshalb kommt es nicht einmal zu einer Klageerhebung im Fall Mataanoui? Wir erinnern uns: Im Entführungsfall des Diplomatensohns Stefan Talha Kareem kam es auch zu Gewaltexzessen gegen Mitglieder eines privaten Sicherheitsunternehmens. Gegen Elias Mataanoui, der beschuldigt wird, die Männer überwältigt zu haben, wird unglaublicherweise nicht ermittelt!
Ein Bericht von Xander Willhelms

GREGORY MCCALLUM

London Esquire: 11.1.2026, Mittagsausgabe, Online seit 12:48

Tragischer Verkehrsunfall auf der A316 forderte ein Todesopfer!

Heute kam es in den frühen Morgenstunden auf der A316, Höhe Feltham, in Fahrtrichtung Richmond, zu einem furchtbaren Unfall. Geschockte Augenzeugen berichteten, dass gegen sieben Uhr früh ein nackter junger Mann aus einem Auto gestoßen wurde, das auf der Feltham Autobahnraststätte parkte, von dort verwirrt über den Rasen taumelte und um Hilfe rufend auf die Autobahn taumelte.

„Es war entsetzlich!", zeigte sich eine Zeugin entsetzt. „Der junge Mann wurde von einem Lastwagen erfasst und durch die Luft geschleudert wie eine Puppe. Er schlug auf der Gegenfahrbahn auf, wo ihn ein Minibus erfasste und in den Straßengraben … es war so furchtbar und er hat so laut geschrien!"

Besonders tragisch: Als die Rettungskräfte am Unfallort eintrafen, war der junge Mann noch am Leben und wiederholte ein ums andere Mal: „Ich bin nicht Boy Beltham. Ich bin nicht Boy Beltham!"

Er erlag noch an der Unfallstelle seinen schweren Verletzungen.

Wie sich noch am selben Tag herausstellte, handelte es sich bei dem Opfer um den Studenten Gregory McCallum, der Anfang Oktober letzten Jahres spurlos aus einem angesagten Londoner Club verschwunden war, und dessen überaus tragischer Tod auch in der internationalen Modelszene Trauer und Entsetzen auslöste!

„Er war ein aufgehender Stern in der Modelszene. Es ist so furchtbar, dass er nicht mehr unter uns ist. Gregory war eine so wunderschöne Seele", zeigte sich Modedesigner Don Rafael La Mer heute Nachmittag zutiefst bewegt.

Nach dem Fahrzeug, aus dem Gregory McCallum stürzte, wird gefahndet. Es handelt sich dabei mehreren Augenzeugen zufolge um einen schwarzen Citroen DS, Baujahr 1972.

SPÄTER/ABSCHIED

Acht Tage nach ihrer Rückkehr nach Wien rief Stefan Elias an und umkreiste das Thema wie eine Katze den heißen Brei. Zuletzt hatten sie sich über einen verschlüsselten Messenger ausgetauscht und in ihren kurzen und beiläufigen Chats ging es um die wirren Zeitungsartikel, die Schlagzeilen zu den Ereignissen rund um Linnuraba und wie befremdlich es war, Teil einer Geschichte zu sein, die vollkommen anders erzählt wurde, als man sie selbst erlebt hatte. Sie beglückwünschten sich zu ihrem Glück, in ihren Kommilitonen an den Universitäten gute und rücksichtsvolle Leute zu haben, die ihnen halfen, sich abzuschirmen, damit sie sich auf ihre Arbeit konzentrieren konnten. Malalay war inzwischen einem anderen Therapeuten zugeteilt worden, aber als sie hörte, dass Elias wieder da war, bestand sie darauf, mit ihm zu trainieren. Gleichzeitig kochten Gerüchte hoch, dass sie nach Afghanistan zurückgeschickt werden soll, sobald ihr Heilungsprozess fortgeschritten genug war – was Elias sehr hart traf. Da das Thema aber nur spärlich aus der Verwaltung zu ihm tropfte, sah er sich nicht imstande, mit dem Mädchen darüber zu reden und so tat er, was er am besten konnte: Er lächelte sanft, ermutigte sie und leitete sie an.

Stefan war in der Uni wie ein Held empfangen worden und alle wollten hören, wie es ihm ergangen war und wie er denn nun wirklich die Flucht aus dem Keller des abgelegenen Guts geschafft hatte, und er erzählte ihnen ... fast alles.

Während die beiden sich also in ihrem gewohnten Leben einrichteten und Stefan dem Beispiel von Elias folgte und alle Social-Media-Profile löschte, die E-Mail-Adresse verwarf und eine neue nahm, die Telefonnummer änderte und nur die wichtigsten Personen darüber informierte, acht Tage nach ihrer Heimkehr in das bitterkalte Wien, rief Stefan bei Elias an und er druckste herum und Elias lächelte und sagte:

„Du kannst nicht schlafen, oder? Du kannst nicht einschlafen, und wenn du doch einschläfst, ist es auch irgendwie scheiße, weil's voll nicht erholsam ist und mega zäh, zur Ruhe zu kommen."

„Na, voll", gab Stefan zu. „Es ist – ich weiß nicht. Ich habe Angst davor, einzuschlafen, weil ich ultra Angst davor habe, wieder in so eine elende Schlafparalyse zu rutschen und voll die Panik und alles, es ist so,

Eli ... ich könnte jetzt echt gut einen Freund brauchen. Ich halt's momentan nicht aus, allein zuhause zu sein. Also, wenn du nichts vorhast und so, könntest du zu mir kommen und wir rennen eine Runde und nachher hauen wir uns irgendetwas vollkommen Ungesundes rein und wir schauen Castle oder Navy CSI oder so einen Scheiß und du ..."
„Ich schlafe bei dir. Kein Ding, Mann. Mach ich gern."

Elias war kurz vor sieben Uhr abends bei Stefan und als er läutete, stand sein Freund schon in der Tür, hatte Joggingsachen an und fragte mit einem schiefen Grinsen: „Rennen wir?"
Elias hatte ebenfalls lockere, graue Jogginghosen angezogen, T-Shirt und einen Sweater und eine dicke Kapuzenjacke und Fäustlinge. Und so liefen sie einfach drauflos. Es war dunkel und windstill und auf den Straßen war nichts los. Sie joggten über die Fasangasse hinauf zum Gürtel, überquerten die Hauptverkehrsstraße und drehten im Schweizer Garten eine Runde und dann noch eine und noch eine. Manchmal lief Stefan ein Stück voraus und warf ihm über die Schulter ein fast liebevolles Lächeln zu und Elias stellte fest, dass es ihm keineswegs unangenehm war, dass Stefan ihn nicht nur anlächelte, sondern mit seinem Blick liebkoste, sehr anzüglich auf seinen Schoß blickte.
Dann lief Elias ein paar Meter voraus und tat es ihm gleich und als er über die Schulter zurückblickte und Stefan breit angrinste, sah er, dass Stefan ganz augenscheinlich neu entdeckt hatte, dass Elias einen Arsch hatte. Als sie langsamer liefen und nebeneinander auf der Straße zurück zu Stefans Wohnhaus joggten, ging ihr Atem zwar ruhiger, aber Elias gestand sich ein, dass sich zwischen ihnen eine Spannung aufgebaut hatte, so als wäre es ein Sommerabend und über dem Westen der Stadt würde sich ein gewaltiges Gewitter auftürmen.

Oben in Stefans Wohnung zogen sie sich mit der geübten Nachlässigkeit junger Sportler aus, entspannt bis zur Obszönität und selbstverständlich überließ Stefan seinem Gast im Bad den Vortritt. Elias ließ die Tür angelehnt, stellte sich unter die Amazonas-Regendusche und aktivierte das Wellnesslicht. Manchmal war es doch gut, Eltern zu haben, die wirklich gut verdienten, dachte er ohne Neid. Leise, gerade so, dass er annehmen konnte, Stefan könnte es hören, wenn er vor der Tür stünde, sagte Elias:

„Wenn wir gemeinsam duschen, sind wir schneller fertig. Castle fängt gleich an."

Einen halben Atemzug später stand Stefan nackt im Bad, grinste ihn an, schob die Glastür der Dusche zur Seite und drängte sich zu Elias in die Dusche.

„Mach wärmer, Mann", raunte er und drehte die Temperatur hoch. Dann, so als hätten sie auf diesen Moment gewartet, seitdem sie sich in der Schule zum ersten Mal wirklich gesehen hatten, standen sie einander völlig hilflos gegenüber, atmeten, während das warme Wasser an ihnen herabrann, blickten sich ernst an. Elias brach das Schweigen, in dem er die Duschgel Flasche in die Hand nahm und etwas Duschgel herausdrückte.

„Was machen wir?", flüsterte er, näherte sich Stefan einen halben Schritt und begann, seine Dreads zu schamponieren.

Stefan schloss die Augen und beugte den Kopf, dann nahm er selbst etwas Duschgel und wusch Elias' Haare.

„Ich weiß es nicht", antwortete Stefan flüsternd. „Ich weiß es schon und ich will keine Worte dafür finden müssen. Ich will es nicht klein machen, in dem ich es in Worte fasse – verstehst du?"

Elias nickte und nahm wieder eine Nussmenge Duschgel und wusch Stefans Brust, Hals und Bauch. Er tat das mit gedankenloser Zärtlichkeit, die nichts forderte, nichts erwartete und doch hoffte.

Stefan tat es ihm gleich und wusch Elias' Brust und rieb dabei einige Male sehr absichtlich über die kleinen, harten Brustwarzen. Elias' Körper reagierte sofort und sein Schwanz wurde halb steif und wuchs. Stefan machte einen Schritt vor, nahm jetzt zärtlich Elias' Brustwarzen zwischen Daumen und Zeigefinger, und als er stöhnte: „Mein Gott, wieso bist du so edel?", klang es fast wie Verzweiflung. Dabei war es in Wirklichkeit vollkommene, staunende Freude.

Stefan war inzwischen auch hart, aber sie wichen voreinander zurück, so, als ob sie nicht die Kraft hätten, den nächsten Schritt zu tun.

Elias sagte, als sie einander gegenüber lehnten: „Wir tun, was wir tun wollen. Ohne Worte oder mit. Lass uns einfach wie Wasser sein."

„Wie Wasser?" Stefan lächelte.

„Ja. Ich glaube, manchmal muss man es einfach fließen lassen."

Sie schafften drei Folgen Castle und aßen kalte Pizzaschnitten, tranken Eistee, dann wurden sie schläfrig und Stefan ging hinüber ins Schlafzimmer, das spartanisch, aber geschmackvoll eingerichtet war. Er drehte sich zu Elias um. Jetzt trugen sie, wie um den Anschein zu wahren, graue Sweatshorts, aber Elias sah, wie Stefans Schwanz unter der Hose pendelte und das machte ihn wieder ziemlich wuschig.

Stefan legte sich aufs Bett und zog dabei die Shorts aus und ließ sie mit einer einzigen, fließenden Bewegung zu Boden fallen. Elias tat es ihm gleich und legte sich hinter Stefan. Nach einer Anstandsminute drängte er sich von hinten an ihn und obwohl sein harter Schwanz an Stefans muskulösen Arsch rieb und ihn dieses Gefühl in eine sinnliche Verwirrung stürzte, wie er sie noch nie empfunden hatte, schlang er einfach seinen rechten Arm um Stefans Oberkörper, schob den linken Arm unter das Kissen, auf dem Stefans Kopf ruhte, küsste ihn auf den Nacken und sagte: „Schlaf gut. Wenn du aufwachst, wenn du Angst hast ... ich bin da. Ich bin *immer* da."

Stefan drehte sich in der Umarmung zu Elias um, sah ihn ernst an und antwortete: „Du weißt nicht, wie wertvoll du mein Leben machst." Dann küsste er Elias auf den Mund. Ihre Lippen blieben ein paar Atemzüge lang geschlossen. Dann öffnete zuerst Stefan den Mund, dann Elias. Ihre Zungen berührten sich. Elias legte seine Hand auf Stefans Brust, und spürte seinen Herzschlag, fuhr mit dem Zeigefinger sanft die Spur der verheilenden Narben nach. Er hatte das Gefühl, etwas sagen zu wollen, etwas sagen zu *müssen*, aber er wusste, dass es kein Wort gab, und wenn es dieses Wort gäbe, würde es all das verschwinden lassen, was er gerade empfand. Deshalb schwieg er. Stefan schien es ebenso zu gehen, denn er holte ein paar Mal Luft, wie um etwas zu sagen, aber er schwieg. Sie lächelten und dann drehte sich Stefan um, und so schliefen sie ein. Vollkommen friedlich. Vollkommen entspannt.

Irgendwann später wurde Elias munter. Nur so halb, weil er spürte, dass sich etwas geändert hatte. Er war allein im Bett und das machte ihn nun ganz wach. Das Bettzeug war noch warm, wo Stefan gelegen hatte, und er dachte, er sei vielleicht pissen gegangen. Aber jetzt, in der Stille, hörte er das Wasser im Bad rauschen und ihm kam verwirrenderweise ein schrecklicher Gedanke. Vielleicht hatte Stefan einen Albtraum gehabt und verzweifelte und stand jetzt unter der Dusche, damit Elias sein Weinen nicht hörte.

Trottel, dachte Elias, sprang aus dem Bett und ging lautlos durch das Wohnzimmer ins Badezimmer, in dem kein Licht brannte. Nur die Wellnessbeleuchtung der Dusche war an. Stefan stand in der Dusche, aber er weinte nicht. Mit der linken Hand hielt er seine Eier gepackt und mit der Rechten wichste er langsam, während er sein Gesicht in den Regenstrahl der Dusche hielt. Elias war sofort erregt, wie auf ein Fingerschnippen.

Ihm war, als würde er zum ersten Mal in seinem Leben vom Zehnmeterbrett in die Tiefe springen, als er zu Stefan in die Dusche stieg und ziemlich raubtierhaft raunte: „Hör auf."

Stefan zuckte zusammen, blinzelte und sah Elias vollkommen verwirrt an. Mit aufreizender Langsamkeit strich Elias mit den Fingerrücken über Stefans Brust, Bauch, spürte, wie er atmete und sich straffte, sah ihn sanft an und spürte, dass er im richtigen Moment gekommen war. Langsam sank er auf die Knie, betrachtete Stefans großen Schwanz, den straffen, rasierten Hodensack, die gestutzten Schamhaare. Er roch Wasser und süße Melone und er roch Stefan und er nahm ihn in den Mund, ließ die Zunge um die Eichel kreisen, während das Wasser auf ihn prasselte. Stefan legte seine Hände auf Elias' Kopf und bewegte ihn sehr sanft vor und zurück. Elias wusste nicht, woher er es wusste, aber er spürte, dass Stefan bereits tief in mystischer Lust versunken war, in diesem Zustand, in dem der ganze Körper voller Elektrizität ist und summt und sich spannt und nur noch spritzen will.

Er stand auf, nahm Stefans Hände und legte sie auf seine Brust. Stefan sah ihn an und Elias nickte: „Aber sanft, ja?"

„Klar" hauchte Stefan, küsste ihn nun offensiv und fast grob, während er Elias' Brustwarzen zwischen Daumen und Zeigefingern rollte. Elias drängte sich an ihn mit der Dringlichkeit eines Kindes, griff nach Stefans vollkommen steifen Schwanz und wichste ihn langsam. Er löste sich aus dem Kuss, leckte Stefans Ohr und flüsterte: „Willst du? Ich meine, ich ... glaube, *ich* will es nämlich. So megamäßig ..."

Stefan versiegelte all das, was Elias vielleicht noch sagen wollte, mit einem weiteren, sehr feuchten und irgendwie muskulösen, besitzergreifenden Kuss.

Dann standen sie im Wohnzimmer, noch feucht vom Duschen und

duftend, als Stefan Massageöl auf seine Finger gab und zuerst einen und dann zwei Finger in Elias' Arsch schob, während sie Brust an Brust, Atem an Atem standen und scheu lächelten – beinahe ängstlich, eine Unbedachtheit könnte den Moment zerstören. Stefan wusste, dass Elias auf Gran Canaria vergewaltigt worden war, mehrere Male hintereinander, von Menschen, die ihn töten wollten und er verstand die Verantwortung, die er sich auf die Schultern geladen hatte. Er dachte nicht in Worten, fühlte aber, dass es nun allein an ihm lag, die Echos des sexuellen Missbrauchs durch die Verbrecher hinwegzuschwemmen. Mit aller Liebe und Zärtlichkeit, zu der er fähig war.

Später im Bett, als Elias sich auf Stefans Schwanz setzte, glitt Stefan mit beiläufiger Sanftheit in ihn, verharrte dort ein paar Atemzüge, während er Elias streichelte und wieder seine Brustwarzen reizte, weil er nun wusste, dass ihn das halbwegs wahnsinnig vor Erregung machte.

Jetzt legte Stefan seine Hände auf Elias' Hüften und bewegte sein Becken. Langsam. Bedächtig. Und er blickte hoch zu Elias und der erwiderte seinen Blick mit Liebe. Kaum merklich nickte er und flüsterte in den dunklen Raum: „Fick mich."

Stefan tat das mit einer Mischung aus Umsicht, Zärtlichkeit, und, als es in ihm hochstieg, als der Orgasmus heranrollte, mit einem Quantum mehr Nachdrücklichkeit, Gier und dann mit in Samt verpackter Raserei. Wie in Zeitlupe nahm Elias wahr, dass eine Träne über Stefans linke Wange lief und beugte sich über ihn und leckte sie weg, außer sich vor Lust und pumpenden Blut. Sie schwitzten und drängten sich aneinander. Elias hatte seine Beine um Stefan geschlungen, seine Arme umfassten Stefans Oberkörper, als er spürte, wie er zuckte, als er hörte, wie er stöhnte, als er in sich fühlte, wie Stefan sich in ihm ergoss. Stefan griff nach unten, packte Elias' pochenden Schwanz und blieb in ihm und wichste ihn sanft, bis er spürte, dass auch Elias ein oder zwei Atemzüge davorstand, abzuspritzen. Da hörte er mit einem katzenhaften Grinsen auf, das fast süffisant anmutete, zog sich mit der Sanftheit eines satten Raubtiers aus Elias zurück, stieß ihn mit den Fingerspitzen an und Elias ließ sich mit einem aufbäumenden Stöhnen ins Bettzeug fallen. Stefan kniete zwischen Elias' gespreizten Beine, nahm seinen Schwanz in den Mund, umfasste den Schaft mit der rechten Hand unterbrach zweimal, was er tat, um die vollkommene Geilheit seines Freundes zu genießen.

Erst, als Elias ihn anbettelte, heiser, mit hoher Stimme, wurde er schneller, genoss, wie Elias unter ihm zuckte, sich verspannte und dann mit einem heiseren Schrei abspritzte. Stefan nahm alles in den Mund und lutschte den letzten Tropen Sperma aus Elias, kam hoch und beugte sich über sein Gesicht, und Elias öffnete den Mund und Stefan spuckte ihm sein Sperma in den Mund und dann küssten sie sich mit Sperma und viel Spucke, und als sie erschöpft waren, die Kraft sie verließ, schluckte Stefan den Samen, der nach Ananas und Proteinen schmeckte, und dann lagen sie eine Stunde tief atmend in der dunklen Stille.

Sie sahen durch das Fenster im Licht der Natriumdampflampen vor dem Haus Schneeflocken tänzeln.

Später hörten sie die erste Straßenbahn, gedämpft durch die Schneedecke.

Noch später dösten sie ein. Sie lagen Gesicht an Gesicht und spürten den Atem des anderen, und wenn der eine sich bewegte, dann bewegte sich auch der andere. Stefans Knie lag zwischen Elias' Schenkeln, Stefans ausgestreckter Arm steckte unter Elias' Kopfpolster – und umgekehrt. In den kurzen, wachen Momenten wagte keiner der beiden, sich zu bewegen, um nicht die fragile Balance zu stören, zu der sie gefunden hatten.

Allmählich wurden sie wach, lächelten schüchtern, aber doch auch bewusst und klar.

Vollkommen und ohne Netz und doppelten Boden wussten sie, dass ihre Liebe so kraftvoll war, dass selbst Fantome machtlos weichen mussten.

ENDE

Peter Nathschläger Du warst der Plan
Roman
226 Seiten ISBN print 9783987580888

Der Influencer Elias wird Opfer eines perfiden Plans, als er nach Gran Canaria eingeladen wird. Statt Angeboten als Werbepartner erwarten ihn dort Psychoterror, Vergewaltigung und Misshandlungen. Im letzten Moment kann er flüchten, bevor die Täter ihren Plan wahrmachen und ihn qualvoll ermorden. Auf seiner nächtlichen Flucht wird Elias von einem älteren Mann aufgelesen, der den aufgelösten Instagram-Star zu sich nach Hause bringt und versorgt. Zwischen den beiden unterschiedlichen Männern entwickelt sich eine Freundschaft. Doch als eine Nacht später drei der Täter grausam ermordet gefunden werden und die Kriminalpolizei von Gran Canaria die Ermittlungen aufnimmt, beginnt das fragile Vertrauensgerüst einzustürzen … Was wie eine Geschichte über Freundschaft zwischen zwei unterschiedlichen Männern beginnt, entwickelt sich zu einem atemberaubenden Thriller über Täuschung und Betrug!

www.himmelstuermer.de

Peter Nathschläger **Cyborg me**
140 Seiten ISBN 9783987580031 Auch als E-book

Mexico City 2125
Eines frühen Morgens im November sieht der Müllmann Max, der bei der Sonderschicht arbeitet, einen mysteriösen Jungen, dessen rechtes Auge rot leuchtet. Der kurze Blickkontakt verliert sich im dauerhaften Nebel der Stadt.
Max ist elektrisiert von der Begegnung und macht sich in der Zona Rosas auf die Suche nach dem geheimnisvollen Jungen - und wird von ihm gefunden. Samson Aguilar ist ein Cyborgstricher, ein ehemaliger Kadett der Luftstreitkräfte, der bei einem Attentat fast starb und jetzt in einem künstlichen Körper steckt - nur sein Kopf ist erhalten geblieben.
Max verliebt sich in den Cyborg, doch der hat ganz andere Pläne …

Ein Cyberpunk-Roman in der bedrückenden Zukunft von Mexico City, einer hedonistischen, lebensfeindlichen Megacity!

www.himmelstuermer.de

Peter Nathschläger

Der Falke im Sturm

380 Seiten

ISBN 9783863612900

Auch als E-book

Der französische Student Lucas Reno qualifiziert sich mit einem Aufsatz dazu, einen zweiwöchigen Studienaufenthalt auf Kuba zu verbringen um mit eigenen Worten die Ereignisse, die vor einigen Jahren zur zweiten Revolution geführt haben, nachzuerzählen. Er wird dabei von einem Studenten der Universität Havanna begleitet und zu den Orten gebracht, die historisch bedeutsam sind. Während des Aufenthalts auf Kuba kommen Lucas immer häufiger Zweifel an der Richtigkeit der bislang publizierten Geschichte der "sanften" Revolution und fühlt sich dazu gedrängt, eine bestimmte Art von Geschichte zu verfassen, die immer mehr konträr zu seinen Überzeugungen steht. Als die Personen, die ihn überwachen, entdecken, dass er insgeheim mit seiner Schwester in Frankreich in Kontakt steht, wird die Situation für Lucas brenzlig und er flüchtet Hals über Kopf, und gerät dadurch in Lebensgefahr.

www.himmelstuermer.de

Peter Nathschläger **Dunkle Flüsse**
224 Seiten ISBN 9783934825437 Auch als E-book

David Schneider wurde als Siebenjähriger von Frank Dohunan, dem Jäger und Beutemacher entführt. Er durfte sich nicht mehr David nennen, sich an nichts mehr erinnern. Dohunan zwang ihn zur Prostitution und belog ihn über seine Vergangenheit.
Erst neun Jahre später schaffte David die Flucht.
Es wird nicht nur eine Reise quer durch die USA, sondern auch eine entlang der dunklen Flüsse menschlicher Grausamkeit – durch eine von Menschenhand erschaffene Hölle. Diese erlebt David in einem Internat für elternlose Jungen, die durch ihre Aufseher ein grauenhaftes Martyrium erleiden.
Die Flucht, seine Suche nach seinem Zuhause, führt ihn nicht nur hart an den Rand dessen, was ein Mensch ertragen kann, sondern auch in die Arme von Mark Fletcher, einem gleichaltrigen Jungen, der vom Gefährten zum Freund und zum Geliebten wird

Peter Nathschläger

Mark singt

205 Seiten

ISBN print

3-934825-35-4

Mark Beaumont flieht aus der Stadt, von der er sich verraten fühlt. Er flieht verwirrt und verängstigt und auch wütend. Er flieht, weil er sich von seinem Leben distanzieren will und landet schlussendlich in den Armen von Johan Pendergast, der die Geschichte und Werte seines Lebens bewahren will. Diesen beiden Burschen stehen fünf Tage zur Verfügung. Fünf Tage im Sommer, in denen sie nicht nur ihr Leben ordnen und Freunde werden, sondern sich darüber hinaus auch noch am Ende aller Worte angekommen, ineinander verlieben.

Fünf Tage im Sommer, die ihr Leben für immer verändern.

XTRA, Wien: *"... eine erfrischende Liebesgeschichte"*

Adam, Frankfurt: *"Ein echter Seelenwärmer für die kalte Jahreszeit."*

www.himmelstuermer.de